Direkt vor Ihnen

BROKEN BOW
BUCH DREI

ASHLEY A QUINN

TCA PUBLISHING LLC

Buchcover-kunst: Christine Riley

ISBN: 978-1-959943-39-6

Verlag: TCA Publishing, 216 N Hayes St., Bellefontaine, OH 43311

Ansprechpartner: ashley@ashleyaquinn.com

Prolog

Ein bitterer Wind biss in Rayna Nyderts Gesicht, als sie den Weg zum Haus ihres Freundes hinaufeilte, einen Auflaufbehälter in ihren behandschuhten Händen. Thomas hatte den ganzen Tag bei diesem kalten Wetter mit einem örtlichen Tierarzt gearbeitet. Er verdiente eine heiße, selbst zubereitete Mahlzeit.

Sie drehte am Türknauf und ging hinein, erschauernd, als sie endlich aus dem Wind trat. Es mochte sonnig sein, aber die Temperatur war brutal.

»Thomas?«

»Bin in einer Minute da!«, rief er den Flur hinunter.

Rayna ging durch das Wohnzimmer in die Küche und stellte den Auflauf auf die Theke, die die beiden Räume trennte. Sie nahm ihre Mütze und Handschuhe ab, schob sie in ihre Taschen, streifte dann ihren Mantel ab und legte ihn über einen Barhocker.

»Hey, Schatz.« Thomas kam herein, sein dunkles Haar noch feucht von der Dusche. Wassertropfen sprenkelten seine Stirn, und sein T-Shirt klebte an seiner muskulösen Brust.

Hitze durchzuckte Raynas Bauch, als sie ihn betrachtete. All diese Jahre, und sie fand ihn immer noch den attraktivsten Mann, dem sie je begegnet war.

Er beugte sich hinunter und drückte ihr einen schnellen Kuss auf den Mund. »Was ist im Behälter?«

Sie grinste und öffnete den Reißverschluss. »Ziti. Und Knoblauchbrot.«

»Das klingt großartig.«

Sie stellte sich auf die Zehenspitzen, um ihn noch einmal zu küssen, dann bewegte sie sich um die Theke herum in die Küche, um ein paar Teller zu holen. »Ich dachte, du würdest etwas Heißes wollen, nachdem du den ganzen Tag in dieser Kälte warst.«

Er setzte sich auf einen der Hocker und beobachtete, wie sie arbeitete. »Ja. Es war widerlich. Dr. Adelson hasst dieses Wetter, also habe ich die meiste Arbeit gemacht, während er in seiner riesigen Parka eingekuschelt war und nur beaufsichtigt hat.«

Sie kicherte. »Kannst du es ihm verdenken? Er ist um die siebzig und sein Assistent ist ein stattlicher, intelligenter junger Mann Anfang zwanzig.«

Thomas seufzte. »Ich weiß. Und ich schätze die Erfahrung.« Er grinste. »Es zahlt sich endlich aus.« Er hob eine Hüfte und zog ein gefaltetes Stück Papier aus seiner hinteren Hosentasche, hielt es ihr hin. »Ich wurde an der Tiermedizinischen Hochschule angenommen.«

»Was?« Sie riss ihm das Papier aus den Fingern. »Thomas, das ist großartig!« Sie entfaltete den Brief.

»Es gibt nur einen schlechten Teil.«

»Die University of California?«, sagte sie und unterbrach ihn, als sie den Brief las.

Er seufzte. »Ja. Das ist der schlechte Teil. *Aber* es ist die beste Tiermedizinische Hochschule des Landes.«

»Was ist mit Colorado State passiert?«

Er zuckte mit den Schultern. »Deren Brief kam heute auch. Ich wurde angenommen. Aber das Programm in Kalifornien ist besser.«

»Geringfügig.«

»Nicht geringfügig. Sie haben letztes Jahr eine neue Forschungseinrichtung gebaut, die besser ist als jede andere im Land. Rayna, das ist meine Chance, bei den Besten zu studieren.«

»Ja, aber was bedeutet das für uns? Kalifornien ist weit weg.«

»Ich weiß. Aber ich werde an den Feiertagen zu Hause sein, und du könntest ab und zu rüberfliegen.«

Sie richtete sich auf und runzelte die Stirn. »Du willst eine Fernbeziehung führen?«

Er nickte.

»Vier Jahre lang?«

Er fuhr sich mit der Hand durch die Haare. »Ja, das klingt nach einer langen Zeit, jetzt wo du es laut aussprichst.«

»Meinst du?«

»Ich weiß, dass es eine lange Zeit ist, aber ich will das wirklich, Ray.«

Raynas Gedanken wirbelten. Sie konnte sich nicht vorstellen, ihn vier Jahre lang nur ein paar Mal im Jahr zu sehen und ihre Beziehung auf Telefonate und Textnachrichten zu beschränken. Sie dachte an all ihre Pläne für die kleine Farm, die ihre Eltern ihr auf ihrem Grundstück geschenkt hatten, als sie die Highschool abgeschlossen hatte. Sie hatte bereits damit begonnen, ihr Gemüsegeschäft aufzubauen, aber es würde noch lange dauern, bis sie da wäre, wo sie sein wollte. Aber war es wichtiger als Thomas?

Sie starrte in seine dunklen Augen. Sie war sich nicht sicher, ob sie ein Leben ohne ihn wollte. »Was, wenn ich mit dir gehe?«

Schock ließ seinen Mund offen stehen. »Du willst Silver Gap verlassen? Was ist mit deiner Farm und all deinen Plänen?«

»Nein. Aber ich liebe dich mehr als meine Farm.«

»Also, einfach so, wirst du mit mir nach Sacramento ziehen? Was wirst du dort machen?«

Sie presste die Lippen zusammen und zuckte mit den Schultern. »Ich weiß nicht. Wahrscheinlich versuche ich, einen Job in einer Gärtnerei oder in einem der staatlichen Parks zu bekommen. Ich könnte sogar ein paar Botanikkurse belegen.« Sie streckte die Arme über die Theke aus und nahm seine Hände in ihre. »Ich weiß nur, dass ich keine Fernbeziehung führen will. Nicht für vier Jahre.«

Er seufzte und drehte seine Hände um, um ihre zu halten. »Deine Eltern werden ausflippen.«

»Nicht zu sehr. Wir werden verheiratet sein, also-«

Thomas riss seine Hände weg und stand auf, mit einem Reh-im-Scheinwerferlicht-Blick im Gesicht. »Whoa, warte mal einen Moment. Wer hat was von Heirat gesagt?«

Sie runzelte die Stirn, ein Schmerz bildete sich in ihrer Brust. »Du... willst mich nicht heiraten?«

»Nicht jetzt.«

Rayna taumelte zurück, als hätte er sie geschlagen.

Thomas fuhr sich mit der Hand übers Gesicht. »Das kam falsch raus. Ja, ich will dich heiraten. Nur nicht jetzt. Ich bin noch nicht bereit, eine Familie zu gründen, Rayna. Ich will mich auf den Aufbau meiner Karriere konzentrieren.«

»Wer sagt, dass wir sofort eine Familie gründen müssen?«

»Warum müssen wir dann heiraten?«

»Du denkst, der einzige Grund zu heiraten ist, Kinder zu bekommen? Was ist mit der Verpflichtung zueinander, die es darstellt? Wir sind schon seit fünf Jahren zusammen. Und wenn ich tausend Kilometer für dich umziehe, erwarte ich diese Art von Engagement. Ich komme nicht einfach als deine Freundin mit, egal wie sehr ich dich liebe.«

»Okay, sagen wir, wir heiraten. Ich kenne dich. Du wirst Kinder wollen. Ich bin nicht bereit für Kinder.«

»Ich weiß, dass du jetzt nicht bereit bist, aber das wird nicht für immer so sein.«

»Aber bist du bereit, noch fünf oder sechs Jahre zu warten, bis ich etabliert bin?«

Der Schmerz, der sich in ihrer Brust aufbaute, erblühte zu einem erdrückenden Schmerz. »Also, selbst wenn wir jetzt nicht heiraten, sagst du, dass es trotzdem nicht passieren würde, bis wir fast dreißig sind?«

Er zögerte, aber sie konnte an dem Blick in seinen Augen erkennen, dass das genau sein Plan war. »Rayna-«

Sie hielt eine Hand hoch, um ihn zu stoppen. »Nicht.« Sie brach ein Stück vom Knoblauchbrot ab und legte es auf einen Teller, dann nahm sie einen großen Löffel und häufte eine Portion Ziti daneben, bevor sie die Folie wieder über die Schüssel legte und sie wieder im Behälter verstaute.

»Sag nicht 'nicht' zu mir«, sagte er, sein Gesichtsausdruck verhärtete sich. »Nicht ein einziges Mal habe ich gesagt, dass ich in absehbarer Zeit heiraten will.«

»Also ist das meine Schuld? Ja, klar.«

Er schnaubte und stemmte die Hände in die Hüften, blickte zur Decke. »Das habe ich nicht gesagt.«

»Doch, hast du. Nur nicht in so vielen Worten.«

»Ich will keine Wortklauberei mit dir betreiben. Ich will überhaupt nicht mit dir streiten. Alles, was ich will, ist nicht zu heiraten!«

»Ja? Nun, du bekommst deinen Wunsch.« Sie nahm eine Gabel aus der Besteckschublade und knallte sie auf die Theke. »Da ist dein Essen.« Sie nahm den Behälter und ging um die Theke herum, um ihren Mantel anzuziehen.

»Warte. Du gehst?«

Sie schnaubte, Sarkasmus triefte aus dem Ton. »Nein. Ich esse nur auf der Veranda.«

Er packte ihren Arm, um sie aufzuhalten, als sie vorbeiging. »Machen wir Schluss?«

Rayna starrte geradeaus, wohl wissend, dass sie anfangen würde, unaufhörlich zu schluchzen, wenn sie ihn ansehen würde. »Da wir in einer Sackgasse sind, denke ich, dass das wahrscheinlich das Beste ist, oder? Wir wollen unterschiedliche Dinge vom Leben. Ich bin bereit, in den nächsten paar Jahren zu heiraten und eine Familie zu gründen. Du bist es offensichtlich nicht. Und wer weiß, ob du es je sein wirst. Alles, was ich weiß, ist, dass ich das Leben, das du willst, nicht leben kann.«

»Nun, dann ist es wohl so. Denn ich will jetzt auf keinen Fall eine Frau und Kinder.«

Ihre Sicht verschwamm, als sie ihren Arm aus seinem Griff befreite. Sie stellte sich auf die Zehenspitzen und drückte ihm einen Kuss auf die Wange. »Auf Wiedersehen.« Ihre Stimme brach, und eine Träne sickerte heraus, als sie wegging.

Als sie die Tür hinter sich schloss, zerbrach ihr Herz in eine Million Stücke.

KAPITEL

Eins

Zwölf Jahre später...

Ein kühler Wind strich über Rayna Nyderts Gesicht und durch ihr Haar, als sie den Motor ihres Nutzfahrzeugs abstellte. Sie warf einen Blick auf den Anhänger, den sie zog. Er war voll mit einem Dutzend verschiedener Tomaten- und Paprikasorten, und sie hatte noch mehr zu ernten. Sie musste sich jedoch beeilen. Es blieb nur noch etwa eine Stunde Tageslicht, bevor die Sonne hinter dem Berg verschwand und das Tal in tiefe Schatten tauchte.

Sie sprang aus dem Fahrzeug, koppelte den Anhänger ab und ließ ihn neben dem Schuppen stehen, in dem sie ihre Ernte lagerte. Die Kisten würde sie später ausladen. Im Moment wollte sie einfach so viel wie möglich vom Feld ernten, bevor es zu dunkel wurde, um etwas zu sehen.

Rayna stieg wieder ins Fahrzeug und setzte zurück zu einem zweiten Anhänger, der hinter dem Gebäude parkte, bereits mit leeren Kisten beladen. Sie koppelte ihn schnell an und machte sich auf den Weg zum Feld. Als sie wieder zwischen den Reihen der Paprikapflanzen war, stellte sie den Motor des

UTV ab und stieg aus. Sie nahm eine Kiste vom Anhänger und machte sich an die Arbeit.

Zwanzig Minuten lang arbeitete sie sich die Pflanzreihe entlang, das Schnappen ihrer Scheren war das einzige Geräusch neben dem Wind und dem Zwitschern der Abendvögel. Die Ruhe tat gut. Sie nahm etwas von der Unruhe in ihrem Kopf.

Die letzten paar Wochen seit dem Desaster mit ihrem jüngsten Ex-Freund, Derrick Thorpe alias Jared Fetter, waren hart gewesen. Es war ein paar Monate her, seit sie herausgefunden hatte, dass der Mann, in den sie sich zu verlieben begonnen hatte, ein lügender, manipulativer Psychopath war, der den Ehemann ihrer besten Freundin vor Jahren getötet hatte, als beide Teil desselben SEAL-Teams waren, das in Afghanistan stationiert war. Seitdem trug Rayna eine große Menge Schuld mit sich herum, dass sie ihn in Taras Nähe gelassen hatte. Dass sie das Leben ihrer Freundin in Gefahr gebracht hatte, indem sie ihm unwissentlich Informationen lieferte. Es hatte ihre Beziehung zu ihrer Freundin belastet. Tara beteuerte immer wieder, dass sie ihr keine Schuld gab, aber Rayna gab sich selbst die Schuld, und es war viel schwieriger, ihre eigene Vergebung zu erlangen. Sie war schon immer hart zu sich selbst gewesen.

Sie blickte zum Himmel, während sie eine Kiste füllte und sie aufhob, um sie zurück zum Anhänger zu tragen. Noch eine Reihe und sie müsste zurück.

Ein gedämpftes Stöhnen ließ sie innehalten, kurz bevor sie die Rückseite des Anhängers erreichte. Sie schaute zu den Bohnenreihen, woher das Geräusch kam, und versuchte, durch das dichte Laub und die zunehmende Dunkelheit zu sehen. Etwas scharrte im Schmutz, und sie hörte ein weiteres leises Stöhnen.

Was zum Teufel?

Sie stellte die Kiste auf den Boden und zog eine Schaufel aus dem hinteren Teil des UTV, eingedenk all des Wahnsinns, der sich in letzter Zeit abgespielt hatte. Zwischen dem Serienmörder, der eine ihrer besten Freundinnen entführt hatte, und dem verrückten Ex-Soldaten, der sie über seine Identität belogen hatte, um einer anderen ihrer besten Freundinnen nahe zu kommen, ging sie kein Risiko ein.

Mit klopfendem Herzen bewegte sich Rayna durch die Paprikareihen in Richtung der Bohnen. Sie umrundete das Ende der Reihe, wo sie glaubte, das Geräusch gehört zu haben, die Schaufel kampfbereit. Schock weitete ihre Augen.

Sie ließ die Schaufel fallen und eilte zu dem jungen Mann, der zusammengekauert auf dem Boden lag. Kleine, kreisförmige Wunden übersäten seine Arme, eines seiner Augen war zugeschwollen, und er hielt seinen ausgerenkten linken Arm an seine nackte Brust gedrückt. Blaue Flecken verfärbten die Haut um seine Handgelenke und verunzierten seinen unbekleideten Oberkörper.

Als sie näher kam, krabbelte er rückwärts.

»Es tut mir leid! Ich werde für das bezahlen, was ich gegessen habe. Ich will keinen Ärger.« Er wich weiter vor ihr zurück und versuchte mühsam, auf die Beine zu kommen.

Rayna blieb stehen und hielt ihre Hände hoch. »Warte! Geh nicht. Bitte. Du kannst essen, was du willst. Ich möchte dir nur helfen. Mein Name ist Rayna. Wie heißt du?«

Er starrte sie mit seinem guten Auge an. »Es tut mir leid«, murmelte er erneut. Er sackte in den Schmutz, als ob seine Muskeln ihn nicht mehr halten könnten, und rollte sich auf seiner rechten Seite in Embryonalstellung zusammen. Sein schmutziges blondes Haar hing in Strähnen über sein Gesicht.

Ihre Gedanken überschlugen sich, während sie auf ihn hinabsah. Sie hatte ihn noch nie zuvor gesehen, dessen war sie sich sicher, also woher kam er?

Seine Augen schlossen sich, und er stöhnte. Auf gut Glück machte sie noch ein paar Schritte auf ihn zu und hockte sich in seiner Nähe nieder. Sie streckte die Hand aus und legte sie sanft auf seinen Oberschenkel.

Er zuckte zusammen und versuchte aufzustehen, aber der Schmerz seines ausgerenkten Arms ließ ihn wieder zu Boden fallen, stöhnend.

»Ich werde dir nicht wehtun«, sagte sie leise. »Lass mich dir aufhelfen. Ich bringe dich ins Krankenhaus.«

Sein gutes Auge schnappte auf, das Weiße zeigte sich mit seiner Angst. »Nein! Sie werden mich finden und mich zurückbringen. Ich muss mich nur ein wenig ausruhen. Mir geht's bald wieder gut.«

»Du brauchst einen Arzt.« *Und einen Polizisten, nach dem Klang der Dinge*, konnte sie nicht umhin zu denken. »Deine Schulter ist ausgerenkt.«

»Keine Krankenhäuser.«

Seine Stimme trug eine Stärke, die Rayna überraschte. Sie starrte wieder auf ihn hinab und überlegte, was zu tun sei. Sie konnte ihn nicht hier draußen lassen, aber wenn sie versuchte, ihn ins Krankenhaus zu bringen, würde er weglaufen.

Freundliche, dunkle Augen und ein schelmisches Lächeln blitzten durch ihren Geist.

Sollte sie es wagen, Thomas anzurufen? Würde er überhaupt ans Telefon gehen, wenn er sähe, dass sie anrief?

Der Junge stöhnte erneut und zuckte zusammen. Ein feines Zittern lief durch ihn und machte die Entscheidung für sie.

»Warte kurz. Ich habe eine Idee.« Sie stand auf und eilte zurück zum UTV, schnappte ihre Jacke und ihr Handy. Sie lief zurück zu dem jungen Mann, legte die Jacke über ihn und wählte Thomas' Namen in ihrem Handy.

»Bitte geh ran«, murmelte sie zu sich selbst, als sie das Telefon ans Ohr hob. Es klingelte fünfmal, bevor die Mailbox ansprang.

»Verdammt.« Sie seufzte und versuchte es erneut. Und wieder ging es zur Mailbox.

Flüche vor sich hin murmelnd, schwebte ihr Daumen über der Home-Taste, aber sie beschloss, es ein letztes Mal zu versuchen. Sie berührte noch einmal das grüne Telefonsymbol und hob das Telefon.

Er nahm beim dritten Klingeln ab. »Ich bin beschäftigt, Rayna.«

»Thomas, bitte leg nicht auf. Ich weiß, dass du nicht mit mir reden willst, aber ich brauche deine Hilfe.«

Es gab eine Pause, und sie konnte sein Gesicht fast sehen, wie er das verarbeitete. Eine kleine Falte würde sich zwischen seinen Augenbrauen bilden, und seine Lippen würden sich leicht zusammenziehen.

»Ist eines deiner Tiere krank?«

»Nein. Hör zu, ich möchte das nicht wirklich am Telefon erklären. Es wird einfacher sein, wenn du einfach vorbeikommst und es selbst siehst.«

»Rayna...« Das Zögern in seiner Stimme klang durch die Leitung.

»Bitte, Thomas. Ich würde nicht fragen, wenn es nicht wichtig wäre.« Sie blickte wieder auf den Mann hinab, der eingeschlafen zu sein schien. Er sah so jung aus!

Thomas seufzte. »Gut. Ich bin in ein paar Minuten da.« Er legte auf, ohne sich zu verabschieden.

Rayna ließ den Atem entweichen, von dem sie nicht wusste, dass sie ihn angehalten hatte, und schaltete den Bildschirm des Telefons aus, steckte das Handy in ihre Gesäßtasche. Sie beugte sich nieder und stupste den Mann – eher einen Jungen wirklich – sanft an der Hüfte an.

»Hey. Ich habe Hilfe unterwegs, aber du musst aufstehen.«

Seine Augen öffneten sich einen Spalt. »Ich habe dir gesagt, keine Krankenhäuser.«

»Es ist kein Krankenhaus. Es ist nur ein Freund, der helfen kann. Kannst du aufstehen? Ich habe ein Nutzfahrzeug ein paar Reihen weiter geparkt.«

»Du schwörst, dass du mich nicht ins Krankenhaus bringst?«

»Ich verspreche es. Es sei denn, mein Freund sagt, du könntest ernsthafte, dauerhafte Schäden davontragen. Dann sind alle Wetten off.«

Er starrte zu ihr hoch und wog ihre Worte ab.

Rayna beschloss, das Angebot zu versüßen. »Ich habe Gemüsesuppe, die im Slow Cooker zu Hause wartet. Auch frisch gebackenes Brot. Ich glaube, ich könnte sogar selbstgemachte Schokoladenkekse auftreiben.«

Seine Augen weiteten sich unmerklich und seine Zunge schnellte hervor, um seine Lippen zu benetzen. »Mit Milch?«

Sie lächelte und nickte. »Natürlich.«

Unentschlossenheit erhellte sein Gesicht nur für einen weiteren Moment, bevor er sich bewegte und auf wackligen Beinen stand. Rayna streckte die Hand aus, um ihn zu stützen, und half ihm zum UTV. Sobald sie ihn auf dem Beifahrersitz untergebracht hatte, legte sie die Kiste mit Paprika in den Anhänger und eilte dann zur Fahrerseite, stieg ein und startete das Fahrzeug.

Sie versuchte, die Fahrt zurück zum Haus so reibungslos wie möglich zu gestalten, aber sie wusste, dass das Gelände seinen verletzten Arm durchschüttelte, was man an seinem verzogenen Gesicht sah. Selbst mit geschlossenen Augen und entspannt gegen den Sitz gelehnt, sah er aus, als wäre er in großen Schmerzen.

Sie hielten an der Hintertür ihrer kleinen Blockhütte, die ein paar hundert Meter vom zweistöckigen, weißen Farmhaus ihrer Eltern entfernt war. Sie hatte die Hütte vor ein paar Jahren bauen lassen, nachdem ihr Gemüsegeschäft Fahrt aufgenommen hatte. Sie liebte ihre Mutter und ihren Vater, aber sie brauchte ihren eigenen Raum.

Rayna stellte den Motor des UTV ab und eilte dann herum, um dem jungen Mann auszusteigen zu helfen. Sie führte ihn zur Tür und drehte den Knauf. In der Annahme, dass er sich in einem Stuhl, in den er nicht einsank, wohler fühlen würde, half sie ihm zum Esstisch.

»Ich hole dir etwas Wasser.«

»Milch. Bitte«, sagte er. »Ich bin so hungrig.«

Sie zögerte. »Wie wäre es, wenn wir meinen Freund dich zuerst ansehen lassen? Wenn du eine Operation brauchst, möchte ich keine Nahrung in deinen Magen bringen.«

Sie konnte sehen, wie der Protest sich anbahnte, also schnitt sie ihm den Weg ab. »Ich meinte, was ich auf dem Feld gesagt habe. Wenn er denkt, dass dein Zustand ernst genug ist und du ein Krankenhaus brauchst, wirst du gehen. Den Rest klären wir später.«

Er funkelte sie an, sagte aber nichts.

Rayna ging zum Waschbecken, nahm ein Glas aus dem Schrank, füllte es mit Wasser und brachte es ihm. Er nickte dankend und nahm einen kräftigen Schluck.

Sie hörte, wie die Vordertür sich öffnete, und drehte sich, um nachzusehen. Thomas trat ein, seine große Gestalt füllte den Türrahmen. Ihr Herz setzte einen Schlag aus bei seinem Anblick, wie es seit ihrem sechzehnten Lebensjahr der Fall war.

Seine Augen trafen auf ihre, und er starrte sie einen Moment lang an, bevor sein Blick zu dem zerzausten Mann an ihrem Küchentisch wanderte. Er ging weiter ins Haus, schloss die Tür, eine tiefe Falte verunzierte sein gutaussehendes Gesicht.

»Rayna? Was ist hier los? Wer ist das?«

Sie ging auf ihn zu und warf einen Blick auf den Jungen, bevor sie zu Thomas aufsah. »Ich bin nicht sicher, wer er ist. Ich habe ihn in meinem Feld gefunden.« Sie senkte ihre Stimme. »Er wurde geschlagen und verbrannt. Ich denke, seine linke Schulter ist ausgerenkt. Ich glaube auch, er ist dehydriert.«

Alarm weitete seine Augen. Er starrte den jungen Mann für eine Sekunde an, dann sah er wieder zu ihr hinunter. »Warum hast du mich angerufen, anstatt ihn ins Krankenhaus zu bringen?«

»Er ließ mich nicht. Sagte, *sie* würden ihn dort finden und ihn zurückbringen.«

»Wer sind sie?«

Sie zuckte mit den Schultern. »Ich weiß es nicht. Er wollte mir auch seinen Namen nicht sagen. Aber er hat große Schmerzen, Thomas. Ich habe ihm allerdings gesagt, wenn du denkst, dass er ernsthafte medizinische Behandlung benötigt, würde er ins Krankenhaus gehen, ob er will oder nicht.« Sie legte eine Hand auf seinen Unterarm. »Bitte, sieh ihn dir kurz an. Ich weiß, du bist Tierarzt, aber du hast auch eine Sanitäterausbildung, und ich wusste nicht, wen ich sonst anrufen sollte. Er hat Angst und Schmerzen.«

Diese schönen Lippen verzogen sich, während er sie betrachtete. Er nickte und ging auf den Fremden zu. »Ich werde ihn mir ansehen, aber er braucht wahrscheinlich wirklich einen Arzt.«

THOMAS GING AUF DEN JUNGEN MANN AN RAYNAS TISCH ZU. Sein blondes Haar hing schlaff über sein schmutzgestreiftes Gesicht. Selbst aus fünf Metern Entfernung konnte er die Brandmale an den Armen und am Oberkörper des Mannes sehen, ganz zu schweigen von den bösen Prellungen an seinem linken Arm und Brustkorb. Jemand hatte ihn als Prügelknaben benutzt.

Wut brannte in seinem Bauch, dass jemand so etwas einem anderen Menschen antun könnte, aber er schob diese Gedanken beiseite, damit sein Gesichtsausdruck den Mann nicht erschreckte.

»Hallo. Ich bin Thomas«, sagte er und hockte sich hin. »Kannst du mir deinen Namen sagen?«

Der Mann sah zu ihm auf, Müdigkeit in dem einen hellblauen Auge, das er sehen konnte. Thomas unterdrückte den Schock, als er sein Gesicht gut sehen konnte. Wenn er über achtzehn war, würde Thomas seine Stiefel essen.

Der Junge musterte ihn einen Moment, bevor er antwortete. »Mason.«

»Freut mich, dich kennenzulernen, Mason.« Er deutete auf

den Arm, der in einem seltsamen Winkel an der Seite des Jungen hing. »Kannst du mir sagen, was passiert ist?«

Mason schluckte schwer und schüttelte den Kopf.

Thomas nickte. »Was ist mit diesen?« Er zeigte auf die Brandmale – die sehr nach Zigarettenverbrennungen aussahen.

Wieder schüttelte Mason den Kopf. »Ich will keinen Ärger.«

»Junge, ich glaube, du steckst schon knietief drin, ob du willst oder nicht.« Er stand auf. »Ich muss mir deine Schulter ansehen. Es wird sich nicht gut anfühlen, aber wenn ich sie wieder einrenken kann und es keinen offensichtlichen Bruch gibt, musst du nicht in die Notaufnahme. Okay?«

Mason nickte und setzte sich gerader hin.

Thomas schaute zurück zu Rayna. »Hast du ein Handtuch oder etwas, worauf er beißen kann?«

Sie ging zu einer Schublade neben dem Herd und nahm ein Geschirrtuch heraus, das sie ihm reichte. Er rollte es zu einem Strang und gab es dem Jungen.

»Hier. Beiß darauf, damit du dir keinen Backenzahn brichst.«

Der Junge nahm das Handtuch und legte es zwischen seine Zähne.

»Gut, lass uns sehen, was wir hier haben.« Thomas legte seine Hände auf die Schulter des Jungen und drückte leicht um das Gelenk herum.

Der Junge grunzte, blieb aber still.

»Es tut mir leid. Ich muss sehen, ob es einen Bruch gibt.« Er tastete das Ende des Oberarmknochens sowie das Schlüsselbein ab, fühlte aber nichts, was sich bewegte und nicht sollte.

»Nun, die gute Nachricht ist, ich glaube nicht, dass etwas gebrochen ist, und es fühlt sich an, als sei es nur eine teilweise

Ausrenkung. Aber wir müssen diese Schulter wieder einrenken.«

Der junge Mann nickte und nahm das Handtuch aus dem Mund, damit er sprechen konnte. »Tu es.«

»Ich kann es versuchen, aber das funktioniert viel besser, wenn du Schmerzmittel genommen hast. Sie helfen, dich und deine Muskeln zu entspannen. Wie lange ist sie schon ausgerenkt?«

Mason blickte nach unten. »Drei Tage«, murmelte er.

Thomas hockte sich wieder vor ihn. »Du bist drei Tage lang mit deinem Arm in diesem Zustand herumgelaufen?«, sagte er, seine Stimme leise vor Besorgnis.

Der Junge nickte und warf Thomas einen kurzen Blick zu, bevor er wieder wegsah.

Thomas sah Rayna überrascht an. Sie trug einen schockierten Ausdruck, als sie den jungen Mann in ihrer Küche anstarrte. Tränen schimmerten in ihren violetten Augen.

Er wandte sich wieder Mason zu. »Warum bist du nicht zu den Behörden gegangen, um Hilfe zu bekommen?«

Der Junge versuchte zu zucken, verzog aber das Gesicht. »Sie helfen nicht. Ich lande wieder dort, wo ich angefangen habe.«

»Mason, wie alt bist du?«, fragte Rayna und stellte sich neben sie.

Er sah sie durch seine Wimpern an, dann richtete er seinen Blick auf den Boden. »Ich weiß es nicht«, murmelte er.

»Was meinst du damit, du weißt es nicht?«, fragte Thomas mit leiser Stimme.

Mason sah ihn an, eine Fülle von Traurigkeit in seinen Augen. »Welches Datum haben wir?«

»Der dreizehnte September«, sagte Thomas.

»Welches Jahr?«

Der Schock ließ Thomas für einen Moment sprachlos werden. Was hatte dieser Junge durchgemacht, dass er nicht einmal wusste, welches Jahr es war? Er räusperte sich und krächzte das Jahr heraus.

Der Junge schenkte ihnen sein erstes echtes Lächeln. »Dann bin ich achtzehn.«

»Heißt das, ich kann dich ins Krankenhaus bringen?«, fragte er hoffnungsvoll. Dieser Junge könnte eine Menge zugrundeliegender Probleme haben, wenn er gefangen gehalten worden war.

Masons Lächeln verschwand und etwas von der Angst kehrte in seine Augen zurück. »Nein. Ich würde immer noch lieber nicht gehen.«

Rayna hockte sich neben sie. »Mason, wer hat dir das angetan?«

»Ich will keinen Ärger«, wiederholte er. »Bitte, repariert einfach meinen Arm und lasst mich meiner Wege gehen.«

Thomas wechselte einen weiteren Blick mit Rayna. Ihre Augen flehten ihn an zu helfen.

Verdammt. Er konnte ihr nie Nein sagen.

Tief durchatmend nickte er. »Okay.« Er tätschelte dem Jungen das Bein. »Lass uns sehen, was wir mit dieser Schulter machen können. Über den Rest reden wir später.«

Der junge Mann nickte.

»Ray, ich brauche ein Stück Stoff, aus dem wir eine Schlinge machen können.«

Sie nickte und stand auf, eilte in einen anderen Teil des Hauses.

»Bist du eine Art Arzt?«, fragte Mason, als sie verschwunden war.

Thomas lächelte und stand auf. »Gewissermaßen. Ich bin Tierarzt. Aber ich habe eine Sanitäterausbildung. Deine wird nicht die erste Schulter sein, die ich wieder eingerenkt habe. Meine Brüder hatten ihren Anteil.« Er zeigte auf das Geschirrtuch, das der Junge umklammerte. »Steck das zurück in deinen Mund und versuche, dich bestmöglich zu entspannen. Das wird sich viel besser anfühlen, nachdem ich sie zurück in die Gelenkpfanne gebracht habe.« Er betete, dass er sie wieder einrenken konnte. Da sie so lange ausgerenkt war, bestand die Möglichkeit, dass die Muskeln sich darum verkrampft hatten und es eine starke Sedierung erfordern würde, um sie wieder an ihren Platz zu bringen.

Er legte eine Hand zurück auf Masons Schulter und tastete nach den Enden des Gelenks. Rayna kehrte mit einem langen Schal in den Händen zurück, als er den Arm des Jungen anhob.

»Okay, los geht's.«

Er hob seinen Arm höher, und der junge Mann stieß ein Stöhnen aus. Thomas übte etwas Druck aus und spürte, wie die Muskeln Widerstand leisteten. Er massierte den Muskel, der über das Gelenk lief, dann zog er Masons Arm hoch und drehte ihn. Der Schrei des Jungen wurde durch das Handtuch gedämpft und dann abrupt unterbrochen, als das Gelenk mit einem leisen Ploppen zurück in die Pfanne glitt, was ihm etwas Erleichterung verschaffte.

Mason zog das Handtuch aus seinem Mund und sank im Stuhl zusammen. »Danke«, murmelte er.

»Gern geschehen.« Thomas trat beiseite, damit Rayna einen Verband um den Arm des Jungen binden konnte.

»Thomas, nimm die Flasche Ibuprofen aus der Schublade neben dem Kühlschrank«, sagte sie zu ihm. »Und gieß ihm ein Glas Milch ein.«

Er tat, wie ihm gesagt wurde, und stellte vier Tabletten und die Milch auf den Tisch vor Mason. Der Junge schaufelte sie auf und spülte sie mit einem großen Schluck hinunter.

»Möchtest du jetzt etwas essen?«, fragte Rayna den jungen Mann und tätschelte ihn auf die gesunde Schulter.

Mason nickte. »Ja, bitte.«

Sie sah Thomas an. »Hast du gegessen?«

Er schüttelte den Kopf.

Sie ging um die Halbwand herum, die den Essbereich von der Küche trennte, und ging zum Schrank neben dem Kühlschrank, nahm drei Schüsseln herunter. Sie trat zum Slow Cooker und entfernte den Deckel. Thomas ging hinüber, um neben ihr zu stehen.

»Was willst du mit ihm machen?«, fragte er mit leiser Stimme und blickte zurück zu Mason, der auf der anderen Seite der Halbwand saß, die Augen geschlossen, während er im Essstuhl zusammengesackt war.

»Ich bin mir nicht sicher, aber ich weiß, dass wir ihn nicht wegschicken können. Er hat kein Geld, und er ist verletzt. Wir könnten ihn genauso gut an denjenigen zurückgeben, vor dem er weggelaufen ist.«

»Einverstanden.«

»Ich schätze, er könnte für ein paar Tage hier bleiben. Ich habe ein Gästezimmer.«

Alarmglocken schrillten in Thomas' Kopf. »Ich weiß nicht, ob das so eine gute Idee ist. Du weißt nichts über ihn.«

»Ach komm schon, Thomas. Er ist nur ein verängstigtes Kind.« Ihr Flüstern war scharf, und sie funkelte zu ihm hoch.

»Das mag sein, aber er ist trotzdem ein Fremder.«

»Was willst du dann tun? Du kannst ihn nicht mit nach Hause nehmen; es gibt zu viele Menschen auf der Broken Bow. Jemand wird sich fragen, wer er ist, und anfangen, Fragen zu stellen. Bis wir wissen, vor wem er geflohen ist, ist es wahrscheinlich am besten, wenn er irgendwo abseits bleibt.« Sie schöpfte Suppe in die drei Schüsseln und reichte sie ihm, während sie weiterging.

»Das denke ich auch, aber mir gefällt trotzdem nicht die Idee, dass du hier mit ihm allein bist.« Er nahm die letzte Schüssel und ging zur Besteckschublade.

Rayna nahm ein Brot aus der Brotdose und legte es auf ein Schneidebrett. Thomas nahm ein Buttermesser aus der Schublade zusammen mit drei Löffeln und holte dann die Butter aus dem Kühlschrank.

Sie schnitt mehrere Stücke vom Brot ab und reichte sie ihm zum Buttern.

»Wenn du keinen besseren Ort für ihn kennst, lade ich ihn ein zu bleiben«, sagte sie und legte das gebutterte Brot auf einen kleinen Teller.

Er ergriff ihren Arm, um sie daran zu hindern wegzugehen. »Wenn er bleibt, dann bleibe ich auch.«

KAPITEL

Zwei

Raynas Augen weiteten sich, als sie zu ihrem Ex-Freund aufblickte. Er meinte es ernst.

Nein. Niemals. Er konnte nicht hier bei ihr bleiben. Er konnte ihren Anblick kaum noch ertragen. Thomas hatte überaus deutlich gemacht, dass er über sie hinweg war. Den Mörder seines Schwagers zur Haustür seiner Schwester zu führen, hatte jegliche Gefühle, die er für sie gehabt haben könnte, zunichte gemacht.

»Was? Nein. Du kannst nicht hier bleiben. Ich habe keinen Platz für euch beide.«

Es war ein Beweis dafür, wie sehr sich ihre Freundschaft in den letzten Monaten verändert hatte, dass er keinen Witz darüber machte, mit ihr in ihrem Zimmer zu schlafen. Stattdessen starrte er einfach auf sie herab.

»Ich schlafe auf der Couch«, sagte er, völlig ernst.

»Thomas, wir kommen schon klar. Du weißt, dass ich mich wenn nötig verteidigen kann.« Wie die meisten Kinder, die in dieser Gegend aufgewachsen waren, hatte sie von klein auf gelernt, mit einer Schusswaffe umzugehen. Und nach ihrer

Trennung hatte sie sich in die Jiu-Jitsu-Stunden gestürzt, die sie Monate zuvor begonnen hatte, nachdem Seb ihr ein paar Griffe gezeigt hatte. Die Aktivität half ihr, mit ihren aufgewühlten Gefühlen umzugehen. Sie praktizierte es noch heute.

Sie öffnete den Mund, um erneut zu protestieren, aber er unterbrach sie.

»Tu mir den Gefallen.« Sein Mund wurde schmal, und er blickte wieder zu dem Jungen hinüber. »Bei all dem seltsamen Scheiß, der diesen Sommer passiert ist, will ich einfach sichergehen, dass du sicher bist.«

Sie runzelte die Stirn und stemmte die Fäuste in die Hüften. »Wirklich? Ist das der Grund, warum du nicht ans Telefon gehen wolltest, als ich anrief? Warum du mich meidest, als hätte ich eine tödliche Seuche?«

Er verdrehte die Augen, was die Flammen ihrer Empörung nur anfachte.

»Willst du das jetzt ausdiskutieren?«

»Nun, es ist ein gültiges Argument, Thomas. Du kannst es nicht ertragen, in meiner Nähe zu sein. Warum sollte ich dich in meinem Haus wohnen lassen?«

Er seufzte und rieb sich den Nasenrücken. »Ich will nicht streiten. Können wir bitte vorerst einen Waffenstillstand schließen?«

Sie starrte zu ihm hoch, noch immer zögernd. Es war nicht nur die Feindseligkeit, die er ihr in letzter Zeit gezeigt hatte, die ihr Sorgen machte. Es waren ihre eigenen verwirrten Gefühle für den Mann. Sie hatte gedacht, sie wäre über ihn hinweg, aber sein Ärger ihr gegenüber hatte ihr Herz so verdreht, dass sie nicht mehr sicher war, was sie für ihn empfand.

»Zwing mich nicht, in meinem Truck zu schlafen, Ray.«

Nun war sie es, die mit den Augen rollte. Er würde genau das tun. »Na gut«, gab sie nach. Sie nahm zwei Schüsseln und ging zum Tisch, überließ es ihm, das Besteck, das Brot und seine eigene Schüssel zu holen.

Mit einem aufgesetzten Lächeln stellte sie einen Teller vor Mason hin und nahm dann den Stuhl zu seiner Rechten ein. Thomas setzte sich links neben den Jungen und platzierte den Brotteller in der Mitte des Tisches, bevor er die Löffel verteilte.

»Hau rein«, sagte sie zu dem jungen Mann.

Das musste sie ihm nicht zweimal sagen. Der Junge aß mit Begeisterung. Sie betrachtete sein schlankes Erscheinungsbild beim Essen und bemerkte den Mangel an Fett an seinen Rippen. Der arme Kerl hatte wahrscheinlich schon lange keine anständige Mahlzeit mehr gehabt. Nicht zum ersten Mal fragte sie sich, woher er kam.

Nur das Klirren der Löffel gegen die Keramikschüsseln durchbrach die Stille während sie aßen. Der Junge war zu hungrig zum Sprechen, und die Erwachsenen hatten zu viel Ballast zwischen sich, um eine angenehme Unterhaltung zu führen.

Rayna nutzte die Gelegenheit, um Mason etwas genauer zu betrachten. Er war so dünn. Und schmutzig. Seine große, schlaksige Gestalt war mit einer feinen Schicht Dreck überzogen. Ein Stoppelbart von mehreren Tagen bedeckte sein Kinn und seine fettigen Haare brauchten einen guten Schnitt - nachdem sie gewaschen worden waren. Und er brauchte Kleidung. Sie bezweifelte, dass irgendetwas, was sie besaß, ihm passen würde. Er könnte wahrscheinlich in ihre Hosen passen, so dünn war er, aber sie würden ihm vermutlich bis zur Mitte der Wade reichen. Während der Junge dünn war, kam er Thomas' einen Meter vierundneunzig nahe.

Sie bemerkte, dass sowohl Thomas als auch Mason ihre Suppe aufgegessen hatten. »Möchtest du mehr?« fragte sie den Jungen.

Er nickte mit gesenktem Blick. »Ja, bitte.«

Sie griff nach seiner Schüssel, und er zuckte zurück. Ihr Herz stockte bei dem Gedanken an den Schmerz, den dieses Kind in seinem Leben durchgemacht haben musste. Mit einem strahlenden Lächeln nahm sie seine Schüssel und schob sich vom Tisch weg, wobei sie Thomas mit einer Kopfbewegung in die Küche winkte. Er nahm seine Schüssel und folgte ihr.

Sie nahm den Deckel vom Schongarer und füllte Masons Schüssel. »Glaubst du, du könntest ihm saubere Kleidung bringen? Auf der Ranch gibt es nichts, was ihm passen würde.« Selbst die Sachen ihres Vaters wären ihm zu kurz. »Und vielleicht ein paar Toilettenartikel, damit er sich etwas säubern kann? Er kann vorerst mein Shampoo und Duschgel benutzen, aber er braucht die Grundlagen wie eine Zahnbürste und Deo.«

Er nickte und stellte seine Schüssel in die Spüle. »Ich muss sowieso eine Tasche für mich selbst packen. Ich werde schauen, was ich auftreiben kann, und bin bald zurück.«

Sie legte den Deckel des Schongarers wieder auf und schenkte ihm ein sanftes Lächeln. »Danke. Ich weiß, das ist der letzte Ort, an dem du sein willst.«

Sein Mund wurde schmal, als er sie anstarrte. »Das spielt keine Rolle. Der Junge braucht Hilfe.« Er trat einen Schritt zurück und drehte sich um. »Ich bin bald wieder da.«

Sie sah ihm nach, wobei ihr Blick zu seinem straffen Hintern wanderte, bevor sie sich einen scharfen mentalen Klaps gab. Thomas Archer anzustarren würde nichts bringen. Es würde sie nur noch angespannter machen als eine Bogensehne und so frustriert wie einen Stier, der von seiner Herde getrennt wurde.

Seufzend ging sie zurück zum Tisch und stellte die Schüssel Suppe vor Mason. Er machte sich sofort darüber her, aber mit etwas weniger Eile als zuvor, sein Hunger etwas gestillt. Er beäugte Thomas' sich entfernende Gestalt mit einem Stirnrunzeln, als die Hüttentür hinter ihm zuschlug.

»Er kommt wieder«, sagte sie zu ihm. »Er ist gegangen, um dir ein paar Kleider zu besorgen. Ich habe nichts, was dir passen würde.«

Der Löffel voll Suppe in der Hand des Jungen hielt auf dem Weg zu seinem Mund für eine Sekunde inne, bevor er nickte. Zufrieden, dass sie die Wahrheit sagte und Thomas nicht die Behörden rufen würde, neigte er den Kopf über sein Essen und konzentrierte sich aufs Essen.

Rayna stieß einen Atemzug aus und beobachtete, wie er aß. Er würde heute Abend nicht mehr reden.

Thomas murmelte etwas über seine eigene Dummheit, als er eine Reisetasche auf den Beifahrersitz seines Trucks warf und einstieg. Was zum Teufel dachte er sich dabei, anzubieten, bei Rayna zu bleiben? Dieser Junge konnte in seinem Zustand keiner Fliege etwas zuleide tun.

Aber die Wunden und Verletzungen, die er trug, entstanden nicht von selbst. Jemand hatte ihm das angetan. Und so verängstigt wie der Junge vor seinen Entführern war, hatte Thomas ein ungutes Gefühl, dass sie nach ihm suchen könnten. Er wollte Rayna und Mason nicht allein lassen, falls die Leute, die ihn missbraucht hatten, auftauchen sollten.

Er startete den Motor seines Trucks und fuhr von seinem Haus weg in die Stadt, um Mason ein paar Kleider zu kaufen. Er umging den Gemischtwarenladen in der Innenstadt, wo er normalerweise Kleidung für sich selbst kaufte, und fuhr zum großen Supermarkt am Stadtrand, da er für diesen speziellen Einkauf die Anonymität der Ladenkette vorzog. Es fühlte sich wichtig an, den Jungen geheim zu halten, bis sie mehr über die Situation wussten. Irgendetwas an der Lage ließ ihn über den Jungen schweigen wollen. Er konnte nur nicht genau sagen, was es war.

Er lenkte seinen Pickup in eine Parklücke und sprang heraus, ging mit schnellen Schritten hinein und schnappte sich einen Einkaufswagen. Thomas steuerte zielstrebig auf die Herrenabteilung zu, wo er mehrere langärmlige Arbeitshemden in gedeckten Farben von einem Ständer nahm, bevor er zur Wand mit Jeans ging. Er konnte die Größe des Jungen nur schätzen, entschied sich aber für die schlankste und längste, die sie hatten. Mason war fast so groß wie Thomas, aber mindestens dreißig Kilo leichter. An dem schlaksigen Körper des Jungen gab es kein Gramm Fett. Seine Gedanken schweiften zu Rayna. Sie würde das ändern, wenn Mason lange genug bei ihr bliebe.

Thomas sah sich in der Abteilung um und hielt in der Unterwäscheabteilung an, um jeweils eine Packung Boxershorts, Socken und T-Shirts zu holen. Glücklicherweise hatte er bemerkt, dass die Schuhe des Jungen nicht in schrecklichem Zustand waren, so dass er nicht die Schuhgröße raten musste. Er würde ihm später Stiefel kaufen, wenn es nötig sein sollte. Er warf auch eine Flanell-Pyjamahose in den Einkaufswagen.

Auf dem Weg zu den Kassen entdeckte er die Apothekabteilung und beschloss, mehr Schmerzmittel und eine bessere Schlinge für die Schulter des Jungen zu besorgen. Rayna hatte ihn auch gebeten, dem Jungen ein paar Toilettenartikel zu bringen.

Wieder im Hauptgang angekommen, sah er die Hinweisschilder für die Lebensmittelabteilung und runzelte die Stirn. Rayna sollte nicht alle drei alleine ernähren müssen. Er hatte nicht einmal daran gedacht, Lebensmittel von seinem Haus mitzubringen.

Seufzend ging er zur anderen Seite des Ladens. Er durchquerte die Gänge in schnellem Tempo und warf ein, was er brauchte und wovon er dachte, dass Rayna und Mason es mögen würden. Er schnappte sich sogar einen Behälter mit Raynas Lieblingseis, Brombeerstreusel, sowie ein paar andere Sorten, bevor er zu den Kassen ging. An der Selbstbedienungskasse scannte er seine Einkäufe durch, dankbar, dass niemand wissen würde, was er gekauft hatte. Er wollte nicht, dass jemand von Mason erfuhr, bevor sie einige Antworten bekamen.

Die Maschine spuckte seinen Beleg aus, und Thomas stopfte ihn in eine Tüte, bevor er den Wagen zum Ausgang schob. Er hängte sich die Tüten über die Hand und ließ den Wagen im Wagenständer stehen. Zurück an seinem Truck warf er die Tüten auf den Rücksitz neben seiner Reisetasche und stieg ein, um schnell vom Parkplatz zu fahren.

Auf seinem Weg durch die Stadt fuhr er an der Polizeistation vorbei und überlegte, anzuhalten, um mit dem Verlobten seiner Schwester über den Jungen zu sprechen. Jace würde es für sich behalten, wenn er ihn darum bitten würde. Er fuhr langsamer, aber etwas hielt ihn zurück. Sie brauchten erst mehr Informationen von dem Jungen, bevor sie die Behörden einschalteten, auch wenn die Polizei zur Familie gehörte. Er war froh, dass Seb nicht in der Stadt war, sondern auf seiner Hochzeitsreise. Es wäre viel schwieriger gewesen, dies vor ihm zu verbergen.

Die Meilen flogen vorbei, während er zurück zur Double Moon fuhr. Er parkte hinter Raynas Hütte, da er bezweifelte, dass sie wollte, dass ihre Eltern von seinem Aufenthalt erfuhren. Das würde weitere Fragen aufwerfen, die sie nicht beantworten wollten.

Er stieg aus dem Fahrzeug, schlang seine Reisetasche über die Schulter, hängte die Einkaufstüten über seine Hand und ging zur Hintertür. Er drehte den Knauf, aber er war verschlossen, also klopfte er sanft mit einem Fuß dagegen. Rayna kam um die halbe Wand vom Wohnbereich her und ließ ihn herein.

»Was hast du alles gekauft?«, fragte sie, als er seine Beute auf der Theke abstellte. »Ich dachte, du bringst ihm nur ein paar von deinen Klamotten mit.«

Thomas zuckte mit den Schultern. »Meine Hosen passen ihm nur in der Länge, und er brauchte Unterwäsche und Socken, also bin ich einkaufen gegangen. Ich habe auch Essen gekauft; ich erwarte nicht, dass du alle Lebensmittel kaufst, während ich hier bin.«

Sie begann, seine Einkäufe durchzusehen, und räumte die Sachen weg, während sie die Tüten leerte. Sie holte das Eis heraus und lachte leise. »Dieses Eis ist für dich?«

Er schaute gerade noch rechtzeitig hinüber, um zu sehen, wie sie mit den Augen rollte, während sie das Brombeerstreuseleis hochhielt.

»Du magst diese Sorte nicht.«

Ein Mundwinkel hob sich. »Nenn es ein Friedensangebot dafür, dass ich mich auf deine Couch gedrängt habe.«

»Klar.« Ihre Stimme triefte vor Sarkasmus, aber sie verstaute die gefrorene Leckerei im Tiefkühlfach.

»Da sind auch Vanille und Minzstreusel drin. Ich dachte, vielleicht mag Mason später davon.« Er schaute auf und stellte fest, dass der Junge nicht zu sehen war. »Wo ist er überhaupt?«

»Im Badezimmer, er duscht. Ich dachte, du würdest bald zurück sein, also habe ich ihn zum Duschen geschickt.«

Er nickte. »Ich lege ein paar von diesen Sachen auf das Bett im Gästezimmer und sage ihm Bescheid.« Er riss die Etiketten von mehreren Artikeln ab und nahm sie zusammen mit der neuen Schlinge und der Tasche mit Toilettenartikeln auf.

Als er den Flur entlangging, betrat er das Gästezimmer, während Mason aus dem Badezimmer kam. Dampfschwaden folgten ihm, als er mit einem Handtuch um die Taille in den Raum trat.

Seine Augen weiteten sich vor Angst, als er Thomas erblickte, und er erstarrte.

Thomas hielt inne beim Anblick der Angst des Jungen und hob die Gegenstände in seinen Armen. »Ich habe dir saubere Kleider und eine neue Schlinge für deine Schulter mitgebracht.«

Mason nickte zögernd, Resignation spannte seine Gesichts-züge. »Ich habe kein Geld. Wie willst du mich haben?«

Verwirrung huschte über Thomas' Gesicht, wurde aber schnell von Entsetzen abgelöst, als Masons Hand zum Knoten seines Handtuchs wanderte.

»Nein!«

Der junge Mann zuckte bei seinem Ruf zusammen und wich an die Wand zurück.

Thomas schluckte die Galle hinunter, die in seiner Kehle aufstieg, und zwang sich, ruhig zu sprechen. »Mason, ich will *nichts* für die Kleider. Du bist hier sicher. Hundertprozentig. Wir werden das niemals von dir verlangen. Niemals.«

Mason blickte nach unten, Scham im Gesicht. Thomas spürte einen Kloß im Hals und das langsame Brennen von Wut in seinen Eingeweiden. Jemand musste für das bezahlen, was sie diesem jungen Mann angetan hatten.

Er atmete tief durch die Nase ein, um seine Emotionen zu beruhigen, trat zum Bett und legte die Gegenstände ab. »In der Küche sind noch ein paar andere Dinge, aber das sollte für den Anfang reichen. Fühl dich frei, dich hinzulegen, wenn du möchtest. Rayna und ich werden im Wohnzimmer sein, falls du etwas brauchst.«

Noch immer auf den Boden starrend, nickte Mason.

Thomas drehte sich um und schritt aus dem Zimmer, seine Wut wuchs.

Rayna schaute auf, als er zurück in die Küche kam, und runzelte die Stirn, als sie seinen harten Gesichtsausdruck sah.

»Was? Geht es ihm gut?«

Er schnaubte. »Definiere 'gut'.« Er seufzte und trat näher, um ihr mit den restlichen Lebensmitteln zu helfen. »Er hat mir gerade angeboten, sich mir hinzugeben, um für die Kleider zu 'bezahlen', die ich gekauft habe.«

»Was?«, hauchte sie mit weit aufgerissenen Augen.

Er nickte. »Ich denke, sobald er sich etwas ausgeruht hat, müssen wir versuchen, einige Antworten von ihm zu bekommen. Herausfinden, woher er kommt und wer ihn gefangen hielt. Jemand hat diesen Jungen ausgebeutet und gehandelt. Es könnten noch andere sein.«

Ihre Hände zitterten, als sie den Schrank schloss. »Wer hier in der Gegend würde so etwas tun?« Entsetzen machte ihre Stimme heiser.

»Ich weiß es nicht, aber wir müssen es herausfinden.«

Thomas' Gedanken wirbelten, während er Rayna half, die

Reste seines Einkaufs aufzuräumen. *In was zum Teufel waren sie da hineingeraten?*

KAPITEL

Drei

»Das riecht gut.«

Rayna blickte von der Bratpfanne auf, als Thomas am nächsten Morgen verschlafen in die Küche kam. Seine dunklen Haare waren zerzaust und schwarze Stoppeln bedeckten seinen Kiefer. Sein weißes T-Shirt betonte seinen muskulösen Oberkörper, und die graue Jogginghose, die tief auf seinen Hüften hing, ließ wenig Raum für Fantasie. Sie biss sich auf die Innenseite ihrer Wange und wandte ihre Aufmerksamkeit wieder dem Speck zu. Warum hatte er sich nicht zuerst anziehen können?

»Es gibt Kaffee in der Kanne.« Sie zeigte mit ihrer Zange auf die Kaffeekanne zu ihrer Rechten. »Ich mache auch noch Pfannkuchen.«

Er ging zur Arbeitsplatte und nahm sich einen Becher herunter. »Ist Mason schon wach?«

Sie schüttelte den Kopf. »Ich habe nichts von ihm gehört.«

»Sind wir sicher, dass er noch hier ist?«

Das war eine berechtigte Frage. Er war so scheu gewesen, dass sie sich fragte, ob er versuchen würde, zu verschwinden, während sie schliefen. Sie glaubte aber nicht, dass er das getan hatte.

Sie deutete auf die Hintertür und das Paar schmutziger Turnschuhe daneben. »Seine Schuhe sind noch da, also denke ich nicht, dass er gegangen ist.«

»Ich bin nicht gegangen.«

Beide wirbelten herum, als sie Masons Stimme hörten. Er stand in der Türöffnung zur Küche in der Flanellpyjamahose, die Thomas gekauft hatte, und einem schwarzen T-Shirt. Er hatte auch die neue Schlinge angelegt.

Rayna lächelte ihn an. »Du bist wach. Gut. Genau rechtzeitig zum Frühstück. Magst du Kaffee? Ich habe auch Orangensaft. Oder Milch.«

Er strich sich die langen blonden Ponyfransen aus den Augen. »Ähm, Orangensaft ist in Ordnung.«

Sie sah zu Thomas hoch und bat ihn stumm, dem Jungen ein Glas Saft einzuschenken. Ohne ein Wort griff er nach dem Schrank, in dem sie die Trinkgläser aufbewahrte.

»Also, hast du gut geschlafen?«, fragte sie.

»Besser als in den letzten Nächten.«

Ihr Herz zog sich zusammen. Die Vorstellung, dass er mehrere Nächte in der Kälte verbracht hatte, besonders in seinem verletzten Zustand, ließ sie mit den Tränen kämpfen.

Sie schluckte den Kloß in ihrem Hals herunter. »Gut. Das freut mich. Magst du etwas Besonderes in deinen Pfannkuchen? Ich habe Blaubeeren und Schokoladenstückchen.«

»Beides ist in Ordnung. Ich kann mich nicht erinnern, wann ich das letzte Mal Pfannkuchen hatte.«

Rayna versuchte, die Traurigkeit nicht in ihrer Stimme oder ihrem Gesicht durchscheinen zu lassen. »Was isst du normalerweise zum Frühstück?«

Er zuckte mit seiner gesunden Schulter. »Wenn sie mir überhaupt Frühstück gaben, war es meistens Müsli oder ein Stück Obst.«

Das hatte sie befürchtet. »Nun, hier bei uns gibt es ein herzhaftes Frühstück, weil wir hart arbeiten. Das bedeutet nicht immer Speck und Pfannkuchen, aber heute schon. Und bevor du etwas sagst: Ich erwarte nicht, dass du arbeitest. Deine Aufgabe ist es jetzt, gesund zu werden. Gutes Essen gehört dazu.«

Thomas reichte ihm das gewünschte Glas Saft, und er nahm einen Schluck, während er sie nachdenklich beobachtete. Sie vermutete, dass er versuchte zu entscheiden, ob ihre Freundlichkeit aufrichtig war oder ob sie ihm später zum Verhängnis werden würde.

»Warum hilfst du Thomas nicht, den Tisch zu decken, während ich die Pfannkuchen mache? Ich mache beide Sorten. Thomas mag die mit den Schokoladenstückchen, aber ich mag Blaubeeren.«

Thomas öffnete einen anderen Schrank und winkte den Jungen zu sich. »Wir werden das schnell erledigen und dann vielleicht auf die Veranda gehen, während wir warten, bis alles fertig gekocht ist. Es gibt kaum etwas Schöneres, als den Sonnenaufgang zu beobachten und den Vögeln an einem frischen Morgen wie diesem zu lauschen. Nimm etwas Besteck.« Er zeigte auf eine Schublade neben der Spüle.

Rayna holte die Zutaten für die Pfannkuchen heraus, während die beiden sammelten, was sie für den Tisch brauchten. Als sie fertig waren, hatte sie den ersten Teig auf der Pfanne.

~

Thomas schob seine Füße in seine Stiefel und schlüpfte in seine Jacke, dann reichte er Mason den Kapuzenpullover, den er aus Raynas Schrank geholt hatte. Er war etwas kurz für ihn, aber er würde seinen Zweck vorerst erfüllen. Er machte sich eine gedankliche Notiz, seine Schränke zu Hause zu überprüfen. Vielleicht gab es dort irgendwo einen Mantel, den er nicht mehr trug.

Er nahm seinen Kaffeebecher. »Fertig?«

Mason nickte, und Thomas führte ihn nach draußen auf die Veranda. Er wusste, dass er ein Risiko einging, dass Raynas Eltern, John und Izzy, sie sehen könnten, aber es war noch zu früh, dass sie schon auf den Beinen sein würden. Die Sonne war noch nicht einmal über dem Berg aufgegangen. Er zog eine Decke aus der Kiste, die gleichzeitig als Tisch diente, und reichte sie Mason, bevor sie sich in die Schaukelstühle setzten, die die Truhe flankierten.

Für einige Minuten war das einzige Geräusch das Zwitschern der Vögel, die mit der aufgehenden Sonne erwachten. Thomas unterdrückte ein Gähnen mit seiner Hand und nahm dann einen Schluck von seinem Kaffee, um die Müdigkeit zu vertreiben. Er schaute zu dem Jungen hinüber, der unter der Decke zusammengekauert saß und Schlucke von seinem Saft nahm, während sie die Sonne aufgehen sahen.

»Mason.«

Der junge Mann schaute herüber.

»Ich weiß, dass du nicht darüber reden willst, aber ich muss wissen, woher du kommst. Wir müssen herausfinden, wer dir das angetan hat.«

Mason starrte auf sein Glas. »Das spielt keine Rolle. Ich gehe nie wieder zurück, und niemand kann mich jetzt dazu zwingen, wo ich achtzehn bin.«

»Was ist, wenn sie dich wiederfinden und dich zwingen, mitzugehen? Wäre es nicht besser, wenn sie eingesperrt wären, damit sie dich nie wieder in die Finger bekommen könnten?«

Er schüttelte den Kopf. »Ich sterbe lieber, bevor ich zurückgehe.«

Thomas blickte über die Ranch und fuhr mit einer Hand über die Stoppeln an seinem Kinn, während er Masons Worte aufnahm. Er konnte sich die Schrecken, die dieser Junge gesehen hatte, nicht vorstellen, dass er lieber sein Leben beenden würde, als dorthin zurückzukehren, wo er gewesen war.

»Was ist mit den anderen? Gibt es andere wie dich, denen du helfen könntest, indem du uns sagst, woher du kommst?«

Der Junge rutschte auf seinem Sitz hin und her, und Thomas wusste, dass er den Nagel auf den Kopf getroffen hatte.

»Wie viele andere, Mason?«

»Fünf«, murmelte er.

Thomas' Magen verkrampfte sich. Er stellte einen Fuß auf das Geländer und versuchte, die Wut, die in ihm aufstieg, zu zügeln.

»Ich würde dir gerne sagen, wie man sie findet, aber ich weiß es nicht. Der... Mann, bei dem sie mich zurückließen, betrank sich und kiffte, nachdem er mit mir fertig war. Ich wehrte mich, und das machte ihn müde. Zwischen dem und all dem Zeug, das er zu sich nahm, verlor er das Bewusstsein. Normalerweise sind sie vorsichtiger, aber ich glaube, er dachte, ich sei zu verletzt, um mich vom Bett zu bewegen. Als ich merkte, dass er ziemlich stark auf Drogen war, tat ich so, als wäre ich zu verletzt, um zu fliehen. Sobald er weggetreten war, schlich ich mich davon. Es war dunkel, also konnte ich nicht viel sehen außer dem Haus und anderen Mini-Hütten, in denen die Gäste blieben, wenn sie zu ihren Besuchen kamen. Jedes Mal, wenn ich das Grundstück aus irgendeinem Grund verließ, trug ich eine Augenbinde. Ich weiß nur, dass es tief in den Bergen war. Dieses Haus hier ist das erste, das ich gesehen habe, und ich bin zwei Tage lang gelaufen.«

Ekel und Wut wühlten in Thomas' Magen, als er Masons Geschichte zuhörte. »Kennst du die Namen deiner Entführer oder des Mannes, bei dem du warst, als du geflohen bist?«

»Seinen Namen kenne ich nicht. Aber es waren ein Mann und eine Frau, die mich gefangen hielten. Sie sagten, ihre Namen seien Jim und Anne Smith.«

Thomas konnte das Schnauben nicht unterdrücken, das über seine Lippen kam. Das war einer der häufigsten Nachnamen auf dem Planeten.

»Ja. Ich weiß jetzt, dass sie wahrscheinlich darüber gelogen haben. Aber als ich sie traf, war ich verzweifelt, von der Straße wegzukommen.«

»Wie alt warst du?«

»Elf.«

Thomas stieß eine Reihe von Flüchen aus. »Du bist gefangen gehalten worden, seit du elf warst?«

Der junge Mann nickte.

Mein Gott. Thomas konnte nicht anders, als darüber nachzudenken, was er mit elf Jahren getan hatte. Er war auf der Ranch herumgerannt, hatte mit seinen Brüdern Chaos verursacht und seine Zwillingsschwester geärgert.

Er rieb sich mit einer Hand übers Gesicht. »Ich weiß, dass du nicht scharf darauf bist, zu den Behörden zu gehen, aber wir müssen diese Leute finden, damit wir die anderen Kinder retten können, mit denen du zusammen warst. Mein Bruder Seb ist der Sheriff, und er-«

Mason sprang von seinem Stuhl auf, die Decke fiel ihm zu Füßen auf die Veranda. Angst ließ das Weiße seiner Augen im zunehmenden Tageslicht glänzen. »Ich wusste, ich hätte letzte Nacht verschwinden sollen! Du lieferst mich den Cops aus!«

»Woah, warte mal.« Thomas erhob sich langsamer. Er stellte seinen Becher ab und hielt seine Hände hoch, um den Jungen zu beruhigen. »Ich liefere dich niemandem aus. Du bist rechtlich gesehen ein Erwachsener. Aber mein Bruder kann helfen. Er ist ein guter Ermittler.«

Mason schüttelte den Kopf und begann, auf und ab zu gehen. »Nein. Die Bullen helfen nie. Ich lande immer wieder bei den Smiths.«

Thomas stellte sich ihm in den Weg. »Mason. Niemand wird dich zu den Smiths zurückschicken. Du hast mein Wort. Selbst wenn Seb es versuchen sollte – was er nicht tun wird – werde ich dir helfen, die Stadt zu verlassen und ein neues Leben zu beginnen, bevor das passiert. Du wirst *nie* dorthin zurückkehren müssen.«

Er legte sanft eine Hand auf die gesunde Schulter des Jungen und brachte seine unruhigen Augen zur Ruhe. »Ich brauche dein Vertrauen. Und das von Rayna. Wir werden alles tun, was wir können, um dir zu helfen. Und wir erwarten nichts als Gegenleistung. Niemals.« Er zog eine Augenbraue hoch und ließ seine Hand fallen. »Okay? Nicht jeder ist wie die Smiths.«

Der Junge hielt seinem Blick einen langen Moment stand, bevor er nickte.

Thomas bot ihm ein Lächeln an. Erleichtert, dass er ihn nicht verscheucht hatte, ließ er das Thema vorerst fallen. »Komm schon. Lass uns nachsehen, ob Rayna das Frühstück fertig hat.«

Mit einem Seufzer, der aus tiefster Erschöpfung kam, schloss Rayna den Geräteschuppen ab und machte sich auf den Weg zum Haus. Sie war froh, dass sie den Rest ihrer Sommerpflanzen geerntet hatte. Für heute Nacht war starker Frost angesagt. Das Wetter in diesem Jahr war seltsam gewesen. Der Sommer hatte heiß begonnen und war es auch geblieben. Vom Herbst war kaum etwas zu spüren gewesen. Bisher hatten sie erst einen leichten Frost gehabt, und jetzt sollten die Temperaturen in den Keller gehen. Zum Glück würden ihre Kürbis- und Kürbisgewächse die kühleren Temperaturen gut vertragen. Der Herbst-Bauernmarkt, den sie auf ihrem Grundstück betrieb, war in der Gegend ein großer Erfolg.

Mit den Schlüsseln in der Tasche ging sie über das Gras zu ihrem Haus. In den Fenstern leuchtete Licht und lockte sie nach Hause. Mason hatte versprochen, sich heute nicht blicken zu lassen und sich auszuruhen, während sie und Thomas zur Arbeit gingen. Sie hatte ihm ihren Laptop hinterlassen und ihm gesagt, er solle die Welt erkunden, die er in den letzten Jahren verpasst hatte.

Lichter erhellten den Hof, und das tiefe Grollen eines Motortucks lenkte ihre Aufmerksamkeit auf die Einfahrt. Thomas' schwarzer Pickup rollte auf sie zu. Er fuhr um das Haus herum und parkte. Sie änderte ihre Richtung und traf ihn, als er aus dem Fahrzeug stieg.

»Hi.« Sie trank den Anblick seines langen, muskulösen Körpers in sich auf. Er war schon teuflisch gut aussehend gewesen, als sie in der Highschool und ihren frühen Zwanzigern zusammen waren, aber in der Zwischenzeit hatte er sich zu einem spektakulären Beispiel männlicher Erscheinung entwickelt. Seine Schultern waren breiter geworden, und er hatte allein durch die harte Arbeit als Rancher und Großtierveterinär eine beachtliche Menge Muskeln aufgebaut. Die Jahre hatten seinen Gesichtszügen eine Reife verliehen, die sie außerordentlich sexy fand. Die kleinen Fältchen um seine dunklen Augen steigerten nur seine Anziehungskraft. Ihn so nah zu haben und nicht berühren zu können – die leichte Kameradschaft, die sie nach ihrer Trennung so hart erarbeitet hatten, zu vermissen – war schwieriger als sie es sich vorgestellt hatte.

Er blickte bei ihrem Gruß auf und nickte. Er griff in den Truck und holte seinen schweren Mantel und eine andere Jacke heraus, die sie ihn seit Jahren nicht hatte tragen sehen.

»Ich bin froh, dass ich dich hier draußen erwischt habe. Wir hatten heute Morgen keine Gelegenheit zu reden, bevor ich ging.«

Sie kam näher, jetzt neugierig. Sie hatte nur gedacht, er wollte nicht reden. Er hatte nach seiner Rückkehr mit Mason kaum ein paar Worte mit ihr gewechselt.

»Ich habe Mason auf der Veranda zum Reden gebracht. Er sagte, dass es fünf weitere Kinder gibt, wo er festgehalten wurde. Aber er weiß nicht, wie er dorthin zurückkommt.

Nur, dass es ein Mann und eine Frau waren, die ihn 'gerettet' haben von der Straße, als er elf war.«

Ihre Hand flog hoch, um ihren Mund zu bedecken, als sie Masons Alter bei seiner Entführung hörte. Tränen stiegen ihr in die Augen. »Oh! Er war so jung. Diese Leute sind Monster.«

»Stimmt.« Thomas trat näher. Er hob eine Hand, als wolle er ihr Gesicht berühren, zögerte jedoch und ließ sie wieder sinken. »Zumindest ist er jetzt in Sicherheit. Wir können nicht ändern, was ihm passiert ist, aber wir können dafür sorgen, dass er eine bessere Zukunft hat.«

»Und die anderen Kinder auch, wenn wir sie finden können.« Sie kaute an ihrer Lippe und starrte einen Moment in die Dunkelheit, bevor sie wieder zu ihm aufblickte. »Glaubst du, wir sollten Jace anrufen? Ihn bitten, herzukommen und mit Mason zu sprechen?«

Thomas' Mund verzog sich zu einer dünnen Linie, und er starrte einen Moment lang über ihre Schulter hinweg, nachdenklich. »Noch nicht. Seb wird am Sonntag zurück sein, also denke ich, wir sollten auf ihn warten. Er kennt sich besser im Landkreis aus als Jace. Vielleicht hat er Gerüchte über irgendetwas gehört. Ich möchte Jaces Zeit nicht verschwenden und riskieren, dass er nichts erfährt, wenn Seb uns vielleicht von Anfang an in die richtige Richtung weisen kann. Es gibt uns auch Zeit, mehr von Masons Vertrauen zu gewinnen. Ich glaube, wenn wir jetzt Jace herbringen würden, würde er dichtmachen und vielleicht weglaufen, wenn wir schlafen. Er misstraut den Behörden zutiefst, und das kommt nicht von ungefähr. Ich hasse es, das zu sagen, aber ich glaube, wir haben bessere Chancen, diese anderen Kinder zu finden, wenn wir warten.«

Sie wusste, dass er Recht hatte, aber es linderte weder den Schmerz in ihrem Herzen noch das Wühlen in ihrem Magen, wenn sie daran dachte, was diese Kinder gerade durchmachen könnten. Wenn sie zu intensiv darüber nachdenken würde, würde ihr schlecht werden.

Mit einem Seufzer nickte sie. »Okay. Lass uns reingehen und einfach versuchen, sein Freund zu sein.«

Er nickte und deutete ihr an, voranzugehen. Als sie sich zum Haus umdrehte, durchschnitten Scheinwerfer die Nacht.

»Erwartest du jemanden?«, fragte er und blickte zu ihr hinunter.

Sie stöhnte und blickte zum Himmel. »Ja. Es ist Macy. Ich wollte heute Abend mit den Änderungen an ihrem Brautjungfernkleid für Taras Hochzeit beginnen. Ich habe es völlig vergessen.« Sie ging zur Vorderseite des Hauses. »Vielleicht kann ich sie abfangen. Ihr sagen, dass ich müde bin und vom Tag auf dem Feld Kopfschmerzen habe, oder so.«

Die Scheinwerfer des SUVs streiften über sie hinweg.

»Dafür ist es zu spät. Sie hat mich gesehen«, sagte Thomas.

Rayna stöhnte. »Es tut mir leid«, flüsterte sie. Es gab keine Möglichkeit, dass Macy glauben würde, er sei nur zu Besuch hier. Nicht nachdem er so wütend auf sie wegen der ganzen Derrick-slash-Jared-Katastrophe gewesen war.

»Lass mich das regeln, okay?« Er gab ihr keine Chance zu antworten, bevor er sich von ihr entfernte und auf Macy zuging, die geparkt hatte und aus ihrem Auto stieg.

»Thomas? Was machst du hier?«

Rayna konnte die Verwirrung auf Macys hübschem Gesicht erkennen, selbst im schwindenden Licht. Sie konnte es kaum erwarten zu hören, welche Geschichte Thomas auftischen würde.

»Ich bin zum Abendessen gekommen.«

Macy starrte sie einen Moment lang mit offenem Mund über die geöffnete Fahrertür an. Sie trat zurück und schloss die Tür. »Was?«

Raynas Augen trafen seine, als er zurückblickte, und er lächelte. Dieses schelmische Grinsen, das seine Grübchen zeigte, erhellte sein Gesicht, und ihr stockte der Atem. Es war lange her, dass er ihr dieses Lächeln geschenkt hatte. Er hatte sie in den letzten Monaten kaum angesehen, ohne sie anzustarren.

Er wandte sich wieder Macy zu. »Ich bin zum Abendessen gekommen«, wiederholte er. »Rayna und ich haben beschlossen, dass es höchste Zeit ist, das Kriegsbeil zu begraben.«

Was?

Rayna versuchte, die Überraschung aus ihrem Gesicht zu halten. Das war das Letzte, was sie von ihm erwartet hatte.

Er streckte ihr seine Hand entgegen. Im Bewusstsein, dass sie Publikum hatten, und einen jungen Mann im Haus, der auf ihren Schutz angewiesen war, ergriff sie seine Hand und ließ ihn sie an seine Seite ziehen. Als er einen Arm um ihre Taille legte, tat sie ihr Bestes, um nicht zu erstarren. Nicht weil es ihr nicht gefiel, sondern weil es ihr zu sehr gefiel. Sobald Macy weg war, würde er sie wegschieben, als hätte sie eine ansteckende Krankheit.

Macys Mund klappte noch weiter auf, bevor ein strahlendes Lächeln ihr Gesicht erhellte. »Was? Das ist ja fantastisch!« Sie rannte um die Vorderseite des Autos herum, um Rayna von seiner Seite zu ziehen und sie fest zu umarmen.

»Warum hast du nichts gesagt?«, flüsterte sie mit eindringlichem Ton.

Rayna löste sich und zuckte mit den Schultern. »Es ist einfach so passiert.«

Die andere Frau quietschte leise. »Ich freue mich so für dich.«

»Danke.« Sie kämpfte darum, ihr Lächeln echt wirken zu lassen. Sie hasste es, ihre Freunde anzulügen. »Du hättest nichts dagegen, deine Anprobe zu verschieben, oder? Wir sind beide gerade erst mit der Arbeit fertig geworden, also habe ich noch nicht einmal mit dem Kochen angefangen.«

Macy trat zurück, immer noch grinsend. »Natürlich nicht.« Sie hüpfte auf den Fußspitzen und wirbelte herum, um zu ihrem Auto zurückzukehren. »Ruf mich morgen an, dann vereinbaren wir etwas anderes.« Sie öffnete die Autotür und wackelte mit den Augenbrauen, ihr Lächeln wurde ungezogen. »Viel Spaß.« Sie stieg ein, schloss die Tür und startete den Wagen, drehte schnell um und fuhr den Weg zurück, den sie gekommen war.

Sobald ihr Auto außer Sicht war, fielen Raynas Schultern herab und sie stöhnte. »Ich kann nicht glauben, dass du sie denken lässt, wir wären wieder zusammen. Wie sollen wir das wieder erklären?«

»Entspann dich. Es ist nur für ein paar Tage. Es war der einzige Weg, sie ohne einen Haufen Fragen loszuwerden.«

»Wir hätten es ihr sagen können, weißt du. Wenn es jemanden gibt, der ein misshandeltes Kind schützen würde, dann ist es Macy.«

Er nickte knapp. »Ich weiß, aber ich will nicht, dass sie Geheimnisse vor Declan haben muss. In seiner Position wäre er verpflichtet, die Situation zu melden.« Er drehte sich um und ging zum Haus.

»Aber trotzdem – argh! Das ist ein Albtraum. Es wird bis morgen früh in der ganzen Stadt bekannt sein, dass wir wieder zusammen sind. Bist du darauf vorbereitet? Du kannst mir nicht einmal ein echtes Lächeln schenken, so sehr hasst du mich.«

Er blieb abrupt stehen, die Schultern steif, und drehte sich zu ihr um. Der sanfte Blick auf seinem Gesicht überraschte sie.

»Ray, ich hasse dich nicht.«

Sie runzelte die Stirn. Tat er nicht?

Sie öffnete den Mund, um zu antworten, aber er seufzte und schüttelte den Kopf. »Aber ich erwarte nicht, dass du das glaubst.« Er schüttelte den Kopf und wirbelte auf dem Absatz herum, ging schnellen Schrittes zum Haus.

Rayna unterdrückte ein frustriertes Stöhnen. Warum konnte er nicht einfach mit ihr reden? Sie eilte ihm nach und holte ihn ein, als er die Haustür öffnete.

»Thomas, wir sollten r-« Sie brach ab, als sie ihm ins Innere folgte. In eine leere Hütte.

»Wo ist Mason?«

Sie ging um ihn herum in Richtung Schlafzimmer. »Vielleicht hat er ein Nickerchen gemacht oder ist im Badezimmer.« Sie ging den Flur entlang, passierte die offene Badezimmertür, und ihr Magen sank, als sie um die Ecke zu seinem Schlafzimmer bog und es leer vorfand. Sie drehte sich um und sah Thomas an, der hinter ihr in der Türöffnung stand.

»Er ist weg«, flüsterte sie. Angst trieb ihr Herz in die Höhe. Ob er aus eigenem Antrieb gegangen war oder jemand ihn mitgenommen hatte, der junge Mann war in großer Gefahr.

»Wann hast du ihn zuletzt gesehen?«

»Beim Mittagessen. Da schien er in Ordnung zu sein. Vielleicht ein bisschen ruhig, aber ich dachte nur, er sei noch müde von seinem Martyrium.« Sie starrte Thomas an, ihre Augen weit aufgerissen.

Thomas betrat den Raum und sah sich um. »Seine Kleidung

ist weg. Geh nachsehen, ob seine Toilettenartikel noch im Badezimmer sind.«

Rayna stürzte durch die Tür, die ins Badezimmer führte, und suchte die Ablage ab. Sie war leer.

»All seine Sachen sind weg«, sagte sie, als sie wieder ins Schlafzimmer kam.

»Okay. Er ist von selbst gegangen. Verdammt! Wahrscheinlich hat ihn unser Gespräch heute Morgen verschreckt. Wir müssen ihn finden. Bevor er wieder in die Hände der Leute gerät, vor denen er weggelaufen ist. Oder schlimmeres.«

»Stimmt. Aber wenn wir ihm nachlaufen, könnte er denken, wir sind nicht anders als die Leute, die ihn gefangen gehalten haben.«

»Was schlägst du also vor?«

»Wir warten ab und sehen, ob er von selbst zurückkommt.«

Thomas' Augenbrauen schossen in die Höhe. »Was? Ray, wenn er das nicht tut, könnte er überall landen und wir werden ihn nie finden.«

»Ich weiß, aber wenn wir jemals wollen, dass er uns vertraut, muss er von selbst zurückkommen.«

»Aber warum sollte er zurückkommen? Er würde nie wissen, dass wir nicht nach ihm suchen, wenn er weiterläuft.«

»Tatsächlich könnte er das. Während du ihn heute Morgen draußen hattest, habe ich einige Notizen in seinen Sachen versteckt.«

Er runzelte die Stirn. »Was für Notizen?«

»Nur Dinge, die ihm sagen, dass wir verstehen, warum er weggelaufen ist, aber dass die Tür für ihn immer offen steht, wenn er jemals zurückkommen will.«

Er fuhr sich mit den Händen durch die Haare, sein Kopf wippte, während er über das nachdachte, was sie gesagt hatte. »Okay. Also werden wir einfach nichts tun?«

»Ich denke, wir müssen.« Es ging ihr gegen den Strich, diesen Jungen da draußen allein zu lassen, nur mit den Kleidern auf seinem Rücken, aber sie wusste, dass sie Recht hatte. Die Entscheidung, wohin er ging, lag bei Mason. Er brauchte diese Kontrolle nach so vielen Jahren, in denen er gezwungen wurde, das zu tun, was andere wollten.

Thomas ging zum Fenster und wieder zurück, immer noch sein Haar umklammernd. Er sah Rayna an. »Hat er außer der Kleidung und den Toilettenartikeln noch etwas mitgenommen?«

Ihre Augen weiteten sich. »Vielleicht. Meine Handtasche war den ganzen Tag drinnen. Sie ist in der Küche.« Sie wirbelte herum und rannte aus der Tür. Er war ihr dicht auf den Fersen.

Sie fand ihre Handtasche dort, wo sie sie in der Küche auf der Arbeitsplatte gelassen hatte und zog ihre Geldbörse heraus. Ihr ganzes Bargeld und alle Kreditkarten waren noch da. Tränen bildeten sich in ihren Augen. Warum hatte er es nicht mitgenommen? »Es ist alles noch hier.« Ihre Stimme brach, und sie schniefte.

»Was ist mit Lebensmitteln?« Er ging zu den Vorratsschränken und öffnete sie.

Sie verstaute ihre Geldbörse und drehte sich um, um mit ihm den Inhalt zu begutachten. »Es fehlen Sachen. Zumindest hat er etwas zu essen mitgenommen.«

»Ja, aber wie lange wird es reichen?«

Rayna stocherte in den Gegenständen auf den Regalen. »Nach dem, was fehlt, ein paar Tage.«

Thomas seufzte. »Das ist nicht sehr lange. Was wird er tun, wenn ihm alles ausgeht?«

»Ich denke, er ist es gewohnt, Gefälligkeiten gegen Dinge einzutauschen.« Sie nahm einen tiefen Atemzug und versuchte, ihr galoppierendes Herz zu zügeln. »Ich hasse den Gedanken, dass er zu dieser Art von Lebensstil zurückkehrt.« Sie bedeckte ihr Gesicht und drückte ihre Finger gegen ihre Augen. Was Mason tun müsste, um zu überleben, war nichts, worüber sie nachdenken wollte.

Sein Gesichtsausdruck fiel, und er drehte sich weg, bedeckte einen Moment lang seine Augen, bevor er mit seiner Hand über sein Gesicht und über die Stoppeln fuhr, die seinen Kiefer verdunkelten. »Verdammt, Rayna. Wir müssen ihm folgen.«

Sie trat näher und nahm seine Hände in ihre, hielt sie zwischen ihrer beider Brust, während Tränen in ihren Augen aufstiegen. »Wir können nicht«, flüsterte sie. »Ich möchte es. So sehr. Aber denk darüber nach, Thomas. Wenn wir ihn aufspüren, wird er uns nicht besser sehen als seine Entführer. Wir müssen warten und beten, dass meine Notizen zu ihm durchdringen und er zurückkommt.«

Er füllte seine Lungen und starrte einen Moment lang auf einen Punkt über ihrem Kopf, bevor er wieder zu ihr hinabblickte. »Okay. Wir machen es auf deine Art. Aber wenn er in ein paar Tagen nicht zurück ist, rufe ich Jace an, Vertrauen hin oder her. Wir können ihn nicht da draußen lassen.«

Sie nickte. »Okay.« Ihre Stimme war kaum hörbar. Sie neigte ihren Kopf nach vorn, um ihn an seine Brust zu lehnen. Emotionen verstopften ihre Kehle, und sie kämpfte gegen ein Schluchzen. Sie betete, dass sie das Richtige taten und dass Mason zurückkommen würde.

∿

Thomas starrte in die Dunkelheit hinaus. Rayna war vor Stunden zu Bett gegangen. Er hatte es versucht, aber er konnte sein Gehirn nicht abschalten, also war er nach draußen gegangen. Er dachte immer wieder daran, dass Mason da draußen in der Wildnis war. Kalt und verängstigt. Der Junge war ihm mit bemerkenswerter Geschwindigkeit ans Herz gewachsen. Es juckte ihn, ihn zu finden. Die Ranch hatte eine Drohne mit Wärmebildkamera und Nachtsicht, die er ausleihen konnte. Mit ein wenig Überlegung, wohin der Junge gehen könnte, könnte Thomas wahrscheinlich eine fundierte Vermutung über seine Richtung anstellen und ihn finden.

Aber so sehr er es auch hasste, Rayna hatte Recht. Wenn sie ihn jetzt aufspüren würden, könnte Mason wieder weglaufen, aus Angst, sie würden ihn nur aus anderen Gründen bei sich behalten wollen. Er musste bereit sein, hier zu sein. Es musste Masons Entscheidung sein.

Er schlug den Kragen seines Mantels hoch und richtete die Decke, die seinen Unterkörper bedeckte, und lehnte seinen Kopf gegen die Stuhllehne, um zu versuchen, etwas Schlaf zu bekommen.

Er muss eingenickt sein, denn als Nächstes weckte ihn das Zwitschern der Vögel und das Gackern der Hühner, als sie aus ihrem Stall kamen, aus einem unruhigen Traum. Er und Rayna waren im Wald und suchten nach Mason, wobei sie sich mit jeder verstreichenden Minute verzweifelter fühlten.

Die Veranda knarrte, und Thomas öffnete die Augen, in der Erwartung, Rayna zu sehen. Er sprang auf die Füße, seine Stiefel donnerten gegen das Holz, als er Mason auf den Stufen stehen sah.

Der Junge trat einen Schritt zurück, und Thomas streckte eine Hand aus. »Tut mir leid. Wollte dich nicht erschrecken.«

Mason beobachtete ihn einen Moment, dann ging er die Stufen hinauf, um sich ihm anzuschließen. »Hast du hier draußen geschlafen?«

Thomas nickte. »Es fühlte sich falsch an, drinnen zu schlafen, während du da draußen in der Kälte warst.«

Mason schluckte schwer und sah weg.

»Du bist zurückgekommen«, sagte Thomas und machte einen Schritt auf ihn zu. Er wollte den jungen Mann packen und umarmen, aber er fürchtete, ihn zu berühren und zu verschrecken.

»Ja.« Mason sah einen Moment weg. »Ich habe Raynas Notiz gefunden.« Seine blauen Augen trafen auf Thomas' dunkle. »Hat sie – habt ihr – es ernst gemeint?«

»Ja«, antwortete er ohne zu zögern. »Jedes Wort. Du bist hier willkommen – und kannst kommen und gehen – solange du willst. Wir wollen dir einfach helfen.«

»Warum?«, flüsterte er.

Emotion verstopfte Thomas' Kehle, als er darüber nachdachte, wie er seine Gefühle in Worte fassen sollte. »Weil du eine Chance verdienst. Was du durchgemacht hast – ich weiß nicht, wie du all diese Jahre überlebt hast – und bei Verstand geblieben bist. Ich finde dich erstaunlich, und ich respektiere deine Widerstandsfähigkeit. Rayna und ich – wir wollen einfach da sein, um dir zu helfen, ein Leben aufzubauen, auf das du stolz sein kannst.«

Die Tür öffnete sich, und Rayna stand da, immer noch in ihrem Pyjama, den sie mit einem schweren Morgenmantel bedeckt hatte, der der Morgenkühle Rechnung trug.

»Mason«, hauchte sie.

Eine Träne lief über das Gesicht des Jungen, als er sie ansah. »Ich habe deine Notiz gefunden.«

Ein Lächeln erhellte ihr Gesicht, und sie breitete wortlos ihre Arme aus. Er trat in sie hinein und schlang seinen gesunden Arm um sie. Thomas ging hinüber und legte eine Hand auf den Rücken des Jungen, nahm einen tiefen Atemzug und blinzelte mehrmals schnell, um die Tränen zurückzuhalten, während ihn Gefühle der Erleichterung und Dankbarkeit überwältigten.

»Es tut mir so leid«, murmelte Mason gegen Raynas Schulter.

Sie zog sich zurück und nahm sein verletztes Gesicht in ihre Hände. »Du hast *nichts*, wofür du dich entschuldigen musst. Hörst du mich? Nicht einen verdammten Grund. Ich bin einfach froh, dass du zurückgekommen bist.«

Er nickte.

Sie lächelte ihn wieder an und ließ ihn los. »Nun. Ich wette, du bist am Verhungern. Wie klingen Omeletts?«

Mason wischte sich übers Gesicht, sein Kopf wippte. »Die klingen gut.«

»Perfekt. Geh und pack deine Sachen in deinem Zimmer weg. Ich komme gleich und fange mit dem Frühstück an.«

Er gab ihr ein kurzes Nicken und ging um sie herum, um das Haus zu betreten. Sobald die Fliegengittertür zugeschlagen war, drehte sie sich um und drückte ihr Gesicht an Thomas' Brust, umklammerte seine Taille. Ihr Körper bebte, als sie ihren Emotionen freien Lauf ließ. Thomas legte seine Arme um sie und drückte einen Kuss auf ihren Kopf.

»Du hattest Recht«, murmelte er gegen die seidigen Strähnen. »Er ist zurückgekommen.«

Sie nickte an seiner Brust und hob dann ihren Kopf, um ihn anzusehen. »Das hat er.« Ein wunderschönes Lächeln erhellte ihr hübsches Gesicht.

Thomas' Herz stockte. Er schob eine Locke ihres Haares zurück. Er wollte sie küssen, wusste aber, dass das eine Büchse der Pandora öffnen würde, mit der er noch nicht bereit war, umzugehen. Stattdessen schenkte er ihr ein eigenes Lächeln. »Komm. Lass uns Frühstück machen und herausfinden, was als Nächstes kommt.«

Sie biss sich auf die Lippe, ihre Augen verweilten einen Moment auf seinem Mund, bevor sie nickte und zurücktrat. Er hielt die Tür offen, damit sie vor ihm eintreten konnte, und nahm einen tiefen Atemzug, um seinen Kopf zu klären. Wenn er es nicht besser wüsste, würde er sagen, dass sie genauso mit ihren Gefühlen für ihn kämpfte wie er mit seinen für sie.

»Alles in Ordnung bei dir?« Rayna blickte quer durch die Fahrerkabine des Pickups zu ihrem jungen Schützling, als sie an ihrem Stand auf dem Bauernmarkt in Pueblo anhielt.

Seine Züge waren angespannt, während er durch die Windschutzscheibe all die Menschen beobachtete, die geschäftig umherliefen und ihre Plätze einrichteten. »Ja. Bist du sicher, dass das okay sein wird?«

»Ja. Das Risiko ist minimal. Du warst ziemlich sicher, dass du aus dem Norden kommst, und Pueblo liegt südöstlich von meinem Haus. Du siehst auch ganz anders aus.«

Sie hatten gestern Abend eine ausführliche Debatte darüber geführt, was sie heute tun würden. Thomas hatte den ganzen Tag Hausbesuche statt Klinikdienst, und sie hatte den Bauernmarkt in Pueblo. Es war die letzte Woche der Saison, und sie hatte zu viel Ernte übrig, um ihn auszulassen. Keiner von ihnen wollte Mason ohne jemanden in der Nähe allein lassen, und er war auch nicht scharf darauf, allein zu bleiben, also hatten sie einen Plan ausgeheckt. Sie hatte sein Haar abgeschnitten und dunkelbraun gefärbt. Er sah jetzt mehr wie eines der Archer-Geschwister aus als wie ein Fremder. Außer seinen hellblauen Augen. Die konnten sie ohne farbige Kontaktlinsen nicht tarnen, aber die anderen Veränderungen reichten aus, es sei denn, jemand schaute wirklich genau hin. Er trug auch eine Schirmmütze, hatte seinen struppigen Bart behalten, und sie hatte den blauen Fleck in seinem Gesicht mit Make-up abgedeckt. Ihre Abdeckarbeit war nicht großartig, aber mit der Mütze war es nicht so auffällig. Zum Glück war die Schwellung zurückgegangen. Er hatte auch auf die Schlinge verzichtet, um keine Aufmerksamkeit auf sich zu ziehen.

Sie öffnete ihre Tür. »Komm schon. Lass uns aufbauen.«

Rayna führte ihn zur Rückseite des Trucks und klappte die Heckklappe herunter. Sie reichte ihm eine Tasche mit Tischdecken. »Deck die Tische ab, während ich anfange, die Kisten auszuladen.« Er nickte und ging zum Stand, sein Rücken kerzengerade und sein Kopf ständig in Bewegung.

Sie hoffte, sie hatten das Richtige getan, ihn mitzunehmen. Er wirkte unwohl in der Menge, aber gleichzeitig lag eine entschlossene Haltung in seinen Augen, die sagte, dass er zwar am Boden war, aber nicht geschlagen. Das gab ihr Hoffnung, dass er sich von seiner Gefangenschaft erholen und aufblühen würde. Sobald sie mit Seb gesprochen hatten, wollte sie einen guten Psychologen finden, der auf Fälle wie seinen spezialisiert war. Sie wollte alles tun, was sie konnte, um ihm zu helfen.

Sie zog eine zusammengeklappte Sackkarre von der Seitenwand der Ladefläche, klappte sie auf und stapelte vier Kisten darauf. Sie brachte sie zu ihren Tischen und holte dann mehr, wobei sie den Vorgang noch viermal wiederholte, bis sie das gesamte Gemüse aus dem Pickup geholt hatte.

»Kannst du die Displays und Schilder holen, während ich anfange, diese hier anzuordnen?«

Er nickte und bewegte sich in Richtung des Trucks.

»Überanstreng deine Schulter aber nicht. Wenn es wehtut, leg es hin.«

Wieder nickte er.

Er brauchte mehrere Gänge, aber selbst mit einer Hand konnte er immer noch mehr tragen als sie. Sie war in weniger als der Hälfte der Zeit fertig, die sie normalerweise brauchte, um es alleine zu schaffen.

»Was jetzt?« fragte er, als sie fertig waren.

Sie öffnete einen Klappstuhl aus Metall. Er kratzte über den Asphalt, als sie ihn zu ihm schob. »Jetzt setzen wir uns einfach hin und warten. Obwohl, ich glaube, wir brauchen etwas Kaffee.« Sie deutete auf den Kaffeekiosk am Rande des Marktes. Er hatte bereits geöffnet.

»Ich habe noch nie Kaffee getrunken.«

»Wirklich?«

Er schüttelte den Kopf. »Nein. Wenn sie wollten, dass ich wach bleibe, gaben sie mir Aufputschmittel.«

Sie schluckte schwer bei der Erinnerung daran, dass dieser normal aussehende Junge alles andere als das war. »Willst du es versuchen? Es geht nicht nur darum, wach zu bleiben. Kaffee ist köstlich. Zumindest für mich. Manche Leute mögen den Geschmack nicht. Du kannst auch koffeinfreien bekommen, wenn du die stimulierende Wirkung nicht willst.«

Er presste die Lippen zusammen und starrte zum Kiosk. »Ich glaube, ich würde es gerne probieren. Aber vielleicht erst koffeinfrei? Ich mochte das zittrige Gefühl nicht, das ich von den Drogen bekam.«

Sie nickte schnell. »Auf jeden Fall. Komm schon.«

Sie gingen zu dem kleinen Schuppen, der als Kiosk diente, und sie bestellte einen Latte mit geröstetem Marshmallow und Karamell für sich und einen Vanille-Latte ohne Koffein für Mason.

»Warum all das Zeug drin?« fragte er, als er das Getränk von ihr entgegennahm.

»Schwarzer Kaffee hat einen ziemlich starken Geschmack. Ich dachte, wir gewöhnen dich langsam daran. Wenn du aber lange genug um Thomas herum bist, wirst du ihn schwarz zu schätzen wissen.«

Er runzelte die Stirn, mit einem nachdenklichen Blick auf dem Gesicht, und nahm einen Schluck. Sein Gesichtsausdruck hellte sich auf, als er einen Mundvoll des süßen Gebräus bekam. »Das ist gut.«

Sie lächelte. »Ich freue mich, dass es dir schmeckt. Du musst mit den Geschmacksrichtungen experimentieren.«

Mason nickte und nahm noch einen Schluck, während sie zu ihrem Stand zurückkehrten.

»Rayna, kann ich dich etwas fragen?«

Sie schaute zu ihm hinüber. »Natürlich.«

Eine Falte verunstaltete sein Gesicht, und er zögerte einen Moment, bevor er sprach. »Ich konnte die Spannung zwischen dir und Thomas neulich nicht übersehen. Aber du scheinst ihm immer noch zu vertrauen. Warum?«

Rayna stieß einen langen Atemzug aus. »Es ist kompliziert. Wir waren früher zusammen. Vor sehr, sehr langer Zeit. Ich kenne ihn und seine Geschwister mein ganzes Leben lang. Die Dinge zerfielen in unseren Zwanzigern, aber wir wurden Freunde - schwer, das nicht zu werden, wenn seine Zwillingsschwester eine meiner besten Freundinnen ist. Aber vor ein paar Monaten ist etwas passiert, das unsere Beziehung belastet hat. Thomas mag wütend auf mich sein, aber ich werde ihm *immer* vertrauen. Er ist ein guter Mensch.«

Sie blickte zu ihm hinüber und sah, dass er über ihre Worte nachgrübelte, und nutzte die Gelegenheit, selbst einige Fragen zu stellen. »Woher kommst du? Thomas sagte, du hättest ihm erzählt, dass du mit elf auf der Straße warst.«

Sein Gesicht wurde steinern. »Ja. Ich komme aus Denver. Meine Eltern starben, als ich zehn war. Ich bin aus meinem Pflegeheim weggelaufen, weil sie einen älteren Sohn hatten, der mich gerne als Prügelknaben benutzte. Aber er bekam nie Ärger. Sie gaben normalerweise mir die Schuld an der Situation und sperrten mich danach in mein Zimmer ein. Ich dachte, wenn ich weglaufen würde, würde mich irgend- wann irgendwo ein Polizist erwischen und mich in ein anderes Heim schicken, aber die Smiths fanden mich zuerst.« Er blickte über die Menge, aber sie konnte erken- nen, dass seine Augen nichts von dem sahen, was um sie herum war.

»Hast du Brüder oder Schwestern?«

Sein Gesicht nahm einen weicheren Ausdruck an, und er lächelte. »Ich habe irgendwo eine Schwester. Sie war jünger. Erst sechs. Ich weiß nicht, was mit ihr passiert ist. Wir wurden in verschiedene Pflegeheime geschickt.«

»Standet ihr euch nahe?«

Er nickte. »Ja. Sie konnte eine Nervensäge sein, aber ich liebte sie. Ich vermisse sie - und meine Eltern - jeden Tag.«

Rayna schluckte um den Kloß in ihrem Hals herum. Sie konnte sich nicht vorstellen, ganz allein auf der Welt zu sein. Sie war ein Einzelkind, aber sie hatte ihre Eltern und all ihre Freunde. »Wie heißt sie?« fragte sie und machte sich eine gedankliche Notiz, Seb zu bitten, nach ihr zu suchen, wenn er Masons Geschichte überprüfte. Vielleicht könnten sie sie

finden und die beiden Geschwister wieder zusammen-
bringen.

»Emma. Emma Jane Lund.«

»Lund. Ist das dein Nachname?«

Er nickte.

Sie streckte dem Jungen die Hand hin. »Es ist sehr schön, dich
kennenzulernen, Mason Lund. Ich bin Rayna Nydert.«

Er blickte einen Moment lang auf ihre Hand, bevor er wieder
in ihre Augen schaute. Ganz langsam erblühte ein Lächeln,
das ihr zeigte, wie gutaussehend er war. Es war so schön, ein
Lächeln auf seinem Gesicht zu sehen.

»Freut mich auch, dich kennenzulernen.« Er nahm ihre Hand
und schüttelte sie.

Sie erreichten ihren Stand, und Rayna ging zum Truck, um
ihre Wechselgeldschürze zu holen. Aus einem Impuls heraus
hatte sie heute Morgen eine zweite mitgenommen.

»Hier«, sie reichte Mason die andere Schürze.

Er runzelte die Stirn, als er sie nahm. »Wofür ist die?«

»Wechselgeld.« Sie zählte einige Einer, Fünfer und Zehner ab
und überreichte sie ihm.

Der verdutzte Blick auf seinem Gesicht brachte sie zum
Lachen.

»Du bist hier, um zu arbeiten, oder?«

Er runzelte die Stirn. »Ich denke schon.«

»Da gibt es nichts zu raten. Ich habe dich nicht hergebracht,
um auf dich aufzupassen.«

Er hob eine Augenbraue.

Sie verdrehte die Augen. »Okay, das ist nicht der einzige Grund. Wir waren besorgt, dass du vielleicht etwas brauchen könntest, und keiner von uns nah genug wäre, um zu helfen. Du bist erwachsen und brauchst keinen Babysitter. Aber ich könnte wirklich eine zusätzliche Hand gebrauchen. Heute ist der letzte Markttag des Jahres hier, und es ist immer viel los. Eine zusätzliche Hilfe bei der Ausführung von Bestellungen wird mir wirklich helfen, den Druck von mir zu nehmen.«

»Du machst dir keine Sorgen, dass ich von dir stehlen könnte?«

Sie schüttelte den Kopf. »Nein. Du hättest meine Geldbörse ausräumen können, als du weggelaufen bist, aber das hast du nicht getan. Ich glaube nicht, dass du noch weglaufen willst. Und ich habe nie gedacht, dass du ein Dieb bist.«

Er biss sich auf die Innenseite der Wange und schaute weg. Sie konnte sehen, wie die Räder sich drehten, während er über das nachdachte, was sie gesagt hatte.

»Ich vertraue nicht leicht. Nicht mehr. Aber bei dir fühle ich mich sicher. Und bei Thomas. Ihr habt mir nichts als Freundlichkeit gezeigt.« Seine Stimme wurde zu einem schmerzerfüllten Flüstern. »Bitte lass mich das nicht bereuen.«

Rayna grub ihre Nägel in ihre Hand, um die Tränen zu unterdrücken, die drohten. »Niemals«, flüsterte sie zurück. Hart blinzelnd deutete sie auf seine Schürze. »Zieh die an.«

Er schniefte und tat, wie sie sagte.

Rayna drehte sich weg und rieb den Schmerz in ihrer Brust. Eher würde die Hölle einfrieren, als dass sie diesen Jungen verraten würde.

Thomas sah zu seiner Schwester Tara hinüber, die in der Tür zu Elberts Box im Pferdestall auf der Broken Bow stand.

Er unterdrückte ein Stöhnen. *Ich hätte direkt zu Rayna fahren sollen.*

Wenn Brady nicht früher angerufen hätte, um zu sagen, dass Elbert ein wenig Lahmheit zeigte, hätte er das auch getan. Aber er hatte das Pferd so schnell wie möglich untersuchen wollen.

Bemüht, seinen Gesichtsausdruck gleichgültig zu halten, schaute er sie an. »Was denn?«

Sie schlenderte auf ihn zu, ein freches Lächeln erhellte ihr Gesicht. »Dass du und Rayna wieder zusammen seid.«

»Ist das so?« Er beugte sich herunter, um mit seinen Händen über Elberts linkes Vorderbein zu streichen, spürte nach Auffälligkeiten und pausierte an einer leichten Schwellung nahe seinem Huf.

»Mmm-hmm. Macy sagte, du warst gestern Abend bei ihr zu Hause, als sie zur Anprobe ihres Kleides kam.«

»Jep.«

Er hörte sie frustriert seufzen über seine kurzen Antworten.

»Du wirst es mir nicht leicht machen, oder?«

Er richtete sich auf und schaute sie an. »Was leicht machen, T? Was zwischen mir und Rayna passiert, geht niemanden etwas an außer uns.«

Ihr Lächeln verschwand, und der Blick, den sie ihm zuwarf, deutete an, dass sie ihn für ein wenig bescheuert hielt. »Sie ist eine meiner besten Freundinnen. Du hast sie bereits einmal verletzt – zweimal, wenn man die Art und Weise mitzählt, wie du sie in den letzten paar Monaten behandelt hast – also bist du ein bisschen bekloppt, wenn du denkst, ich würde daneben stehen und zusehen, wie du es wieder tust.«

Ein scharfer Stich durchfuhr sein Herz. Er wusste, dass er Rayna verletzt hatte, als sie sich vor einem Jahrzehnt trennten. Er war ein Idiot gewesen. Aber was sie gewollt hatte – er war einfach nicht bereit dafür gewesen. Seine Wut auf sie jetzt – nun, das war ein bisschen komplizierter.

»Ich habe nicht vor, Rayna wieder zu verletzen. Ich mache mir immer noch Vorwürfe, weil ich es das erste Mal getan habe.«

»Weshalb deine Wut auf sie wegen Fetter für mich nicht viel Sinn ergab. Ich bin froh, dass du sie endlich losgelassen hast. Ich kann nur nicht glauben, dass es so lange gedauert hat. Er hat sie von Anfang an belogen. Sie hatte keine Möglichkeit zu wissen, wer er wirklich war.«

Logisch wusste Thomas das, aber emotional? Der Mann hätte die Frau, die vor ihm stand, beinahe getötet, und Rayna hatte ihm Wissen und Zugang zu ihr verschafft, egal wie unbeabsichtigt. Er mochte seine Zwillingsschwester zwar gnadenlos necken, aber er liebte sie bis zum Wahnsinn.

Er griff in seine Arzttasche und zog einen Verband heraus. Elbert hatte eine leichte Verstauchung im Fesselgelenk. Wenn man Elbert kannte, hatte er wahrscheinlich herumgeblödelt und zu schnell gebremst oder zu schnell gewendet. Das Pferd kannte die Bedeutung von langsam nicht.

»Ich verstehe das«, sagte er und wickelte den Verband mit geübter Effizienz um das untere Bein des Pferdes. »Ich mag nur nicht, dass sie Gefahr in dein Leben gebracht hat. Du hast genug schlechte Dinge erlebt.«

Tara schnaubte. »Diese besondere Gefahr wäre gekommen, ob Rayna ein Teil davon war oder nicht. Hör zu, alles, was ich sage, ist, dass du vorsichtig sein sollst. Ihr beide – ich hatte immer gehofft, dass ihr die Dinge klären würdet, aber ich bin mir nicht mehr so sicher, ob du noch der Richtige für sie bist.«

Wut brannte in seinem Bauch, obwohl er wusste, dass sie nicht falsch lag. Es ging nicht so sehr darum, dass er falsch für Rayna war, sondern dass er sie nicht verdiente. Nicht nach der Art, wie er sie behandelt hatte, sowohl als sie sich trennten als auch in letzter Zeit.

Es spielte sowieso keine Rolle, da sie nicht wirklich zusammen waren. Nicht, dass er Tara darüber aufklären konnte. Noch nicht. Er musste die Täuschung aufrechterhalten, um Mason zu schützen. Irgendwie war die Sicherheit dieses jungen Mannes seine oberste Priorität geworden.

»Ich schätze, das werden wir herausfinden.« Er riss ein Stück Coban ab und wickelte es um den Verband, um ihn zu sichern, dann stand er auf und warf die Rolle in seine Tasche.

Sie verengte ihre Augen zu ihm, blieb aber still. Ihre Augen wanderten zu dem silbernen Pferd, das Heu kaute.

»Was ist mit Elbert los?«

»Er hat eine leichte Verstauchung.«

Sie verdrehte die Augen. »Ehrlich gesagt bin ich überrascht, dass er sich nicht öfter verletzt. Er benimmt sich immer wie ein Narr auf der Weide.«

Thomas grinste. »Sein Geist ist unübertroffen.«

Tara trat vor, um mit einer Hand über Elberts Hals zu streichen. »Ich muss Jace sagen, dass sein Kumpel etwas extra Aufmerksamkeit braucht.«

Er schüttelte den Kopf in Verzweiflung. »Er verwöhnt ihn schon.«

Sie lachte. »Würdest du das nicht auch, wenn er dein Leben und das der Frau, die du liebst, gerettet hätte?«

Raynas Gesicht blitzte in seinem Kopf auf. Ja. Er würde das Pferd auch verwöhnen, wenn es sie gerettet hätte.

»Wo ist Jace überhaupt?«

Sie seufzte und kratzte Elbert hinter den Ohren. Das Pferd drehte seinen Kopf, um ihr besseren Zugang zu geben. »Immer noch bei der Arbeit. Er hat sich heute Nachmittag ein paar Stunden freigenommen, um mit mir zum Arzttermin zu gehen. Was mich daran erinnert...« Sie ließ ihre Hand fallen und zog ein zusammengerolltes Papier aus ihrer hinteren Hosentasche. »Du darfst zweimal Onkel werden.«

Thomas' Augen weiteten sich, als er auf die schwarzweißen Ultraschallbilder starrte, die sie entrollte. Zwei kleine Klumpen schwebten nebeneinander in ihren wässrigen Ballons.

»Oh mein Gott. Du bekommst Zwillinge?«

Ihr Lächeln reichte von einem Ohr zum anderen. »Jep. Ich dachte, Jace würde in Ohnmacht fallen.«

Thomas lachte. Er legte einen Arm um ihren Nacken und zog sie für eine Umarmung an seine Brust. »Ich freue mich für dich, T. Du hast das verdient.« Nach der Verwüstung, ihren ersten Ehemann zu verlieren und ihrer Fehlgeburt, wenn jemand ein Happy End verdiente, dann war es seine Zwillingsschwester.

Sie neigte ihren Kopf zurück und lächelte ihn an und befreite sich aus seiner Umarmung. »Danke.«

Er zerzauste ihr Haar und beugte sich dann, um seine Tasche aufzuheben. »Ich sollte gehen.«

Tara richtete ernste Augen auf ihn. »Ich meinte, was ich gesagt habe. Tu ihr nicht weh.«

Thomas lehnte sich vor und gab ihr einen schnellen Kuss auf die Wange. »Werde ich nicht.« Und das würde er nicht, weil sie nicht wirklich zusammen waren. Er winkte ihr kurz zu und verließ die Box. Traurigkeit ließ sein Herz schmerzen. Er wünschte, sie wären es.

R ayna stieß die Hintertür zum Haus ihrer Eltern auf und trug die Kiste mit Gemüse hinein, wobei sie diese auf die Arbeitsplatte hievte.

»Hallo, Schätzchen.«

Sie blickte zum Klang der Stimme ihrer Mutter auf. Izzy Nydert stand in der Küchentür, ihr dunkelgraues Haar mit silbernen Strähnen zu einem Knoten am Hinterkopf gedreht.

»Hi. Ich habe euch ein paar Sachen mitgebracht.« Sie deutete auf die Kiste.

Izzy kam näher, um hineinzuschauen. »Wie lief der Markt heute?«

»Gut. Ich hatte nicht mehr viel übrig. Ich habe genug behalten, um einiges einzumachen. Den Rest habe ich an die Tafel gespendet.«

»Das ist wunderbar.« Sie sah durch die Kiste. »Ooo, du hast mir ein paar Bohnen aufgehoben. Schön. Die werde ich heute Abend zum Essen rösten.« Sie blickte zu Rayna auf. »Bleibst du, oder kommt Thomas wieder vorbei?«

Raynas Augen weiteten sich. »Was... warum denkst du, dass er vorbeikommt?«

Izzy hob eine Augenbraue, mit einem wissenden Blick. »Weil wir sein Auto die letzten zwei Nächte die Auffahrt hochkommen gesehen haben.«

Rayna unterdrückte ein Stöhnen und schloss für einen Moment die Augen.

»Ich freue mich, dass ihr zwei die Dinge geklärt habt. Ich verstehe nur nicht, warum es ein Geheimnis ist.«

»Ist es nicht.« Sie rieb sich die Stirn. Sie konnte ihre Eltern nicht anlügen. Ihre Freunde waren eine Sache, aber ihre Mutter und ihr Vater eine andere. »Thomas und ich sind nicht wieder zusammen. Die Dinge haben sich nicht wirklich verändert.«

Izzy runzelte die Stirn. »Ich verstehe nicht. Warum war er dann hier? Keines der Tiere ist doch krank.«

Rayna seufzte und nahm die Hand ihrer Mutter, führte sie zum Esstisch auf der anderen Seite des großen Raums. »Ich muss dir etwas sagen, aber du musst es für dich behalten. Du kannst es Dad erzählen, aber sonst niemandem.«

Ihre Stirnfalten vertieften sich. »Was ist los?«

Rayna setzte sich neben sie und holte tief Luft. »Neulich Nacht fand ich einen jungen Mann auf dem Feld. Er war verprügelt worden. Schlimm.«

Izzy keuchte auf.

»Aber er weigerte sich, mich ihn ins Krankenhaus bringen zu lassen, also rief ich Thomas an. Mason - so heißt der junge Mann - bleibt bei mir zu Hause. Thomas gefiel die Idee nicht, dass wir allein sind, weil der Junge gefangen gehalten wurde, bevor er weglief, also bleibt er, bis wir herausfinden, wer das getan hat.«

Ihr Blick wurde fragend. »Warum hast du nicht Jace angerufen? Oder hast du?«

Sie schüttelte den Kopf. »Noch nicht. Mason misstraut Polizisten extrem. Er hatte schon mit ihnen zu tun und wurde in dieselbe Situation zurückgeschickt. Wir wollten ihn nicht verschrecken. Er ist tatsächlich vor ein paar Tagen weggelaufen, kam aber dank einiger Notizen, die ich in seinen Sachen hinterlassen hatte, zurück, weil ich ahnte, dass er weglaufen könnte.«

»Wir dachten auch, es wäre eine gute Idee, zu warten, bis Seb zurück ist. Er weiß mehr darüber, was im Landkreis vor sich geht. Wir wollten nicht, dass Jace sich im Kreis dreht oder unwissentlich Verdacht erregt, indem er in der Stadt Fragen stellt. Seb kann viel diskreter Antworten finden.«

Izzy lehnte sich in ihrem Stuhl zurück, die Augen weit aufgerissen, während sie über Raynas Worte nachdachte. »Okay. Was können wir tun, um zu helfen?«

Rayna tätschelte die Hand ihrer Mutter. »Haltet seine Anwesenheit einfach geheim. Soweit es alle anderen betrifft, existiert er nicht. Die Leute denken, Thomas und ich sind wieder zusammen, dank Macys Auftauchen neulich Abend. Wir wollten sie nicht in eine Position bringen, in der sie ihren Bruder anlügen muss, also hat Thomas ihr gesagt, dass wir uns treffen.«

Ein Lächeln umspielte Izzys Mundwinkel. »Oh, das hat er, ja?«

»Sind wir nicht.« Sie warf ihr einen strengen Blick zu. Ihre Mutter versuchte seit Jahren, sie wieder zusammenzubringen.

Izzy zuckte mit den Schultern. »Eine Mutter darf träumen. Ich denke immer noch, ihr beide solltet euch hinsetzen und reden. Wirklich reden.«

»Mama...«

Sie hob die Hände. »Ich weiß. Du hast sehr deutlich gemacht, dass eure Beziehung vor Jahren endete. Aber das ändert nichts an der Tatsache, dass ich denke, ihr seid perfekt füreinander. Solange ich nicht weiß, dass du in jemand anderen verliebt bist, werde ich weiterhin auf Thomas hoffen.«

Rayna verdrehte die Augen und stand auf. Sie würde daran noch lange festhalten. »Ich muss zurück zum Haus und mit dem Abendessen anfangen. Ich bin nur vorbeigekommen, um diese Kiste abzugeben.«

Izzy nickte. »Okay. Nun, sag Thomas, wir lassen schön grüßen. Wenn es irgendetwas gibt, was dein Vater und ich für diesen jungen Mann tun können, lass es uns wissen, ja?«

Rayna nickte. »Das werde ich. Haltet einfach die Augen offen für alles Verdächtige vorerst. Und erzählt niemandem von ihm.«

Izzy tat so, als würde sie ihren Mund zuschließen. »Kein Mucks.«

»Danke, Mama.« Sie lächelte und ging hinaus.

RAYNA SCHLICH AUF ZEHENSPITZEN AUS IHREM SCHLAFZIMMER in die Küche und versuchte dabei, Thomas nicht zu stören, der leise auf der Couch schnarchte. Sie verstand nicht, wie er auf dieser Couch überhaupt Schlaf fand. Sie war bequem zum Sitzen, aber er war etwa dreißig Zentimeter zu groß, um darauf zu liegen, ohne dass seine Füße über das Ende hinausragten. Sie hätte ihm ihr Bett angeboten und selbst die Couch genommen, aber sie wusste, dass er dieses Angebot niemals annehmen würde. Er würde eher auf dem Boden schlafen, als sie aus ihrem Bett zu vertreiben.

Sie schaltete das Licht über dem Herd ein, nahm einen Becher aus dem Schrank und füllte ihn mit Wasser, bevor sie ihn in die Mikrowelle stellte. Sie hoffte, dass ein Tee ihr beim Einschlafen helfen würde. Sie hatte zwei Stunden lang wach im Bett gelegen und an die Wand gestarrt. Der Morgen würde schmerzhaft werden bei diesem Tempo.

Sie nahm einen Teebeutel aus der Schachtel im Vorratsschrank, während das Wasser erhitzt wurde, und holte die Milch aus dem Kühlschrank. Während sie wartete, bis die Mikrowelle fertig war, unterdrückte sie ein Gähnen. Sie war müde, aber ihr Kopf wollte einfach nicht abschalten. Thomas' Anwesenheit in ihrem Haus brachte ihr Gleichgewicht durcheinander. Er beherrschte ihre Gedanken und versetzte ihren Körper in Alarmbereitschaft, wann immer er in der Nähe war. Die magnetische Anziehungskraft, die er auf sie ausübte, hatte sich nicht verändert, auch wenn sich ihre Beziehung geändert hatte. Ihr Körper hatte nie die Nachricht erhalten, dass er nicht mehr ihr gehörte, dass sie ihn nicht mehr berühren durfte. Ihn jetzt die ganze Zeit so nah zu haben, machte es ihr schwerer, dem Drang zu widerstehen, einfach die Hand auf seinen Arm zu legen oder sich an ihn zu schmiegen.

Die Mikrowelle zählte die letzte Sekunde herunter, und sie drückte den Knopf, um sie auszuschalten, bevor sie klingeln und Thomas wecken konnte. Das Letzte, was sie brauchte, war, dass er hereinkam, während sie erschöpft und ihre Abwehrkräfte geschwächt waren. Besonders in dieser grauen Jogginghose, die er bevorzugte. Warum trugen Männer solche Dinge? Wussten sie nicht, wie sie *alles* betonten?

Sie riss das Teepäckchen auf und tauchte den Beutel ins heiße Wasser, während sie mit den Augen rollte. Thomas kannte ihn vermutlich genau, und deshalb trug er sie. Sie goss ein bisschen Milch in die Tasse und griff dann nach der Besteckschublade, um einen Löffel zu holen. Ihr Morgenmantel verfing sich an der Milchpackung und zog sie von der Arbeitsplatte. Sie griff hektisch danach und klemmte sie zwischen ihrem Körper und den unteren Schränken ein. Milch schwappte heraus, tropfte über ihre Hand und auf den Boden.

Leise fluchend stellte sie den Karton zurück auf die Arbeitsplatte und nahm mehrere Papierhandtücher von der Rolle.

»Ray?«

Sie schrie auf und drehte sich um, legte eine Hand auf ihr pochendes Herz.

»Herrgott, erschreck mich nicht so!« Sie wischte die Milch von ihrer Hand und versuchte, ihn nicht anzusehen. Selbst bei dem schwachen Licht konnte sie immer noch gut genug erkennen, dass seine Hose nichts verbarg und dass er kein Hemd trug.

»Was machst du so spät noch?«

»Ich konnte nicht schlafen, also beschloss ich, mir einen Tee zu machen. Es tut mir leid, dass ich dich geweckt habe. Ich habe die Milch fallen lassen.«

Er kam näher und nahm eine Handvoll Papierhandtücher von der Rolle, beugte sich hinunter, um den Boden aufzuwischen.

Rayna schluckte schwer beim Anblick seiner glänzenden Haut, die sich über seine straffen Muskeln bewegte, während er ihre Schweinerei aufwischte. *Verdammt.* Sie kämpfte darum, ihre plötzlich tobenden Hormone im Zaum zu halten und ballte die Fäuste.

Er stand auf und warf die Handtücher in den Müll, dann wandte er sich ihr zu. Sein dunkles Haar fiel in einer unordentlichen Welle über seine Stirn, und der Schlaf verlieh seinem Gesicht einen weichen Ausdruck. Sie schluckte erneut und schaute auf ihren Tee hinunter.

»Warum kannst du nicht schlafen?«

Wegen dir.

Sie biss sich auf die Zunge und zuckte mit den Schultern. »Kann einfach nicht.«

Er lehnte eine Hüfte an die Arbeitsplatte, nur ein paar Schritte entfernt. »Ich weiß, dass du dir Sorgen um Mason machst, aber es geht ihm okay.«

Sie nickte und rührte weiter in ihrem Tee.

»Sind es die anderen Kinder?«

»Ja.« Sie griff nach dieser Ausrede. Sie *waren* ihr durch den Kopf gegangen, also log sie nicht. Nicht ganz.

Seine Hand schlängelte sich hervor, um sich unter ihrem Haar um ihren Nacken zu legen. Ein Schauer lief ihr über den Rücken und der Löffel klapperte gegen die Seite ihrer Tasse, als ihre Koordination ins Stocken geriet.

»Wir werden sie finden. Sobald Seb nach Hause kommt, werden wir uns zusammensetzen und einen Plan ausarbeiten.«

Sie schwankte in seine Berührung hinein, unfähig, sich zu helfen. Seine Finger brachen all ihre Abwehrmechanismen gegen ihn nieder. Sie sah ihn im schwachen Licht an. Ihre Blicke trafen sich und ein Bewusstsein sandte Gänsehaut über ihre Haut.

Seine Hand wanderte über ihre Schulter und ihren Arm hinunter, um sich auf ihre Hüfte zu legen. Sie spürte, wie seine Finger sich in das Fleisch dort gruben und sie subtil näher zogen. Sein Atem fächerte über ihr Gesicht, heiß und süß, als er sich näher lehnte. Würde er sie wirklich küssen? Sie wollte das so sehr!

Sie streckte eine Hand aus und legte ihre Fingerspitzen auf seine Brust, wobei sich die Haut unter ihrer Berührung warm anfühlte. Seine Muskeln zuckten als Antwort. Sie ließ ihre Augen zufallen und neigte ihr Gesicht zu seinem, begierig darauf, seine Lippen nach all diesen Jahren wieder auf den ihren zu spüren.

Kühle Luft wehte über sie, als er einen Schritt zurücktrat. Ihre Hand fiel wieder an ihre Seite, und ihre Augen öffneten sich blitzschnell. Seine waren weit geöffnet im schwachen Licht, Bedauern leuchtete hell darin.

»Ich hoffe, der Tee hilft. Gute Nacht.« Er drehte sich auf dem Absatz um und flüchtete ins Wohnzimmer, wobei er Rayna zurückließ, die ihm nachstarrte und sich fragte, was zum Teufel gerade passiert war.

KAPITEL

Sieben

Mit vollen Armen klopfte Rayna mit dem Fuß an Macys Haustür. Sie hatten die Anprobe ihres Kleides verschoben, und Rayna hatte gefragt, ob sie es hier machen könnten, anstatt auf der Ranch.

Die Tür schwang auf und Declan Briggs, Macys älterer Bruder, stand vor ihr. Mit sechsunddreißig war er zwei Jahre älter, aber seine schelmische Persönlichkeit, die jetzt durch das Lächeln in seinem Gesicht zum Vorschein kam, ließ ihn viel jünger wirken.

»Hey, Rayna.« Er streckte die Hand aus, nahm ihr den Nähkorb ab und hielt die Tür auf.

»Hi, Deck.« Sie lächelte ihn an und ging hinein. Es überraschte sie nicht, ihn zu sehen. Macy und Declan standen sich nahe und verbrachten viel ihrer Freizeit miteinander. Er war außerdem ein miserabler Koch, weshalb Macy an mehreren Abenden in der Woche Mitleid mit ihm hatte und ihm Abendessen machte.

»Macy ist in der Küche. Ich stelle das Zeug ins Wohnzimmer.«

Sie nickte. »Danke.«

Rayna ging durch die Diele und einen kurzen Flur entlang, bog links in die Küche ein und blieb abrupt stehen, als sie Tara an der Kücheninsel lehnen sah. Sie hatte nicht erwartet, dass sie hier sein würde.

»Hi.«

Ein Mundwinkel von Tara hob sich zu einem verschlagenen Lächeln. »Hi.«

Rayna schluckte schwer. Sie hatte das Gefühl, man hatte ihr eine Falle gestellt. »Bist du gekommen, um zu sehen, wie ich versuche, Macy nicht mit Stecknadeln zu erstechen?«

Taras Lächeln wurde breiter. »Das, und wir dachten, es wäre ein schöner Abend, um uns alle zusammenzutun und auf eure neue Beziehung anzustoßen.«

Ein Klopfen an der Haustür und der Klang männlicher Stimmen, als Declan öffnete, drang an ihre Ohren. Eine der Stimmen klang wie Thomas.

Aber warum sollte er hier sein? Er wusste, dass sie heute Abend hierher kommen würde. Er hatte gesagt, er würde nach ein paar Tieren auf der Broken Bow sehen und dann zurück zu ihr gehen. Sie hatte eine Portion geschreddertes Hühnchen im Slow Cooker für ihn und Mason zum Essen hinterlassen.

Sie schaute zurück, als Declan hereinkam, gefolgt von Jace und Thomas. Ihre Blicke trafen sich, und sie konnte erkennen, dass er mit der Situation genauso wenig glücklich war wie sie.

Oh, das war ein Albtraum! Sie wusste, dass Thomas' Lüge ihnen noch auf die Füße fallen würde.

Sie lächelte ihn süß an, als er neben ihr anhielt. »Hi. Was machst du hier?«

»Jace hat mich in der Pferdescheune gefunden, als ich nach Elbert gesehen habe. Er hat mich auf einen Drink eingeladen, weil ich mich um seinen Kumpel gekümmert habe, und hat kein Nein akzeptiert. Ich wusste nicht, dass es in Macys Haus sein würde, bis er reinfuhr.«

Tara stieß sich von der Insel ab, grinsend. »Wir wollten feiern.« Sie deutete auf Macy, die zwei Flaschen Champagner und eine Flasche Apfelschorle aus dem Kühlschrank holte. »Wir haben lange darauf gewartet, dass ihr beiden eure Köpfe aus eurem Hintern zieht.«

Jace klopfte Thomas auf die Schulter. »Tut mir leid. Tara hat gedroht, mich aus dem Schlafzimmer zu werfen, wenn ich dich nicht herbringen würde.«

Thomas hob eine Augenbraue zu seiner Zwillingsschwester, und sie zuckte mit den Schultern.

»Du hättest mich auch einfach bitten können zu kommen«, sagte er ihr.

Sie hielt ihre Hände mit den Handflächen nach oben. »Aber dann könnte ich Jace nicht aufziehen.«

Thomas blickte zu seinem baldigen Schwager. »Bist du sicher, dass du sie heiraten willst?«

Jace grinste, seine tiefblauen Augen funkelten, als er zu seiner Verlobten ging und ihr einen Kuss auf die Wange gab. Er legte eine Hand auf die wachsende Wölbung ihres Bauches. »Ich bin mir sicher.«

Tara sah ihren Bruder schief an. »Und wärest du wirklich gekommen, wenn wir dich gebeten hätten? Einer von euch beiden?«

Sie hatte einen Punkt. Aber nicht aus dem Grund, den sie vermutete.

»Mmm-hmm«, summte Tara. Sie blickte zu ihrem Verlobten. »Öffne den Schampus.«

»Ich habe auch Snacks«, sagte Macy und schob einen Behälter nach vorne. »Es sind zwar nicht Londons Macarons, aber ich mache einen tollen Chocolate-Chip-Cookie.«

Rayna lachte. Sie liebte ihre Freunde. Die Situation mochte für sie und Thomas unangenehm sein, aber die anderen wollten nur feiern, was eigentlich ein freudiger Anlass sein sollte.

Jace entkorkte eine der Flaschen und goss den Inhalt in die Sektflöten, die Macy und Tara hinhielten.

Rayna trat näher an Thomas heran. »Also, machen wir damit weiter?«, flüsterte sie.

»Ja.« Er sah zu ihr hinunter. »Es sei denn, du willst ihre Blase zum Platzen bringen.«

Sie runzelte die Stirn zu ihm hinauf. »Du hast damit angefangen.« Aber nein, sie wollte nicht diejenige sein, die sie über ihre Täuschung aufklärte. Sie hasste es, dass sie überhaupt gelogen hatten. Es verstärkte nur die Schuldgefühle, die sie wegen der Ereignisse im Juli bereits hatte.

»Du weißt, warum wir es mussten. Es ist sicherer für alle.«

»Oh, schaut mal, Leute«, gurrte Macy. »Sie sind ganz verliebt.«

Raynas erster Instinkt war, zurückzuweichen, aber Thomas legte einen Arm um ihre Taille und zog sie an seine Seite.

»Entspann dich«, flüsterte er aus seinem Mundwinkel.

Sie würde ihn später umbringen.

Mit einem strahlenden Lächeln auf dem Gesicht nahm sie das Champagnerglas entgegen, das Macy ihr hinhielt.

»Auf meinen Bruder«, sagte Tara und hob ihr Glas. »Dass er endlich begriffen hat, was für ein Idiot er war, und etwas dagegen getan hat.«

Rayna hob ihr Glas und nahm einen schnellen Schluck, um ihr Lächeln zu verbergen. Der einzige Trost war, dass Tara, wenn die Wahrheit herauskäme, Thomas die Schuld geben würde, weil sie Thomas immer die Schuld gab. Das war das Markenzeichen ihrer Beziehung.

»Aber ehrlich, wir freuen uns für euch beide. Ihr gehört zusammen, und es ist schön, das endlich zu sehen.«

Sie spürte, wie ihr bei Taras Rede die Röte ins Gesicht stieg. Scham erfüllte sie, und der Pakt, den sie, Macy und London geschlossen hatten, keine Geheimnisse voreinander zu haben, schoss ihr durch den Kopf.

Mit zitternder Hand stellte sie ihr Champagnerglas auf die Theke neben sich. »Ich kann das nicht tun.«

»Ray.« Thomas' Stimme war ein tiefes Knurren.

»Es tut mir leid, Thomas. Ich denke, du irrst dich. Sie können helfen, auch inoffiziell.«

»Was ist los?«, fragte Jace, Autorität klang in seiner tiefen Stimme mit.

Sie sah ihn an und befreite sich aus Thomas' Griff. »Thomas und ich sind nicht zusammen. Wir haben das Macy nur erzählt, damit sie neulich Abend nicht reinkommt.«

Thomas stöhnte und blickte zur Decke.

Sie ignorierte ihn und fuhr fort. »Am Montagabend habe ich einen jungen Mann auf meinem Feld gefunden, verprügelt. Er sagte, er sei vor Leuten geflohen, die ihn seit seiner Kindheit gefangen gehalten hätten.«

Ein Keuchen ging durch den Raum.

»Er war verängstigt. Weigerte sich, mich ihn ins Krankenhaus bringen zu lassen, aus Angst, er würde zu den Leuten zurückgeschickt werden, die ihm wehgetan haben, obwohl er technisch gesehen erwachsen ist. Aber er brauchte ärztliche Hilfe, also rief ich Thomas an. Wir verstecken ihn seit dem in meinem Haus und warten darauf, dass Seb zurückkommt. Mason – der junge Mann – wurde Opfer von Menschenhandel, und es gibt andere wie ihn in dem Haus, aus dem er kam.«

Ein wütender Stirnrunzler verunstaltete Jaces Gesicht. »Warum seid ihr nicht zu mir gekommen? Ich bin zwar nicht Seb, aber ich bin auch nicht Barney Fife.«

»Es hatte nichts mit deinen Ermittlungsfähigkeiten zu tun«, sagte Thomas. »Wir hatten Angst, du könntest seine Entführer versehentlich warnen, indem du Fragen stellst. Das, und der Junge ist sehr misstrauisch gegenüber Behörden. Er ist schon einmal weggelaufen. Wir wollten auch wissen, ob Seb Gerüchte gehört hat, bevor ihr eine offizielle Ermittlung einleitet. Irgendjemand, irgendwo, muss von diesen Leuten wissen. So wie Mason spricht, wurde er zu ihnen zurückgeschickt, nachdem er medizinisch versorgt wurde, was bedeutet, dass jemand im System bestochen wurde.«

»Es tut mir leid, dass wir euch angelogen haben. Wir haben nur versucht, ihn zu schützen. Er hatte solche Angst. Er hat sie immer noch, aber er fängt an, uns zu vertrauen.«

»Moment. Ich bin am *Dienstag* vorbeigekommen, und du warst da«, sagte Macy und nickte Thomas zu.

»Ich bleibe nachts dort, falls derjenige, der ihn festhielt, seinen Weg zurückverfolgt. Ich wollte nicht, dass Rayna und Mason allein sind, falls sie auf der Ranch auftauchen sollten.«

»Weshalb du *mich* hättest anrufen sollen«, knurrte Jace.

»Er ist kaum achtzehn und hat ein tiefes Misstrauen gegenüber Polizisten. Er lief davon, nachdem ich erwähnt hatte, dass mein Bruder der Sheriff ist. Er kam nur zurück, weil Rayna vorausgesehen hatte, dass er weglaufen würde und ihm ermutigende Notizen hinterlassen hatte, wobei sie die Entscheidung, ob er bleibt oder nicht, ihm überließ. So wie es ist, will ich immer noch nicht, dass du rauskommst, um mit ihm zu sprechen.«

Jaces Stirnrunzeln vertiefte sich. Thomas schnitt ihm das Wort ab, bevor er protestieren konnte.

»Nicht, bis er bereit ist zu reden. Ich meine es ernst. Wir können nicht riskieren, dass er wieder wegläuft. Nicht nur, weil wir die Verbindung zu den anderen Kindern verlieren, sondern weil er keine Ressourcen hat, um zu überleben.« Er blickte zu Rayna hinunter. »Ich denke, der Plan ist, ihm einen Job auf der Double Moon durch die Herbstsaison zu geben und zu sehen, wie es läuft.«

Sie nickte. Sie hatte das noch nicht laut ausgesprochen, aber sie war nicht überrascht, dass er zu diesem Schluss gekommen war. Mason hatte sich auf dem Markt gut geschlagen, und heute, da ihre Eltern nun von seiner Anwesenheit wussten, hatte sie ihn gebeten, ihr zu helfen, den Herbstmarkt auf der Ranch vorzubereiten. Sie öffneten in einer Woche, und sie war noch nicht einmal annähernd bereit. Ihn dort zu haben, um zu helfen, würde ein Segen sein.

Jace fuhr sich mit den Händen durch sein goldenes Haar und seufzte. »Was ist los mit dieser Stadt? Ich wollte eine Abwechslung von Haskell, aber nicht diese Art.« Er durchbohrte beide mit einem Blick, der Rayna sicher war, jedem

Verbrecher Gottesfurcht einflößte. »Ihr müsst ihn überzeugen, mich mit ihm sprechen zu lassen. Ich werde warten, Fragen in der Stadt zu stellen oder seinen Hintergrund zu überprüfen, bis Seb zurückkehrt. Aber wenn andere Leben in Gefahr sind, müssen wir handeln.«

Thomas sah auf sie hinab, Sorge in seinen Augen. Dieselbe Sorge, die in ihrem Bauch nagte. Sie hatte das Gefühl, dass sie beide dachten, Mason würde weglaufen, wenn er wüsste, dass ein Polizist käme, um mit ihm zu sprechen.

»Du kannst morgen früh vorbeikommen«, sagte Rayna. »Wenn du heute Abend kommst, könnte er weglaufen, während wir schlafen. Ich möchte nicht im Dunkeln durch die Felder streifen und nach ihm suchen.«

»Und Tara, du kommst mit ihm«, fügte Thomas hinzu. »Es wird weniger bedrohlich sein, wenn er dich zuerst als Familie sieht.«

Sie nickte. »Wie wäre es, wenn wir zum Mittagessen kommen? Ich bringe Essen mit.« Sie blickte zu Jace, der kurz nickte.

Rayna schaute zu Thomas, als er sich ihr zuwandte.

»Glaubst du, wir können den Rest des Abends und morgen Vormittag natürlich wirken?«

Sie zuckte mit den Schultern. »Ich schätze, wir werden es herausfinden.« Sie stieß ihn mit dem Ellbogen in die Seite. »Du solltest aber zurückgehen. Ich habe ihm gesagt, dass du zum Essen nach Hause kommst. Ich habe etwas geschreddertes Hühnchen für euch dagelassen.«

Er verdrehte die Augen, eine Seite seines schönen Mundes verzog sich nach oben. »Oh, klar. Lass mich derjenige sein, der das Geheimnis bewahrt.«

Sie grinste. »Du wirst schon klarkommen. Bring ihn in die Scheune und setz ihn auf ein Pferd. Er konnte heute seine Augen nicht von ihnen abwenden, während wir gearbeitet haben.«

»Ja?«

»Jep.«

Er summte eine nichtssagende Antwort, bevor er die anderen ansah, sein Blick umfasste nicht nur seine Schwester und ihren Verlobten, sondern auch Declan und Macy. Das Lächeln verschwand von seinem Gesicht, als ein Ernst übernahm. »Ich denke, ich muss nicht betonen, wie wichtig es ist, dass keiner von euch ein Wort davon zu irgendjemandem sagt?«

Sie alle schüttelten den Kopf.

Declan lehnte sich gegen die Theke und verschränkte die Arme. Ein verstörtes Stirnrunzeln zog seine Brauen herunter. »So sehr ich es auch hasse zuzugeben, ich glaube, du hattest Recht damit, zu warten, es jemandem zu erzählen. Ich weiß aus der Zeit, als Macy und ich im System waren, dass es einige korrupte Mistkerle gab, die alles tun würden, um einen Haufen Kohle zu machen. Es klingt, als wäre derjenige, der Masons Fall bearbeitet hat, einer von denen. Und ich würde sagen, sie hatten auch Hilfe, wenn er so lange in dieser Situation war.«

Davor hatte Rayna auch Angst.

THOMAS BETRAT DIE KÜCHE, STELLTE SEINEN TELLER IN DIE Spüle – fertig mit seinem Abendessen – und drehte sich zu Mason, der neben dem Herd stand und einen Keks als Dessert aß.

»Iss den auf und zieh deine Schuhe an.«

Eine fragende Stirnfalte zeigte sich in Masons Gesicht, sein Mund war voll.

Thomas lächelte. »Es ist Zeit für deine erste Reitstunde.«

Die Augen des jungen Mannes weiteten sich, und er kaute schneller, stopfte die Hälfte des restlichen Kekses in seinen Mund.

»Verschluck dich nicht. Du wirst nichts machen können, wenn du ohnmächtig wirst.«

Er verlangsamte sich ein bisschen, beendete den Snack aber trotzdem in Rekordzeit. Als er zur Hintertür und seinen Schuhen ging, holte Thomas ihre Mäntel.

»Ich bin noch nie auf einem Pferd geritten«, sagte Mason, als sie durch die Hintertür gingen und zur Scheune nahe dem Haupthaus liefen. »Ich hatte noch nicht einmal ein Pferd aus der Nähe gesehen, bis ich hierherkam.«

»Wirklich?« Thomas konnte sich das nicht vorstellen. Pferde waren Teil seines Lebens, seit er geboren wurde.

Mason nickte. »Ich war ein Stadtkind, bis die Smiths kamen. Ihr Haus war abgelegen, aber sie hatten keine Tiere, weder große noch kleine. Ich habe aber viel über sie gelesen, während ich dort war. Sie hielten viel vom Lesen. Das ist alles, was ich in meiner Freizeit tat.«

»Worüber hast du gerne gelesen?«

»Meist über Tiere.« Er senkte den Kopf. »Dein Job klingt toll.«

Thomas lächelte. »Ja? Nun, vielleicht solltest du mir mal über die Schulter schauen und sehen, ob es etwas ist, was du machen möchtest. Wenn ja, können wir daran arbeiten, deine Zertifizierung als Tierarzttechniker zu bekommen. Du wirst etwas Erfahrung brauchen, um in die Tierarztschule zu kommen, wenn das dein endgültiges Ziel ist.«

Mason zuckte mit den Schultern. »Ich habe nicht wirklich über solche Dinge nachgedacht. Es erscheint mir immer noch seltsam, dass ich das kann. Was Rayna macht, interessiert mich auch. Sie hat mir ihr Gewächshaus gezeigt. Ich glaube, sie könnte alles anbauen, und es würde gedeihen.«

»Ja, sie hat einige verrückte Fähigkeiten. Sie ist auch eine wandelnde Pflanzenzyklopädie.«

»Hat sie, also, ist sie zum College gegangen und hat das alles gelernt?«

»Nicht wirklich. Sie hat nach der High School einige Online-Kurse belegt, aber sie war wie du und hat viel gelesen. Und sie züchtet Pflanzen, seit sie ein kleines Kind war. Das ist alles, was sie je tun wollte. Du brauchst keine schicke Ausbildung, um eine großartige Karriere zu haben. Meine erfordert zufällig die schicke Ausbildung.«

»Ist Tierarzt sein das, was du immer tun wolltest?«

»Nein. Ich wollte Rennfahrer werden, als ich jung war. Tara und ich – nun, wir waren verantwortlich für viele der grauen Haare, die Mom und Dad jetzt haben. Ich weiß nicht, wie sie uns überlebt haben.«

»Warum? Was habt ihr gemacht?«

Thomas lachte kurz auf. »Es ist eher die Frage, was wir nicht gemacht haben. Unser verrücktester Streich war wahrscheinlich, als wir vierzehn waren. Wir fuhren schon seit wir etwa neun waren Farmtrucks und waren die langsamen, nur auf der Ranch erlaubten Fahrten leid. Wir fanden einen alten, kaputten Truck in einer der Scheunen, den Dad noch keine Zeit hatte zu reparieren. Tara und ich haben ihn nicht nur repariert, wir haben auch den Motor aufgemotzt. Wir sind den ganzen Weg nach Pueblo gefahren, weil wir mexikanisches Essen wollten. Die Polizei hielt uns auf dem Rückweg an, weil Tara und ich natürlich nicht alle Verkehrsgesetze kannten. Wir landeten in einer Gefängniszelle in Pueblo, bis Mom und Dad kamen, um uns abzuholen. Sie waren außer sich. Wir verbrachten den Sommer damit, die ekelhaftesten, arbeitsintensivsten Aufgaben zu erledigen, die Dad sich ausdenken konnte. Sie zwangen uns auch, ein paar Stunden pro Woche umsonst für den örtlichen Mechaniker zu arbeiten.«

»Wow.«

»Wir haben auch den Prachthenst der Duvalls für einen Ausritt genommen. Dabei habe ich mir den Arm gebrochen. Als er fertig war, war er *fertig*. Tara brach in das Haus des Schuldirektors ein und stahl seine Unterwäsche als Abschlussstreich. Oh! Wir haben auch mehrere Kühe auf dem Footballfeld freigelassen.«

Mason starrte ihn mit weiten Augen an. »Wie kommt es, dass ihr beiden nicht im Gefängnis sitzt?«

Thomas lachte. »Weil wir im Grunde wussten, was richtig und falsch ist. Unsere kleinen Streiche waren meist harmlos. Die Sache mit dem Truck ging wahrscheinlich zu weit, weshalb wir so viel Ärger bekamen. Wir hätten wirklich jemanden verletzen können.«

»Ist Autofahren schwer?«

Thomas zuckte mit den Schultern, da ihm klar wurde, dass der Junge wahrscheinlich nie die Gelegenheit hatte, fahren zu lernen. »Nicht wirklich. Es braucht nur etwas Übung. Rayna und ich werden es dir beibringen. Sobald du dich bereit fühlst, werden wir dich zum Führerschein bringen. Du wirst sowieso einen brauchen, für Ausweise.«

»Brauche ich dafür nicht eine Geburtsurkunde?«

»Ja.«

Masons Gesicht fiel ein. »Die habe ich nicht.«

Thomas tätschelte seine gesunde Schulter. »Dafür gibt es staatliche und Kreisurkunden-Abteilungen. Du wurdest in Denver geboren?«

Er nickte.

»Dann sollten wir keine Probleme haben, dich zu finden. Mach dir keine Sorgen. Wir werden das regeln.«

Tränen sammelten sich in Masons Augen. »Danke. Ich weiß nicht, womit ich es verdient habe, hier zu landen, aber ich bin dankbar, dass ich es tat.«

Thomas spürte den Stich der Emotionen in seinen eigenen Augen und blinzelte ein paar Mal, bevor er antwortete. »Du hast überlebt. Du hast ausgehalten und überlebt. Das ist genug. Und wir sind genauso dankbar, dass du hier bist.«

»Warum?« Mason runzelte die Stirn zu ihm hinüber. »Ich meine, ich bin dankbar für dich und Rayna, aber warum seid ihr dankbar für mich? Ich bin nur ein Fremder mit vielen Problemen, der aufgetaucht ist. Ihr solltet mich so schnell wie möglich loswerden wollen.«

»Man läuft nicht vor etwas davon, nur weil es schwierig ist. Die Tierarztschule war richtig beschissen, aber ich habe es trotzdem durchgezogen, weil das Ergebnis es wert war. Es ist dasselbe mit dir. Werden die nächsten Wochen bis Monate beschissen sein, während wir das alles herausfinden? Wahrscheinlich. Aber du bist es wert, Mason. Ich bin dankbar, dass du hier bist, weil es bedeutet, dass du aus dieser Situation heraus bist. Und ich kann nicht für Rayna sprechen, aber ich bin dir dankbar, dass du mich hierher gebracht hast. Es hat mich gezwungen, mich mit ein paar Dingen auseinanderzusetzen, mit denen ich mich nicht auseinandergesetzt habe und hätte sollen.«

»Rayna?«

Thomas warf ihm einen Blick zu, nicht überrascht, dass der Junge die Unterströmungen zwischen ihm und ihrer liebevollen Gastgeberin bemerkt hatte.

»Ja. Ich habe an einem Groll festgehalten für etwas, das sie nicht einmal wirklich getan hat, weil ich verletzt war. Sie war mit jemandem zusammen, der sich als wirklich schlechter Kerl herausstellte, und das brachte Tara in Gefahr, obwohl Rayna nicht wusste, wer er wirklich war. In Wirklichkeit war ich mehr verärgert darüber, dass sie mit jemand anderem zusammen war, und habe mich an jede Ausrede geklammert, um meinen Ärger zu rechtfertigen.« Er atmete tief ein und fühlte, wie ein Gewicht von seinen Schultern fiel bei diesem Geständnis. Er hatte ihr fast sofort verziehen, aber der Ärger, an dem er festgehalten hatte, hinderte ihn daran, das zu erkennen.

»Weiß sie das?«

Thomas runzelte die Stirn. »Nein. Wir haben nicht über das Geschehene gesprochen.«

»Das solltest du tun.«

»Ja, nun, das ist leichter gesagt als getan.«

»Sag einfach, dass es dir leidtut.«

»Worte bedeuten nicht viel, wenn du sie nicht durch Taten unterstützt. Ich fürchte, sie wird mir nicht glauben, nachdem ich ihr Vertrauen in mich zweimal zerstört habe. Einmal, als wir uns vor Jahren trennten, und dann wieder, als der ganze Scheiß mit Tara losging.«

Mason zuckte mit den Schultern und griff nach der Scheunentür, als sie das große weiße Gebäude erreichten. »Du wirst es nicht wissen, wenn du es nicht tust.« Er öffnete die Tür und ließ Thomas zuerst hineingehen. »Und sie könnte dich überraschen.«

Thomas bezweifelte das. Ihre Meinung von ihm war nicht besonders gut, und er konnte es ihr nicht verübeln. »Vielleicht. Aber das ist eine Sorge für ein andermal.« Er blieb vor einem Stall stehen, der ein schneeweiße Pferd mit blauen Augen namens Bing beherbergte. Das Pferd hing seinen Kopf über die Tür und stupste Thomas an, auf der Suche nach Leckerbissen. Er kratzte das Tier zwischen den Ohren.

»Das ist Raynas Mutter ihr Pferd, Bing.«

Mason trat vorsichtig näher. »Kann ich ihn streicheln?«

»Natürlich. Halte deine Hand in die Nähe seiner Nase und lass ihn dich für einen Moment beschnuppern, dann kratze ihn hier.« Thomas rieb die weiche Schnauze des Pferdes.

Der junge Mann machte ein paar Schritte nach vorne und streckte seine Hand aus. Bings Nüstern blähten sich auf, als er den neuen Menschen witterte. Das große Tier schnaubte und neigte seinen Kopf, stieß gegen Masons Hand.

»Er mag dich«, sagte Thomas.

Ein breites Grinsen breitete sich auf Masons Gesicht aus. »Ja?« Er rieb Bings Gesicht mit sanfter Hand. »Hi, Bing. Ich mag dich auch, Kumpel.«

Thomas blickte mit Stolz zu. Der Junge war ein Naturtalent. »Wie wäre es, wenn wir ihn zum Pferch bringen und sehen, wie wir ihm einen Sattel aufsetzen?«

»Frau Nydert hat nichts dagegen?«

»Nein. Die anderen Pferde haben ein bisschen zu viel Temperament für einen neuen Reiter, aber Bing ist schön ruhig.« Er zeigte auf die Wand rechts. »Schnapp dir das Seil, das dort hängt, und befestige es an dem Ring an der Seite seines Halfters.«

Sobald Mason wie angewiesen handelte, entriegelte Thomas die Stalltür und führte das Pferd hinaus.

»Wirst du reiten?«

Thomas schüttelte den Kopf. »Nicht heute Abend. Es geht darum, dass du dich im Sattel wohlfühlst. Wenn du hier in der Gegend bleiben willst, musst du reiten lernen. Pferde werden für die Arbeit auf einer Ranch eingesetzt. Mein Bruder Brady führt unsere Familienranch zusammen mit meinem Vater, und sie reiten jeden Tag. Rayna und ihr Vater benutzen sie auch, obwohl man Rayna jetzt oft in ihrem UTV sieht. Aber sie benutzen sie immer noch, um die Zaunlinien abzureiten und nach der Herde zu sehen.«

Er führte sie zum Pferch und band Bings Führseil am Zaun fest. »Lass uns sein Zaumzeug holen, und ich zeige dir, wie man ihn fertig macht.«

Für die nächsten zwanzig Minuten unterrichtete Thomas Mason darin, wie man ein Pferd bürstet und sattelt. Der Junge nahm jedes Wort wie ein Schwamm auf und bewies, dass er eine Begabung zum Lernen hatte.

Dieses Gefühl des Stolzes, das er zuvor gefühlt hatte, war zurück, zusammen mit dem Gefühl, dass, wenn sie seine Entführer finden und den Menschenhandelsring, aus dem er geflohen war, stoppen könnten, Mason eine strahlende Zukunft hätte.

KAPITEL

Acht

Raynas Herz flatterte, als sie das Geräusch eines ankommenden Autos hörte. Sie drehte sich um und sah Jaces kirschroten Pickup, der vor dem Marktgebäude zum Stehen kam. Sie warf einen Blick auf Mason, der mit seiner Arbeit innehielt und das Fahrzeug mit einem Hauch von Angst in seinen Augen vorsichtig beobachtete.

Sie streckte eine Hand aus. »Alles in Ordnung. Sie sind Familie. Das ist Thomas' Zwillingsschwester Tara und ihr Verlobter Jace. Sie kommen zum Mittagessen und um mir zu helfen, den Markt vorzubereiten.«

Er nickte, aber die Falte zwischen seinen Augenbrauen blieb bestehen.

»Komm. Ich stelle dich vor.« Sie winkte ihn zu sich, während sie einen Schritt in Richtung Tür machte. Der Atem stockte in ihrer Brust, als er ihre Worte abwägte. Als er sich in ihre Richtung bewegte, stieß sie schnell einen erleichterten Seufzer aus.

»Hey, Leute«, sagte sie, als sie nach draußen trat.

»Hi«, zwitscherte Tara. »Wo ist mein pflichtvergessenener Bruder?«

»Knox hat angerufen. Eine seiner Stuten hatte Probleme beim Fohlen.«

»Autsch. Ich hoffe, alles ist in Ordnung.«

»Ich auch.« Sie sah zu Jace. »Es ist Pike und Elberts Mutter.«

Seine Augen weiteten sich. »Du meinst, es wird noch mehr von ihnen geben?«

Rayna grinste. »Möglicherweise.«

»Fantastisch.« Er erwiderte ihr Lächeln und rieb sich die Hände.

Mason bewegte sich neben ihr, und sie schaute zu ihm hinüber. »Mason, das sind Jace und Tara. Leute, das ist Mason Lund.«

Jace ging nach vorne, die Hand ausgestreckt. »Schön, dich kennenzulernen, junger Mann. Rayna und Thomas erzählen mir, dass du einiges durchgemacht hast, bevor du hier ankamst.«

Mit gesenktem Blick schüttelte Mason Jaces Hand und nickte. »Ja, Sir.«

Rayna tauschte einen Blick mit Jace, der denselben verblüfften Gesichtsausdruck hatte wie sie und Thomas neulich, als er die Blutergüsse um Masons Auge und die Verbrennungen bemerkte, die gerade unter seinen hochge-rollten Hemdsärmeln sichtbar waren – und er hatte seit seiner Ankunft schon viel Heilung erfahren.

Tara, die Masons Nervosität spürte, trat vor, eine abgedeckte Schüssel in den Händen. »Hallo, Mason. Sehr schön, dich kennenzulernen. Du weißt wirklich, wie man eine Zuflucht auswählt. Raynas ist die beste, die du je finden wirst. Obwohl ihre Entscheidung, Thomas einzubeziehen, zu wünschen übrig lässt. Er ist eine Nervensäge.«

Mason runzelte fragend die Stirn, wobei etwas von der Anspannung aus seinem Gesicht wich.

Sie trat näher, strahlend lächelnd. »Er ist ein furchtbarer Frechdachs. Und ein Klugscheißer.«

Der Hauch eines Lächelns erhellte das Gesicht des jungen Mannes. »Er hat ein paar Witze gerissen, aber er war durchweg nett.«

Tara nickte kurz. »Gut.« Sie sah zu Jace hoch. »Hol den Korb aus dem Truck. Ich sterbe vor Hunger.«

Er und Rayna lachten über ihre abrupte Aussage.

»Du hast in letzter Zeit immer Hunger«, sagte er und wandte sich wieder dem Truck zu.

»Das ist deine Schuld.«

Er schüttelte einen Finger in ihre Richtung, während er die hintere Beifahrertür öffnete. »Schieb das nicht auf mich. Du hast schon gerne gegessen, *bevor* du schwanger wurdest.«

Sie schnaubte, was Rayna zum Kichern brachte. Tara sah sie an und runzelte mit gespielter Verärgerung die Stirn. »Er soll doch einfach nur sagen: ›Ja, Liebling.‹« Sie schüttelte den Kopf und lachte dann.

Lachend über ihre Freundin trat Rayna vor und hakte einen Arm bei Mason ein. »Komm schon. Lass uns etwas essen und sie besänftigen.«

Er versteifte sich einen Moment bei ihrer Berührung, entspannte sich dann aber und lächelte sie an. »Ich könnte tatsächlich etwas essen.«

Tara schnaubte und verdrehte die Augen, während sie sich zum Haus drehte. »Hört ihn euch an. Herr Ich-passe-noch-in-meine-Skinny-Jeans meint, er könnte etwas essen. Und hier stehe ich und weiß, dass ich selbst nach der Schwangerschaft nicht mehr in diese Hosen passen werde.«

Jace lachte, als er zu ihr stieß. »Du bist immer noch wunderschön, egal welche Größe du hast.« Er beugte sich vor und drückte ihr einen Kuss auf die Wange.

»Ist sie immer so aufgedreht?« flüsterte Mason, während sie folgten.

Rayna nickte. »Normalerweise ja. In den letzten Jahren war sie etwas zurückhaltender. Ihr Mann starb, und kurz danach verlor sie ihr Baby. Sie ging einfach durch die Bewegungen des Lebens, bis Jace im Sommer in die Stadt kam. Er hat sie wirklich wieder zum Leben erweckt.«

Er sah mit großen Augen zu ihr herunter. »Sie sind erst seit ein paar Monaten zusammen?«

»Genau. Verrückt, oder? Aber ich schätze, wenn die Liebe dich findet, spielt es keine Rolle, wie lange du jemanden kennst. Er ist ein guter Mann. Mit seiner eigenen tragischen Vergangenheit. Das hat sie so schnell zusammengeschweißt. Er verlor seine Frau und seine Tochter bei einem Bootsunfall.«

»Wow.«

Sie lächelte zu ihm auf. »Das gibt einem doch Hoffnung, dass alles gut wird, oder?«

Er warf ihr einen Blick zu. »Ich soll hier wohl eine Lektion fürs Leben erkennen, nicht wahr?«

Ihr Lächeln wurde breiter. »Vielleicht.«

»In Ordnung, *Mama*.«

Rayna stockte der Atem. Obwohl sie wusste, dass er scherzte, zog es immer noch an ihren Heartstrings, ihn so zu hören. Sie hatte die Hoffnung auf eigene Kinder mehr oder weniger aufgegeben. Mit mehreren gescheiterten Beziehungen schien es mit jedem Jahr weniger wahrscheinlich.

Sie drückte seinen Arm. »Nimm einfach mit, dass sich die Dinge ändern. Das Leben ist nicht immer schlecht. Und ich würde sagen, du hast etwas Gutes verdient.«

»Wir werden sehen. Nach meiner Erfahrung sind die guten Dinge dünn gesät.«

Tränen drohten, und sie zwang sich zu einem Lächeln, um sie fernzuhalten. »Wir werden das ändern.« Sie beschleunigte ihren Schritt, um Tara und Jace einzuholen. »Aber zuerst werden wir das köstliche Mittagessen essen, das Tara mitgebracht hat. Falls sie nicht alles zuerst aufisst.«

Sie traten über die Schwelle in die Küche. Tara holte Behälter aus dem Korb und stellte sie auf der Arbeitsplatte auf.

»Was hast du gekocht?« Rayna ging zum Tellerschrank und holte mehrere heraus, die sie Mason reichte. Er nahm sie und ging zur Besteckschublade, um Besteck herauszuholen.

»Rinderbrust, Krautsalat und Makkaroni mit Käse.« Sie blickte vom Aufdecken des Fleisches auf. »Und ich habe die letzten Sommerfrüchte, die du mir gegeben hast, verwendet, um eine Trifle zu machen.« Sie zeigte auf die Schüssel auf dem Herd.

Rayna lief das Wasser im Mund zusammen. »Hast du Londons Biskuitrezept verwendet?«

»Gibt es ein anderes?«

»Nein«, kicherte sie.

Die Haustür öffnete sich, und sie drehte sich um, um Thomas hereinkommen zu sehen.

»Wurde auch Zeit, dass du auftauchst«, sagte Tara und lächelte ihren Zwilling an.

Thomas blieb in der Küchentür stehen und lehnte sich an die Halbwand. »Babypferde warten auf niemanden.«

»Ist alles gut gegangen?« fragte Rayna.

Er nickte. »Mama und ihre kleine Tochter geht es gut.«

»Pike und Elbert haben jetzt also eine Schwester?« sagte Jace.

Thomas lächelte. »Ja. Sie sieht genauso aus wie sie. Temperamentvoll auch. Sie versuchte bereits zu stehen, als ich ging.«

Tara schüttelte einen Finger in Richtung ihres Verlobten. »Ich weiß, was du denkst. Wir brauchen kein weiteres Pferd.«

»*Wir* nicht, aber unsere Kinder werden ihre eigenen brauchen.«

Sie verdrehte die Augen. »Es wird noch mehrere Jahre dauern, bis die beiden alt genug sind, um zu reiten.«

»Gut. Das gibt uns reichlich Zeit, sie auszubilden. Und ein weiteres für sein oder ihr Geschwisterchen zu finden.«

Tara verdrehte die Augen, Verzweiflung in ihrem ganzen Gesicht. »Jemand soll mich daran erinnern, Knox später anzurufen und ihm zu sagen, dass er keinen von Jaces Anrufen annehmen soll.«

Er schmollte. »Das ist grausam.«

Sie tätschelte seine Wange. »Armes Baby.« Sie griff nach einem Teller vom Stapel, den Mason auf die Theke gestellt hatte, und drückte ihn Jace in die Hände. »Füll die Leere mit Essen. Dir geht es gut.«

»Ich kann trotzdem noch rüberfahren, weißt du«, sagte er und häufte Rinderbrust auf seinen Teller.

Tara schnappte ihm den Teller aus den Händen und hielt ihn Mason hin.

»Hey!«

Ihr zuckersüßes Lächeln triefte vor Schelmerei. »Jetzt kommst du als Letzter dran.«

Mason starrte sie mit großen Augen an.

Thomas trat vor und nahm den Teller, gab ihn Jace zurück. »Beruhige dich, T. Du erschreckst den Jungen.«

Ihre Augen wanderten zu Masons, und ihr Mund rundete sich überrascht. »Tut mir leid. Ich habe ihn nur geneckt. Ich bin nicht wirklich wütend. Und wir werden wahrscheinlich dieses Pferd bekommen. Wenn du lange genug hier bleibst, wirst du merken, dass Frotzelei eine Art ist, wie wir alle Zuneigung zeigen.« Sie nahm einen leeren Teller und hielt ihn ihm hin, während sie auf das Essen deutete. »Manchmal vergesse ich, dass nicht jeder unseren Humor versteht.«

Er nahm den Teller, sein Gesicht entspannte sich. »Ist schon okay. Ich bin einfach nicht an gutmütiges Necken gewöhnt.«

Thomas legte eine Hand auf Masons Schulter. »Wie sie sagte, wenn du lange genug bleibst, wirst du dich daran gewöhnen.«

Rayna nahm einen eigenen Teller. »Und wir möchten definitiv, dass du bleibst. Können wir jetzt essen? Es ist lange her seit dem Frühstück.« Sie wechselte das Thema in der Hoffnung, Mason wieder zu beruhigen. Tara konnte – überwältigend sein.

Sie füllten ihre Teller und setzten sich um den Tisch, um zu essen, die Unterhaltung war spärlich, während sie ihren Hunger stillten. Als ihre Teller leer waren, servierte Tara den Nachtisch.

Rayna bemerkte, wie Jace Mason musterte und wusste, dass er darauf brannte, dem Jungen Fragen zu stellen. Sie wollte auch Antworten. Der anderen Kinder wegen. Sie nahm einen weiteren Löffel Trifle und führte ihn zu ihren Lippen. »Wie läuft es als amtierender Sheriff, Jace?« Sie schob den Löffel zwischen ihre Lippen und behielt ihre Gelassenheit bei, obwohl ihr Herzschlag sich beschleunigte.

Jace ließ sich von ihrer Frage kaum beirren und verstand ihren Plan. Er aß einen weiteren Bissen seines Desserts und zuckte mit den Schultern. »Ich bin froh, dass ich nur der stellvertretende Chef bin. In Sebs Job steckt zu viel Politik. Und der Bürgermeister und der Bezirksstaatsanwalt sind beide Arschlöcher.«

Mason legte seinen Löffel langsam und bedächtig auf den Teller.

»Nun, ich bin sicher, Seb wird froh sein zu wissen, dass sein Job sicher ist«, bemerkte Rayna.

»Ja. Ich kümmere mich lieber um das Einsperren der Bösewichte. Er kann sich um die Finanzierung der Abteilung sorgen.«

»Abgesehen von den Idioten im Amt, wie gefällt dir dein Job?«

Er aß einen weiteren Bissen seines Desserts, bevor er antwortete. »Es ist gut. Ich habe viel mehr Autonomie als in Nebraska. Etwas mehr Verantwortung, aber es ist größtenteils der gleiche Job, da es keinen offiziellen Ermittler für die Abteilung gibt.«

Masons Kopf schnellte bei diesen Worten hoch. »Du bist also völlig neu hier?«

Hoffnung stieg in Raynas Brust auf. Wenn sie ihn dazu bringen könnten, Jace zu vertrauen, könnten sie wirklich Fortschritte machen.

Jace nickte. »Ich bin erst seit Ende Juni in Colorado. Hör zu, Mason. Ich weiß, dass du Polizisten nicht vertraust. Ich verstehe warum, aber ich brauche dein Vertrauen. Wir müssen herausfinden, wo du festgehalten wurdest, und die Leute stoppen, die dir das angetan haben.«

Mason kaute auf seiner Unterlippe, während er den Mann ihm gegenüber betrachtete. »Ich weiß nicht, was ich dir sagen kann. Es war dunkel, als ich weggelaufen bin. Ich weiß, dass ich nach Süden gegangen bin, weil die Sonne immer zu meiner Rechten unterging. Ich habe auch ein paar Mal die Höhe gewechselt, weil ich mich erinnere, über ein paar Anhöhen gekommen zu sein, bevor ich mich hier auf dem Feld wiederfand.«

»Wie lange bist du gelaufen?«

»Ich bin die erste Nacht durchgerannt und habe in der Morgendämmerung ein paar Stunden ausgeruht. Ich bin den Rest des Tages weitergegangen und habe nur angehalten, als ich nicht mehr gut sehen konnte und fast in eine Schlucht gefallen wäre. Als der Mond aufging, fing ich wieder an zu laufen und machte weiter, bis Rayna mich auf ihrem Feld fand.«

»Du hast das alles mit einer ausgerenkten Schulter und nur einem offenen Auge geschafft?«

Der Junge nickte.

Jace stach mit seiner Gabel in die Luft. »Lass dir niemals von jemandem sagen, dass du etwas nicht kannst, denn viele Menschen hätten sich einfach zusammengerollt und sich den Elementen überlassen.«

Masons Wangen röteten sich, aber er blieb still.

»Wenn ich dich zu Pferd mitnehme, glaubst du, dass du deine Schritte zurückverfolgen könntest?«

Seine Augen weiteten sich, und er versteifte sich.

Rayna streckte die Hand aus und ergriff seine. »Thomas und ich würden mitkommen. Du müsstest den Smiths nicht alleine gegenüberstehen. Wenn überhaupt.«

»Absolut«, sagte Thomas.

»Aber wie wollt ihr wegkommen?« sagte Mason zu Rayna. »Du hast nächstes Wochenende deinen Eröffnungstag. Es wird uns ein paar Tage dauern, so weit zu reiten und zurückzukommen.«

»Überlass uns die Sorgen«, sagte Tara. »Die Archers halten zusammen, wenn wir gebraucht werden. Rayna mag nicht blutsverwandt sein, aber sie ist Familie. Wir werden sicherstellen, dass der Markt bereit ist.«

»Wenn Tara sagt, dass es erledigt ist, kannst du es glauben«, sagte Jace. »Also, was sagst du, Junge?«

Rayna ertappte sich dabei, wie sie wieder den Atem anhielt. Mason sah sich am Tisch um, seine Augen verweilten bei Thomas, dann schließlich bei ihr. Sie hielt seinen Blick und gab ihr Bestes, ihm zu vermitteln, dass sie hinter ihm stand, egal was passierte.

»Okay.« Er wandte sich zu Jace. »Lass es uns tun.«

THOMAS' STIEFEL DUMPFTEN LEISE IM GRAS, ALS ER DEN HOF zum Marktgebäude überquerte. Nach dem Mittagessen war er zu mehreren anderen Farmbesuchen gerufen worden. Jace und Tara waren geblieben, um Rayna und Mason zu helfen, aber sie mussten gegangen sein. Jaces Truck war weg.

Als er näher an das Gebäude herankam, konnte er sehen, wie Rayna sich drinnen bewegte. Sie hatte die Sperrholzklappen, die als Kassentheke dienten, heruntergelassen, um etwas Luft hereinzulassen, während sie arbeiteten.

»Hey. Bist du bereit, für heute Feierabend zu machen?« fragte er und trat ans Fenster. »Ich habe Pizza mitgebracht, damit du nicht kochen musst.«

Sie lächelte, ihre hübschen Augen leuchteten auf. »Pizza klingt großartig.« Sie drehte sich um. »Mason?«

Der Junge erhob sich hinter einem Stapel Kisten.

»Thomas hat Pizza mitgebracht. Bist du bereit zu essen?«

Er nickte.

»Geh schon mal rein und wasch dich, dann greif zu«, sagte Thomas. »Wir kommen in einer Minute nach.«

Mason lief an ihnen vorbei.

»Iss nicht alles auf!« rief Thomas ihm nach.

Der junge Mann blickte zu ihnen zurück, ein leichtes Grinsen im Gesicht, bevor er zum Haus weiterging.

Thomas wandte seine Aufmerksamkeit der müden Frau zu, die immer noch Dinge stapelte. Er ging um die Seite des Gebäudes und trat ein. Er nahm die Gläser aus ihren Händen und stellte sie auf das Regal, dann zog er sie davon weg.

»Thomas.«

»Die Marmeladen können bis morgen warten.«

Sie stieß einen Atemzug aus, das Haar, das sich aus ihrem Pferdeschwanz gelöst hatte, flog hoch, nur um sich genau dort wieder niederzulassen, wo es gewesen war. »Ich weiß, aber ich möchte nicht mehr als nötig für die anderen übrig lassen. Ich möchte alles hier weitestgehend eingerichtet haben. Dann müssen sie nur noch Kürbisse und Kürbisge- wächse pflücken und Schilder machen.«

»Du hast noch den ganzen Tag morgen. Wir fahren erst am Montag.« Sie hatten beschlossen, zu warten, bis Seb zurückkehrte, damit sie ihm einen vollständigen Überblick geben konnten, bevor sie aufbrachen. Sie hofften immer noch, dass er wüsste, wer die Smiths waren.

»Ich weiß. Aber ich habe das Gefühl, dass wir heute kaum etwas geschafft haben, und wir waren zu viert.«

Thomas sah sich um. Es gab noch viel zu tun, aber es sah hier besser aus als heute Morgen. »Ihr habt viel geschafft. Am Anfang ist immer viel Reinigungsarbeit zu erledigen, und das hat den größten Teil eurer Zeit in Anspruch genommen. Ihr seid jetzt darüber hinaus, also denke ich nicht, dass es lange dauern wird. Du machst dir jedes Jahr Sorgen um diesen Markt, aber er wird immer großartig.«

Sie seufzte. »Ich weiß. Dieses Jahr habe ich aber noch mehr hinzugefügt. Das Gewächshaus läuft besser als erwartet, also wird es viel mehr geben als nur Kürbisse und Kürbisgewächse. Ich muss eine ganze Seite des Gebäudes mit Behältern für all dieses Gemüse nachrüsten.« Sie zeigte auf den Holzstapel am Boden an der gegenüberliegenden Wand.

»Ich helfe morgen beim Zusammenbau.« Er nahm ihre Hand. »Komm. Lass uns essen gehen.«

Sie seufzte erneut, widersprach aber nicht. Er half ihr, die Sperrholzklappen über den Fenstern zu schließen, und sie verließen den Schuppen.

»Übrigens danke«, sagte sie, als sie über den Hof gingen.

»Wofür?«

»Dass du mich vorhin unterstützt hast, als ich Mason sagte, wir würden mit ihm gehen. Ich habe dich nicht vorher gefragt, und du hast nicht gezögert, ja zu sagen.«

Es war ihm nicht einmal in den Sinn gekommen, nein zu sagen. Der einzige Gedanke, den er hatte, war, wie schnell er seinen Zeitplan umstellen und einen anderen Tierarzt finden konnte, der für ihn einsprang.

»Mason braucht uns. Ich werde nicht tatenlos zusehen, wenn ich *etwas* tun kann.« Sein Kiefer arbeitete. »Was er durchgemacht hat – ich verstehe einfach nicht, wie jemand so grausam zu einem anderen Menschen sein kann. Besonders zu einem Kind.«

»Ein Teil von mir will, dass wir die Smiths finden, wenn wir unterwegs sind, und dass sie Widerstand leisten. Ich würde ihnen liebend gerne auch nur einen Hauch des Schmerzes zufügen, den sie Mason und den anderen Kindern zugefügt haben. Wenn mich das zu einem schrecklichen Menschen macht, dann sei es so.«

Er nahm wieder ihre Hand und drückte sie. »Das tut es nicht. Es macht dich fürsorglich. Ich würde sehr gerne dasselbe tun.«

»Ich möchte ihm einen Platz hier auf der Ranch anbieten. Ich könnte die Hilfe wirklich gebrauchen, und es gibt ihm die Chance herauszufinden, was er tun möchte.«

»Vielleicht nehme ich ihn mit zu Terminen, wenn es für ihn sicher ist, in der Gemeinschaft unterwegs zu sein. Gebe ihm etwas Erfahrung mit Tieren. Er hat gestern wirklich toll mit Bing zusammengearbeitet, aber ich glaube nicht, dass er wirklich viel Zeit mit Tieren verbracht hat. Es klingt, als wäre er die meiste Zeit drinnen gehalten worden. Zu Hause steht auch ein alter Airstream. Ich werde ihn säubern und rüberziehen. Gebe ihm etwas eigenen Raum.«

Sie runzelte die Stirn zu ihm hoch. »Bist du sicher, dass er dafür bereit ist? Und dass es sicher ist?«

»Er ist achtzehn, Ray. Jeder Junge in dem Alter braucht seinen eigenen Raum. Er wird trotzdem in der Nähe sein, falls er uns – dich braucht«, verbesserte er sich schnell. Sobald die Bedro-

hung vorüber war, würde Thomas zur Broken Bow zurückkehren. Das sollte kein deprimierender Gedanke sein, aber er
war es.

Er stieß sie mit seiner Schulter an. »Wir werden ihn direkt vor
der Hintertür parken. Es wird ihm gut gehen.«

Sie erreichten das Haus, und er öffnete die Tür für sie. Eine
Pizzaschachtel stand auf der Theke, dreiviertel davon fehlten.
Sie konnten Mason im Wohnzimmer sitzen sehen, die Augen
auf den Laptop gerichtet. Er hatte viel Zeit damit verbracht,
etwas über die Welt zu lernen, die er verpasst hatte.

»Ich hoffe, er hat in der anderen Schachtel etwas übrig gelassen«, murmelte Thomas.

Rayna kicherte. »Bestimmt. Selbst ein Teenager kann nicht so
viel so schnell essen.«

Er hob eine Augenbraue, als sie sich in Richtung der Schach-
teln bewegte. »Erinnerst du dich an mich und meine Brüder,
als wir jünger waren?« Er gestikulierte zu den Pizzen. »Wir
drei konnten mindestens je eine Pizza essen.«

»Oh, ich bin sicher, er wird dahin kommen. Sobald er sich an
größere Mahlzeiten gewöhnt hat, werde ich bestimmt ein
paar Mal pro Woche die Schränke wieder auffüllen müssen.«

Sie griff in den Schrank und holte einige saubere Teller
heraus, reichte ihm einen.

»Kannst du die Nahrungsrechnung eines Teenagers stem-
men? Ich kann beisteuern, wenn du es brauchst.«

Rayna nahm die letzten zwei Stücke aus der offenen
Schachtel und nahm eine Serviette, kichernd. »Wir klingen
wie ein geschiedenes Elternpaar, das über Schulkleidung oder
so diskutiert.«

Er grinste. Das taten sie. Seltsamerweise fühlte er sich bei dem Gedanken an Mason wie ein Elternteil. Es gab etwas an dem jungen Mann, das diese Gefühle hervorrief. »Du hast mich in das hier hineingezogen. Ich ziehe es nur durch.«

Sie lächelte. »Ich schätze das. Aber ich kann ihn mir leisten. Ich werde nicht widersprechen, wenn du ihm Dinge kaufen willst; geh nur bitte nicht über Bord.«

Er klappte die andere Schachtel auf und stapelte Pizza auf seinen Teller, mit gespieltem Schmollmund im Gesicht. »Verdirb mir ruhig den ganzen Spaß.«

Sie wackelte mit den Augenbrauen und wirbelte davon, in Richtung Wohnzimmer, während Thomas ihr folgte. Sie setzten sich in die Stühle, die das Sofa flankierten, auf dem Mason ruhte, und machten sich über ihr Essen her. Der Junge beachtete sie kaum, als sie sich zu ihm gesellten.

»Was fesselt dich so?« fragte Thomas.

Mason blickte auf, dann wieder auf den Bildschirm. »Ich habe einen Artikel über diesen Serienmörder gefunden – Ryan Marsters? Hier ist ein Bild von ihm. Ich habe ihn getroffen.«

Die Pizza lag wie Blei in Thomas' Magen und er legte das Stück in seiner Hand nieder. »Hast du? Wann?«

Er sah vom Computer auf. »Er kam zum Haus. Da war ein Mädchen, das er mochte. Gilly. Sie ist im Frühjahr verschwunden.«

Sein Essen wälzte sich in seinem Bauch. Er sah, wie Raynas Gesicht weiß wurde, ihre Hände zitterten, als sie das Stück Pizza, das sie hielt, zurück auf ihren Teller legte. Sie sah ihn an, die Augen voller Trauer.

»Ich rufe Jace an«, sagte er und stand auf, nicht länger an seiner Pizza interessiert.

KAPITEL
Neun

»Seb wird uns hassen, das ist dir klar, oder?«, sagte Jace, als sie die Vorderstufen zu Londons Bed & Breakfast, The Lilac Inn, hinaufstiegen.

Ja, das würde er, konnte Thomas nicht anders als zu denken. »Er hat sich irgendwie dafür gemeldet, als er für das Amt des Sheriffs kandidierte.« Er stieß die Vordertür auf und bedeutete Rayna und Mason, vor ihm hineinzugehen.

Nachdem sie gestern mit Jace über Masons Enthüllung gesprochen hatten, hatten sie vereinbart, den Frischvermählten nach ihrer Rückkehr von den Flitterwochen ein paar Stunden für sich zu geben, bevor sie ihre Glücksblase zum Platzen brachten.

Thomas' Mutter, Jenny, kam aus der Küche. Sie hatte sich zusammen mit Londons Nichte Abigail um die Pension gekümmert, während Seb und London unterwegs waren.

»Hey, Mom.«

»Hallo. Was macht ihr denn hier? Und wer ist das?« Sie deutete auf Mason.

»Wir erklären dir alles gleich, Jenny«, sagte Jace. »Sind Seb und London noch oben? Ich habe Seb angerufen, um ihm zu sagen, dass ich auf dem Weg bin, um mit ihm zu reden.«

»Sie sind hinten auf der Terrasse.«

Sie gingen auf sie zu, um durch die Hintertür in der Küche nach draußen zu gehen.

»Danke.« Thomas beugte sich vor und küsste sie auf die Wange, als sie an ihr vorbeigingen.

»Gern geschehen?«

Sie würde ihn später in die Enge treiben und ausfragen, aber sie mussten mit Seb sprechen, bevor sie irgendjemand anderem erzählten, was los war.

Draußen fanden sie Seb und London eng umschlungen auf dem Korbsofa. Seb warf einen Blick auf ihre Gesichter – und das blutunterlaufene Gesicht des jungen Mannes bei ihnen – und fluchte.

»Ich bin eine Woche weg, und alles geht den Bach runter.«

Seb erhob sich von seinem Sitz, und Mason machte einen Schritt zurück, seine Augen weiteten sich, als er Sebs imposante Gestalt wahrnahm.

Thomas legte eine Hand auf die unverletzte Schulter des Jungen. »Ist schon gut. Er gehört zu den Guten, das verspreche ich.«

»Zu den Guten?« Seb runzelte die Stirn. »Was ist hier los? Wer ist das?« Er durchbohrte Thomas und Jace mit einem Blick und streifte Rayna mit einem schnellen Hochziehen seiner Augenbrauen.

London stellte sich neben ihren Mann. »Ich werde uns allen Kaffee machen und ein paar Kekse suchen.«

Seb nickte und sah ihr nach, bevor er sie alle zum langen Metalltisch winkte. »Setzen wir uns. Dann könnt ihr mir erzählen, warum ich meine brandneue Ehefrau in der näheren Zukunft nicht viel sehen werde.«

Sie setzten sich, Thomas und Rayna flankierten Mason zur Unterstützung. Seb setzte sich ihnen gegenüber, neben Jace.

»Sprecht.« Seb starrte Thomas an, aber es war Rayna, die antwortete.

»Das ist Mason Lund. Ich habe ihn verletzt vor sechs Tagen auf einem meiner Felder gefunden. Er sagt, er sei vor einem Paar geflohen, das ihn gefangen gehalten und die letzten sieben Jahre lang mit ihm gehandelt hat.«

Sebs Augen weiteten sich, und sein Mund arbeitete mehrere Momente lang lautlos, bevor er ihn zuschlug und sich räusperte.

»Verdammt.«

Er schaute zu Jace hinüber. »Was habt ihr bis jetzt unternommen?«

»Nicht viel. Sie haben mir das alles erst am Freitag erzählt.«

»Mason wollte nicht zu den Behörden gehen. Sie haben ihn in der Vergangenheit an seine Entführer zurückgegeben. Sie tun so, als wären sie seine Pflegeeltern«, fügte Thomas hinzu.

»Pflegeeltern? Wie alt bist du?«

»Ich bin jetzt achtzehn.«

Seb musterte Mason wie ein Insekt unter einem Mikroskop, aber der junge Mann starrte direkt zurück. Thomas spürte einen Anflug von Stolz für die Stärke, die er zeigte.

»Und sie sind nicht deine Pflegeeltern?«

»Nein, Sir. Ich bin von meinem Pflegeheim weggelaufen, kurz nachdem ich elf wurde. Diese anderen Leute haben mich ein paar Monate später auf der Straße gefunden und angeboten, mir zu helfen. Sie wirkten nett. Erst als sie mich zurück zu ihrem Haus brachten, wurde mir klar, welchen Fehler ich gemacht hatte. Ich war seitdem gefangen. Sie vermieten mich an ihre Kunden. Einer von ihnen wurde nachlässig, und ich konnte fliehen.«

»Und du bist nicht sofort zur Polizei gegangen, weil du befürchtet hast, sie würden dich an diese Leute zurückgeben?«

Mason nickte.

»Obwohl du erwachsen bist?«

Mason nickte erneut. »Ich war mir nicht sicher, wie alt ich bin – die Tage verschwammen ineinander. Und ich weiß, dass sie irgendwelche gefälschten Dokumente haben, also war ich mir nicht sicher, ob sie diese nicht ändern würden, um zu zeigen, dass ich erst siebzehn bin.«

»Du bist sicher, dass sie gefälschte Papiere haben?«

»Ja. Ich wurde vor ein paar Jahren sehr krank – mehr, als der Arzt, den sie zu uns kommen lassen, behandeln konnte. Ich musste wegen einer Blinddarmentzündung operiert werden. Ich versuchte, dem Krankenhauspersonal zu sagen, dass ich Hilfe brauchte, aber niemand wollte zuhören. Sie überzeugten den Arzt und den Sozialarbeiter, dass ich high von Schmerzmitteln sei. Das war ich nicht.« Er schluckte schwer und fuhr fort. »Als ich dreizehn war, brach ich mir den Arm. Ihr Arzt konnte nicht kommen, also brachten sie mich in die Notaufnahme. Der Arzt dort rief das Jugendamt, weil es nicht die einzige Verletzung war, die ich hatte, aber daraus wurde nie etwas. Ich sah den Sozialarbeiter nie wieder.«

»Du sagtest 'uns'. Du meinst dich und das Paar, das dich festhielt?«

Mason schüttelte den Kopf. »Nein. Da sind fünf andere Kinder. Es gab noch andere. Ich weiß nicht, was mit ihnen passiert ist.«

»Er sah ein Bild von Ryan Marsters im Internet und sagte, er kam früher zu diesem Ort, um eines der Mädchen dort zu besuchen. Sie wird seit dem Frühjahr vermisst«, sagte Jace.

Seb lehnte sich zurück und starrte sie alle wieder an.

»Scheiße.« Er stützte die Ellbogen auf den Tisch und legte einen Moment lang den Kopf in die Hände, bevor er mit den Fingern durch sein Haar fuhr und aufblickte. »Okay.« Er nahm sein Handy heraus und öffnete eine Notizen-App. »Jace, ich brauche dich, um nochmal an Marsters' Telefonliste zu kommen. Ordne alle seine Anrufe von diesem Jahr bis zu seinem Tod einem Namen zu. Dann besorge einen Gerichts-beschluss für Masons Krankenakten. Schauen wir, ob wir den Sozialarbeiter aufspüren können.« Er sah Mason an. »Wo ist dieser Ort?«

»Ich weiß es nicht. Jedes Mal, wenn sie mich irgendwohin mitnahmen, verbanden sie mir die Augen.«

»Wir haben einen Plan, um ihn zu finden«, sagte Jace und zog Sebs Aufmerksamkeit auf sich. »Morgen werden Mason, Thomas, Rayna und ich zu Pferd ausreiten und versuchen, die Route nachzuvollziehen, die er nahm, bevor er auf der Double Moon landete. Er lief ein paar Tage, bevor er dort ankam.«

Seb sah den Jungen wieder an. »Du bist tagelang gelaufen, bevor du ein anderes Haus gefunden hast?«

Mason nickte.

»Hmm...«

»Du hast eine Vorstellung, wer es sein könnte, oder?« sagte Thomas und beugte sich vor. »Das ist ein weiterer Grund, warum Jace nicht viel getan hat. Wenn der Missbrauch, den der Arzt feststellte, unter den Teppich gekehrt wurde, ist jemand in einer Machtposition involviert. Wir wollten nicht zu früh unsere Hand zeigen.«

Seb holte tief Luft. »Keinen Namen, aber ich habe Gerüchte über einen Ort tief in den Bergen gehört, der mit Drogen handelt. Ich habe jedoch nie etwas über Menschen gehört. Das ist das erste Mal.« Er wandte sich an Jace. »Hast du schon Vermisstenmeldungen für ihn überprüft?«

Jace schüttelte den Kopf. »Wir wollten zuerst mit dir sprechen. Wenn ein Polizist beteiligt ist, könnte es bei dieser Person Alarmglocken auslösen, und wir könnten die anderen Kinder verlieren.«

»Es gab mehrere Änderungen in der Abteilung, seit ich übernommen habe und seit seiner letzten Konfrontation mit den Strafverfolgungsbehörden. Es ist möglich, dass derjenige, wer auch immer es war, nicht mehr da ist. Gib es Wilder. Sie wird es für sich behalten. Du beginnst mit der Anfrage zu Marsters' Telefonlisten und Masons Krankenakten, dann übergibst du beides an sie, damit du morgen diese Suche leiten kannst. Sag ihr, dass sie Gentry hinzuziehen kann, wenn sie möchte, aber niemanden sonst. Wir beschränken das auf einige ausgewählte Personen, denen wir vertrauen. Wenn jemand fragt, wohin du gegangen bist, sage ich einfach, dass du ein paar Tage frei brauchtest, nachdem du eine Woche lang ich warst.«

Jace lachte. »Das ist nicht wirklich eine Lüge. Ich bin sehr froh, den Titel des Sheriffs wieder an dich abzugeben.«

»Was, Politik liegt dir nicht? Hätte ich nie gedacht.« Er lachte, bevor er wieder um den Tisch schaute, genau als London mit einem Tablett in den Händen durch die Hintertür kam. Er stand auf, um es ihr abzunehmen, dann setzten sie sich beide an den Tisch.

»Mason, wenn ich dich mit einem Phantombildzeichner zusammensetze, könntest du die Smiths beschreiben?«

Mason nickte.

»Gut. Ich werde das für später in dieser Woche einrichten, nachdem du von der Erkundungstour zurück bist. Wir *werden* dieser Sache auf den Grund gehen«, sagte er zu Mason. »Du hast mein Wort darauf. Ich weiß nicht, was andere Polizisten dir in der Vergangenheit gesagt haben, aber ich gehöre zu den Guten. Ich denke, du vertraust meinem Bruder und unserem Freund, sonst wärst du nicht hier. Ich hoffe, dass du mir auch vertrauen wirst.«

Mason schaute um den Tisch herum, sein Blick verweilte auf Rayna, dann Thomas. Beide schenkten ihm ermutigende Lächeln. Er sah wieder zu Seb, sein Ausdruck ernst, aber hoffnungsvoll. »Ich versuche es.«

Thomas lächelte breiter und fühlte sich etwas hoffnungsvoller über die Situation, wissend, dass sie in Sebs fähigen Händen war. Es war ein Anfang.

Müdigkeit beschwerte Raynas Muskeln, als sie die letzten der Campingausrüstung in den Rucksack stopfte, den sie morgen mitnehmen würde. Nachdem sie die Pension verlassen hatten, war es ein Wirbelwind aus Einkaufen und Packen gewesen, um sicherzustellen, dass sie alles hatten, was sie für mehrere Tage brauchten. Sie schätzten, dass sie etwa zwei Tage zu Pferd benötigen würden, um das Gebiet zu erreichen, aus dem Mason geflohen war, aber es gab keine Garantie, dass sie den Ort leicht finden würden.

Thomas' Tasche landete mit einem Klirren neben ihrer, als die Metallschnallen an den Riemen auf den Boden trafen.

»Hast du all Masons Sachen?«, fragte er.

Sie nickte. »Ja. Er wollte beim Packen helfen, aber er sah mehr als nur ein bisschen erschöpft aus, also nahm ich alles und schickte ihn ins Bett.«

»Gut. Er erholt sich noch von seinen Verletzungen und braucht den zusätzlichen Schlaf.«

»Das habe ich ihm auch gesagt. Er hat trotzdem mit mir diskutiert, aber als er so stark gähnte, dass sein Kiefer knackte, hat er nachgegeben.«

Thomas grinste, und Rayna schaute wieder auf ihre Sachen hinunter und betete, dass er auch ins Bett gehen würde. Sie war müde und konnte mit seiner Attraktivität gerade nicht umgehen. Dieses schelmische Lächeln von ihm tat immer etwas mit ihrem Inneren. Schon seit sie Teenager waren.

Sie schloss den Reißverschluss der Tasche und schaute hoch. »Ich bin auch bereit, schlafen zu gehen.«

»Ich auch«, sagte er, unterdrückte ein Gähnen und streckte die Arme über den Kopf.

Rayna drehte sich in Richtung Küche, aber nicht bevor sie einen Blick auf steinhart trainierte Bauchmuskeln und eine Linie dunkler Haare über seinem Hosenbund erhaschte, als sein T-Shirt an seinem Oberkörper hochrutschte. Über sich selbst und ihre widerspenstigen Hormone schnaubend, stampfte sie durch das Esszimmer in die Küche, wo sie den Kühlschrank öffnete und eine angebrochene Flasche Wein herausholte. Sie würde ein Blatt aus Taras Buch nehmen und mit einem Glas Wein in ihre Badewanne sinken und beten, dass ihr Kopf sich genug entspannen würde, um sie schlafen zu lassen.

»Hey, ist alles in Ordnung?«

Sie zuckte zusammen und drehte sich um, um ihn in der Türöffnung stehen zu sehen. Eine Falte teilte seine Stirn, als er sie anstarrte.

»Mir geht's gut. Ich werde in der Wanne ein Bad nehmen und dann ins Bett gehen.« *Beweg dich*! Er stand in ihrem Weg in die Freiheit.

Als er sich auf sie zu bewegte, verknotete sich ihr Magen. Das war nicht das, was sie mit ihrem stillen Flehen gemeint hatte.

Sie versteifte ihre Wirbelsäule und begegnete seinem Blick, entschlossen, nicht zu zeigen, wie sehr er sie beeinflusste.

»Warum bist du so angespannt? Du kannst doch nicht so besorgt über diesen Ausflug sein. Es ist mehr eine Erkundungsmission als alles andere.«

Rayna zuckte mit den Schultern. Sie war sich sicher, dass er den wahren Grund für die Spannung, die ihre Schultern versteifte, nicht wissen wollte.

Seine dunklen Augen nahmen eine Hitze an, und seine Nasenflügel blähten sich, als er weiter dastand und sie anstarrte.

Oder vielleicht doch.

»Ich bin es leid, dagegen anzukämpfen«, sagte er mit rauer Stimme.

»Ich auch.«

Er nahm ihr den Wein ab und stellte ihn auf die Theke hinter ihr, dann umfasste er ihr Gesicht mit seinen Händen und presste seinen Mund auf ihren.

Feuerwerk explodierte hinter Raynas Augenlidern, und der Atem verließ ihre Lungen mit einem Keuchen. Er nutzte die

Gelegenheit voll aus und vertiefte ihren Kuss. Ihr Kopf drehte sich, und sie hielt sich verzweifelt fest. Sie konnte nicht glauben, dass sie nach all diesen Jahren wieder Thomas Archer küsste. Sie hatte die Hoffnung aufgegeben, jemals wieder seinen Mund auf ihrem zu spüren.

Aber was zum Teufel taten sie da? Und was war mit der Wut passiert, die er ihr gegenüber empfand?

Sie drückte ihn zurück und spreizte ihre Hände über seine Brust, um etwas Abstand zu schaffen, und versuchte, die festen Muskeln unter ihren Handflächen nicht zu bemerken.

»Was war das?«

»Ich gebe endlich zu, dass ich ein Idiot war.«

Überraschung ließ sie die Hände sinken und einen Schritt zurücktreten.

Er seufzte und fuhr sich mit der Hand durch die Haare. »Es tut mir leid, dass ich so distanziert und unhöflich war. Ich war verärgert, nicht nur darüber, dass deine Beziehung Tara in Gefahr brachte, sondern weil du – mit Thorpe oder Fetter oder wie auch immer du ihn nennen willst – glücklich zu sein schienst.«

Ihre Augenbrauen zogen sich zusammen, während sie verarbeitete, was er sagte. »Warte. Die ganze Zeit über warst du sauer auf mich, weil ich mit einem anderen Mann glücklich war?«

Er nickte.

Ungläubigkeit ließ sie in die andere Richtung hochschnellen. »Ernsthaft? Und jetzt, da du es leid bist, gegen deine Gefühle für mich anzukämpfen, denkst du, du könntest mich küssen und magisch alles wiedergutmachen? Nachdem ich mich monatelang wegen meines Anteils an dem ganzen Durcheinander selbst gefoltert habe, denkte ich, ich hätte dich enttäuscht, sagst du mir, dass du nicht wirklich darüber wütend warst, sondern weil ich es *wagte, glücklich zu sein?«* Sie schnappte sich die Weinflasche von der Theke. »Du hast deinen verdammten Verstand verloren.« Sie ging an ihm vorbei, ihre Wut wachsend, und steuerte auf ihr Schlafzimmer zu. Sie bezweifelte, dass das Bad und der Wein ihr jetzt beim Einschlafen helfen würden, aber es würde sie zumindest von ihm fernhalten.

»Rayna–«

Sie hob ihre freie Hand und zeigte ihm den Mittelfinger, ohne sich umzudrehen. »Gute Nacht, Thomas.«

KAPITEL
Zehn

Am nächsten Morgen führte Thomas seine schwarze Stute Raven hinter Jace und dem silbernen Wallach Pike, den dieser für die Reise benutzte, in die Scheune. Er entdeckte Rayna mit ihrer kastanienbraunen Stute Poppy vor deren Box. Ein riesiges Gähnen überkam sie, während sie ihre Satteltaschen überprüfte. Schuldgefühle trafen ihn hart, als ihm bewusst wurde, dass er wahrscheinlich der Grund für ihre Müdigkeit war. Sie war heute Morgen immer noch wütend gewesen. Er hatte nur wenige Worte von ihr bekommen, bevor er losging, um Jace, Raven und Pike zu holen.

Das Auftreten ihrer Cowboystiefel und das Klacken der Pferdehufe auf dem Scheunenboden zogen ihre Aufmerksamkeit auf sich. Sie blickte von ihrer Aufgabe auf und runzelte die Stirn, ihre Augen auf Jace' Pferd gerichtet. »Wo ist Elbert?«

Jace' Stirnrunzeln spiegelte ihres. »Hat Thomas dir nichts gesagt? Das verdammte Pferd hat sich das Fesselgelenk verstaucht. Ich kann ihn nicht auf so einen Ritt mitnehmen, ohne Gefahr zu laufen, ihn noch mehr zu verletzen. Seb hat mir Pike geliehen.«

Sie sah an ihm vorbei zu Thomas, Besorgnis lag in ihrem Gesicht. »Wird er wieder in Ordnung kommen?«

Thomas nickte und schlang Ravens Zügel über die Stangen einer leeren Box. »Mit etwas Ruhe wird er wieder fit. Brady hält ihn in seiner Box und einem kleineren Gehege, damit er keine Geschwindigkeit aufbauen kann. Pike könnte sowieso die bessere Wahl für so einen Ritt sein. Er ist nicht so darauf erpicht zu rennen und hört besser.«

Jace schaute zurück, ein neckisches Lächeln im Gesicht. »Du willst nur nicht, dass ich dich im Staub stehen lasse, wie ich es getan habe, als wir um die Wette geritten sind.«

Ein sardonischer Zug hob Thomas' Mundwinkel. »Das wirst du auch mit ihm. Er wird nur weniger wahrscheinlich diese Entscheidung von sich aus treffen.«

»Stimmt«, sagte Jace mit einem Lachen. »Also, sind wir bereit loszureiten?« Er schaute sich in der Scheune um. »Wo ist der Junge?«

»Er ist draußen im Gehege mit Bing. Ich habe ihn zuerst gesattelt und ihm gesagt, er solle sein Pferd zur Aufwärmung ein paar Runden führen. Er brauchte die Ablenkung. Er war heute Morgen hellwach und konnte es kaum erwarten loszureiten. Als ich rauskam, hatte er bereits mit dem Frühstück begonnen. Er lernt schnell. Er hatte Speck in der Pfanne und Rührei am Kochen, und er hatte vorher noch nie einen Herd benutzt.«

»Es war auch gut«, sagte Thomas und trat um sie herum, um seine Satteltaschen zu holen.

»Das war es.« Sie band das letzte Band an ihren Taschen fest und schwang sich dann auf Poppys Rücken. »Ich gehe zu ihm.«

Jace nickte. »Wir werden nicht lange brauchen.«

Sie gab ihnen ein knappes Nicken und drehte Poppy herum, um aus der Scheune zu reiten.

»Okay, was zum Teufel hast du getan?«, fragte Jace, sobald sie außer Hörweite war.

Thomas blickte von der Anpassung der Satteltaschen auf Ravens Rücken auf und sah, wie Jace ihn anstarrte, seine blauen Augen wie Feuerstein.

»Was bringt dich auf die Idee, dass ich überhaupt etwas getan habe?«

Jace verdrehte die Augen. »Hm, vielleicht weil sie kein einziges Mal gelächelt hat, und sie dich nur dann nicht ange-starrt hat, als sie um Elbert besorgt war?«

Thomas seufzte. Einen Polizisten zum Schwager zu haben, war in diesem Fall nicht hilfreich. Er bemerkte zu viel und scheute sich nicht, persönliche Fragen zu stellen. »Ich habe sie gestern Abend geküsst.«

Ein Mundwinkel von Jace zuckte nach oben zum Beginn eines Lächelns.

»Es endete nicht so, wie ich dachte – oder sogar hoffte. Sie fragte mich, warum ich sie geküsst habe, und wir kamen in ein Gespräch darüber, warum ich die letzten paar Monate wütend war, und – nun, sagen wir einfach, sie hat allen Grund, sauer auf mich zu sein.«

Jace band seine zweite Satteltasche fest und schüttelte den Kopf. »Wenn das der Fall ist, solltest du anfangen, darüber nachzudenken, wie du sie wieder besänftigen kannst.« Er setzte seinen Fuß in den Steigbügel und schwang sich auf sein Pferd. »Nach allem, was ich in den letzten Monaten über diese Frau erfahren habe, ist sie das Beste, was dir je passiert ist, und du bist ein Narr, wenn du sie wieder gehen lässt.« Er gab Pike einen leichten Stoß, und sie folgten Rayna aus der Scheune.

Thomas lehnte seine Stirn gegen Ravens Hüfte und verfluchte sich im Stillen, wissend, dass Jace recht hatte. Er hatte wirklich Mist gebaut und konnte niemanden außer sich selbst dafür verantwortlich machen. Er musste herausfinden, wie er es wieder in Ordnung bringen konnte.

Er trat zurück und beendete seine Vorbereitungen mit schnellen, wütenden Bewegungen, bevor er sich in den Sattel schwang und die Scheune verließ. Sein Blick fiel auf Rayna, deren mitternachtsfarbenes Haar in der aufgehenden Sonne tief violett und blau schimmerte. Was war es an dieser Frau, das ihn in einen Idioten verwandelte? Warum konnte er mit ihr nichts richtig machen?

»Sind wir bereit?«, fragte Jace.

Die drei nickten. Thomas rutschte auf seinem Sitz und zwang seine Gedanken weg von seinen Beziehungsproblemen.

»Okay. Mason, du führst den Weg an«, fuhr Jace fort. »Fang damit an, wo Rayna dich gefunden hat, und geh von dort aus weiter.«

Der junge Mann nickte. Rayna ritt neben ihm her, und sie machten sich auf den Weg zu den Feldern.

»Das war die Reihe, in der du warst«, sagte Rayna nach mehreren Minuten des Reitens.

»Ich bin von dort durch die Reihen gelaufen.« Mason zeigte vor ihnen nach links. »Ich habe nur angehalten, weil ich dich gehört habe und nicht erwischt werden wollte.«

Rayna schenkte ihm ein sanftes Lächeln. »Wir können um das Feld herum reiten und dort weitermachen, wo du auf der anderen Seite herausgekommen bist. Die Pferde passen wegen der Bohnenranken nicht durch manche Reihen.« Sie drückte Poppy leicht und brachte sie zu einem schnellen Schritt um das Feld herum. Mason zeigte auf die Stelle, wo er durch die Bäume im Tal gekommen war, als er den Berg herabkam, und sie folgten seiner Führung.

Blätter raschelten über ihnen und die Temperatur sank, als sie unter das Blätterdach eintauchten. Die Pferde suchten sich ihren Weg über den Waldboden, das Knarren des Leders und das Klimpern des Zaumzeugs die einzige Begleitung zum Gezwitscher der Vögel, die auf der Suche nach ihrem Morgenfutter waren. Thomas wünschte, der Frieden um sie herum wäre nicht im direkten Gegensatz zu dem Grund für diese Reise. Es fühlte sich fast falsch an, den Ritt zu genießen, wenn das, was sie am anderen Ende erwartete, so unheimlich war.

Er beobachtete Mason während des Ritts und war erstaunt über die Veränderung an ihm in nur wenigen Tagen. Der Junge war immer noch vorsichtig, aber der verängstigte Junge war verschwunden, ersetzt durch einen jungen Mann mit aufkeimendem Selbstvertrauen, geboren aus der Hoffnung, dass die Welt nicht *komplett* schlecht war. Thomas würde alles tun, was er konnte, um dieses wachsende Selbstvertrauen zu fördern. Mason weckte einen väterlichen Instinkt in Thomas, von dem er nicht wusste, dass er ihn hatte. Vielleicht war es sein Erscheinungsbild, als er ihn zum ersten Mal sah, ganz blau geschlagen, verängstigt und niedergeschlagen. Die Ungerechtigkeit der Situation des Jungen war ihm bewusst, und es machte ihn wütend, dass jemand eine so abscheuliche Tat an einem Kind begehen konnte. Er wollte dieses Unrecht wiedergutmachen, auch wenn er nicht derjenige gewesen war, der dem Jungen wehgetan hatte.

Unabhängig davon, warum er Mason helfen wollte, hatte die Ankunft des jungen Mannes Thomas' Leben für immer verändert. Wie sehr, blieb abzuwarten.

~

GRILLEN ZIRPTEN UND DAS FEUER KNISTERTE IN DER KÜHLEN Nachtluft. Rayna steckte ihre behandschuhten Hände in ihre Taschen und kauerte näher an die Flammen. Sie wollte in ihren Schlafsack kriechen, aber ihr knurrender Magen kam zuerst. Sie hatten Fertigmahlzeiten für ihre Mahlzeiten mitgebracht, und Thomas hatte angeboten, sie zuzubereiten. Mason, neugierig, was sie waren und wie sie funktionierten, hatte sie sofort verlassen, um zu helfen. Jace war weg und benutzte ein Satellitentelefon, um Seb ein Update zu geben und nach Tara zu sehen. Das gab Rayna ein paar Minuten allein mit ihren Gedanken, die sie nicht haben wollte. Ohne Ablenkung wandten sie sich dem Mann zu, der gerade ihr Abendessen zubereitete. Sie kochte immer noch vor Wut über seine Enthüllungen von gestern Abend.

Sie war auch wütend auf sich selbst, weil sie zuließ, dass seine Meinung über sie so wichtig war. Es hatte sie innerlich völlig durcheinandergebracht. Es sollte ihr egal sein, was er dachte – sie waren schon lange fertig miteinander – aber trotz all ihrer Beteuerungen, dass sie über *ihn* hinweg war, war sie es nicht. Es war nur eine Lüge, von der sie versuchte, sich selbst mehr als ein Jahrzehnt lang zu überzeugen. Selbst jetzt, wo sie wütender als wütend auf ihn war, wollte sie immer noch, dass er sie wieder küsste. Warum konnte ihr Körper nicht verstehen, was ihr Verstand ihm immer wieder sagte?

Mason kam zu ihr, zwei Fertigmahlzeiten in der Hand. Er hielt ihr eine hin, zusammen mit einem Plastiklöffel.

»Danke.« Sie nahm die Mahlzeit von ihm entgegen und klopfte auf den Baumstamm, auf dem sie saß, um ihn einzuladen, sich zu ihr zu setzen.

Er setzte sich mit einem Zucken.

»Tun deine Beine weh?« Sie rührte in ihrem Essen und blies über einen Löffel Chili, um es abzukühlen.

»Ja. Ich weiß, du hast mich gewarnt, aber ich dachte wirklich nicht, dass es so schlimm sein würde. Alles, was ich tue, ist sitzen. Zumindest tut mir mein Hintern nicht weh. Er ist einfach nur taub.«

Sie kicherte. »Nun, du bist nicht allein. Ich kann dir garantieren, dass selbst wir erfahrenen Reiter nach so einem Ritt Schmerzen haben. Ich habe nicht so viel Zeit im Sattel verbracht, seit ich als Teenager bei Viehtrieben geholfen habe.«

Er stopfte einen Bissen seines Essens in seinen Mund und kaute, ein nachdenklicher Ausdruck auf seinem Gesicht. »Denkst du wirklich, wir werden das Haus der Smiths finden?« Seine Stimme war leise.

Rayna zuckte mit den Schultern. »Es schadet nicht, es zu versuchen.«

»Was ist, wenn ich mich nicht an den Weg erinnern kann? Ich meine, es war für einen großen Teil dunkel.«

»Du hast dich schon großartig geschlagen. Nach dem, was du gesagt hast, bist du tatsächlich fast achtundvierzig Stunden insgesamt gelaufen. Wir haben die Schlucht gefunden, in die du fast gestolpert bist, also haben wir bereits etwa die Hälfte davon zurückverfolgt. Bis zum Sonnenuntergang morgen sollten wir in der Nähe des Hauses der Smiths sein. Du hast das Richtige getan, indem du die Sonne zu deiner Rechten gehalten hast. Das gibt uns eine Richtung, der wir folgen können. Wir wissen, dass wir dank deines klugen Denkens nach Norden müssen.« Sie klopfte auf sein Knie. »Wir werden sie finden.«

Er löffelte einen weiteren Bissen in seinen Mund, sein Ausdruck immer noch nachdenklich. Rayna vertiefte sich wieder in ihr Essen, besänftigte ihren murrenden Magen und betete, dass sie recht hatte. Sie konnte den Gedanken nicht ertragen, dass er sie vielleicht verlassen müsste, damit er nicht für den Rest seines Lebens über seine Schulter schauen müsste.

DAS WILDE, VERÄNGSTIGTE WIEHERN EINES DER PFERDE RISS Thomas aus einem tiefen Schlaf. Er setzte sich auf und krabbelte aus seinem Schlafsack heraus, griff nach dem Reißverschluss seines Ein-Mann-Zeltes. Er eilte nur in Socken heraus und zog seine Jacke mit sich. Jace tauchte zur gleichen Zeit auf. Rayna und Mason steckten beide ihre Köpfe aus ihren Zelten.

Ein weiterer verängstigter Schrei kam von den Pferden, diesmal gefolgt vom lauten Knurren eines Berglöwen.

»Holt die Gewehre«, sagte Thomas. »Rayna, du bleibst hier bei Mason.« Er wartete nicht auf ihre Antwort. Er tauchte wieder in sein Zelt ein, um sein Gewehr und eine Taschenlampe zu holen. Als er seine Füße in seine Stiefel steckte, kreischte die große Katze wieder, und die Pferde wieherten schrill. Er verließ das Zelt gleichzeitig mit Jace, und sie rannten zu den Pferden, ihre Taschenlampen tanzten. Der Strahl traf auf die glühenden Augen eines großen, aber mageren Pumas. Er zischte sie von seiner Position auf der anderen Seite der Pferde an.

»Warum würde einer es wagen, eine Gruppe von Pferden anzugreifen?«, fragte Jace.

»Es sieht aus, als könnte es krank sein, oder es könnte eine Verletzung gehabt haben, die es vom Jagen abgehalten hat. Es ist wirklich dünn. Ein angebundenes Pferd, selbst in einer Gruppe, ist leichte Beute.«

Die Katze ging auf und ab und beobachtete sie.

»Es geht nicht weg«, murmelte Jace, das Gewehr jetzt auf es gerichtet.

»Er versucht zu entscheiden, ob die leichte Mahlzeit es wert ist, es mit uns aufzunehmen.« Er leuchtete mit seiner Lampe über den Boden, suchte nach einigen anständig großen Steinen und sah ein paar näher bei den Tieren. »Geh ein bisschen nach vorne. Wir müssen zu diesen Steinen kommen.«

»Warum kann ich es nicht einfach erschießen?«

»Weil es uns noch nicht angegriffen hat. Ich hoffe, wir können es verscheuchen.«

Sie bewegten sich in gleichmäßigem Tempo vorwärts, bis sie die Steine erreichten. Thomas schlang den Gewehrriemen über seinen Körper und bewegte sich hinter Jace, um sich zu ducken und mehrere Steine aufzuheben. Er trat hinter dem größeren Mann hervor und bewegte sich nach links, bis er die Pferde hinter sich hatte, aber die Katze sehen konnte. Sie beobachtete ihn, während sie auf und ab ging.

Er umfasste einen Stein und holte mit seinem Arm aus. Er zielte auf den Boden vor dem Puma und ließ ihn fliegen. Er landete zu den Füßen des Tieres und ließ es wieder zischen, während es sich wegbewegte. Thomas warf einen weiteren auf ihn, immer noch auf den Boden zielend. Die Katze machte zwei Schritte zurück und ließ ein lautes Knurren ertönen, kam näher.

So viel zum Verscheuchen. Er hatte die Katze wirklich nicht verletzen wollen, aber sie ließ ihm nicht viel Wahl. Er holte mit dem Arm und dem letzten Stein aus und schleuderte ihn so hart er konnte gegen die Seite der Katze. Er traf das Tier an der Schulter mit einem soliden Aufprall und ließ es ein überraschtes Knurren ausstoßen. Es trottete mehrere Meter weg.

Thomas brachte sein Gewehr hoch und zielte auf einen Baum neben dem Puma, in der Hoffnung, dass das Geräusch des Gewehrs und der Einschlag im Holz genug sein würden, um den Job zu erledigen und es zum Weglaufen zu bringen. Er nahm einen Atemzug, um sein Ziel zu stabilisieren, und feuerte. Die Pferde wieherten alle und zerrten bei dem lauten Knall an ihren Seilen. Der Berglöwe rannte davon und verschwand in den Bäumen.

Jace joggte herüber. »Denkst du, es ist weg?«

Thomas hielt seine Lampe und seine Augen auf den Wald gerichtet. »Ich bin mir nicht sicher. Komm.«

Sie bewegten sich an den Pferden vorbei und tiefer in den Wald.

»Halte ein Auge auf die Seite. Berglöwen legen gerne Hinterhalte.«

Jace gab ihm ein schnelles Nicken, seine Augen bewegten sich von Seite zu Seite, während sie gingen. Nach etwa fünfzig Metern hielt Thomas an, um zu lauschen.

»Ich glaube, es ist weg.« Er senkte sein Gewehr. »Wir sollten trotzdem weiterziehen. Es sind nur noch ein paar Stunden bis zum Tageslicht, und der Mond ist hell. Ich glaube nicht, dass einer von uns jetzt noch viel Schlaf bekommen wird.«

»Ich weiß, dass ich es nicht werde.«

Thomas auch nicht. Er ritt auf einem Adrenalinhoch, das ihn hellwach ließ.

Die beiden Männer drehten sich um und gingen zurück zum Lager. Als sie aus den Bäumen traten, suchte Thomas das Gelände nach Rayna ab, konnte sie aber nicht sehen.

»Rayna? Es ist sicher. Der Puma ist weggelaufen.«

Das Kratzen des Reißverschlusses an ihrer Zeltklappe beglei-
tete seine Worte, und sie kletterte heraus, Mason folgte ihr.

»Du hast es nicht erschossen?«, fragte sie.

Er schüttelte den Kopf. »Ich habe es mit einem Stein getroffen,
dann einen Baum daneben angeschossen, und es ist weggelaufen. Ich bin mir nicht sicher, ob es wegbleiben wird, also
müssen wir das Lager abbrechen.«

»Warum ist es so nah gekommen?«, fragte sie, als sie sich
zurück zu ihrem Zelt drehte, um ihren Schlafsack zu holen.
»Sie machen normalerweise keinen Ärger mit Pferden.«

Thomas ging zu dem Zelt neben ihr, während Mason und
Jace zu ihren gingen. »Es war wirklich dünn. Ich glaube, es
hat nur nach einer leichten Mahlzeit gesucht.«

»Ich hoffe, es folgt uns nicht.«

»Ich auch.«

Sie machten sich schnell an die Arbeit, das Lager abzubre-
chen, und waren bald wieder im Sattel und weiter nach
Norden unterwegs. Während sie ritten, behielt Thomas den
Wald im Auge und hoffte, dass diese Katze die größte Gefahr
war, der sie auf dieser Reise begegnen würden.

KAPITEL

Rayna konnte spüren, als sie sich dem Grundstück der Smiths näherten. Masons Rücken versteifte sich mit jeder Minute, die sie ritten, und seine Mundwinkel zogen sich nach unten. Er mochte sich nicht sicher sein, ob sie dort waren, aber sein Unterbewusstsein wusste es. Sie fiel zurück, um mit Jace zu sprechen.

»Ich glaube, wir sind in der Nähe.«

Er nickte. »Ich habe die Veränderung an ihm auch bemerkt. Erkennt er irgendetwas wieder?«

Sie schüttelte den Kopf. »Nicht wirklich. Er sagte, es käme ihm etwas bekannt vor, aber er könne es nicht mit Sicherheit sagen.«

»Okay. Halte die Augen offen. Ich werde Thomas Bescheid sagen.«

Sie nickte wieder, dann ritt sie zurück an Masons Seite, während Jace zurückfiel. Bevor sie ein Wort an den Jungen richten konnte, ertönte ein Schuss und ein brennender Schmerz durchzuckte ihre Seite, der sie von ihrem Pferd warf.

Sie schlug mit einem Stöhnen auf dem Boden auf und rang nach Luft, sowohl wegen des Schusses als auch wegen des harten Sturzes. Als sie sich auf den Rücken rollte, war sie geistesgegenwärtig genug, weiterzurollen, als sie sah, wie Poppy sich über ihr aufbäumte. Die Hufe des Pferdes kamen genau dort herunter, wo ihr Kopf eine Sekundenbruchteil zuvor gewesen war.

»Rayna!«

Thomas' Stimme drang durch die Kakophonie von wiehernden Pferden und dem Geräusch ihrer Reiter, die versuchten, sie zu beruhigen.

Ein weiterer Schuss ertönte und traf den Boden hinter Mason und Bing.

»Alle in Deckung!«, rief Jace.

Rayna verzog das Gesicht und rollte erneut, um sich hinter einem Baum zu verstecken. Die anderen schafften es endlich, ihre Pferde zu wenden und Deckung zu finden. Poppy folgte Rayna und hielt einige Meter hinter ihr an. Mit zuckenden Ohren stieß sie leise Wiehern und Schnauben aus, während sie mit den Füßen stampfte.

Ihre Seite haltend, rutschte Rayna rückwärts und lehnte sich mit dem Rücken an den Baum, wobei sie ihre Füße vor sich ausstreckte. Sie nahm ihre Hand von ihrer Seite und sah, dass sie mit Blut bedeckt war. Tränen bildeten sich in ihren Augen, und sie schloss sie fest, den Kopf gegen die raue Rinde lehnend.

Das Rascheln von jemandem, der sich durch den Wald zu ihrer Linken bewegte, ließ ihr Herz hochschnellen. Ihre Augen öffneten sich ruckartig, und sie drehte den Kopf. Thomas tauchte aus dem Unterholz auf, und sie atmete etwas leichter.

»Ray!« Er eilte zu ihr und kam auf den Knien rutschend neben ihr zum Stehen. Sein Gesicht wurde aschfahl, als er das Blut auf ihrem Hemd sah. »Scheiße!«

Sie stimmte zu. »Wo ist Mason?«

»An einen Baum gelehnt, etwa zwanzig Meter zurück. Jace kreist um den Schützen herum. Lass mich deine Wunde sehen.« Er schlug ihre Hand weg und zog ihr Hemd hoch.

Sie zischte, als der Stoff die Wunde streifte. »Wie schlimm ist es?«

»Es sieht so aus, als hätte es dich nur gestreift, aber ich muss die Blutung stoppen. Halt durch.«

Sie verdrehte die Augen, als er eilig den Weg zurücklief, den er gekommen war. »Sicher.« Ihr Kopf fiel zurück gegen den Baum. »Ich warte einfach hier.«

Rayna nahm ein paar tiefe Atemzüge, um sich zu beruhigen. Ihre Gedanken waren wie im Mixer, und sie musste klar denken können. Ein weiterer Schuss ertönte und ließ sie zusammenzucken. Sie biss die Zähne zusammen und schaute hinter sich, über den Baum hinweg. Nichts bewegte sich. Als sie sich wieder umdrehte, stieß sie einen Atemzug aus. Sie mussten einen Bewegungsmelder oder so etwas ausgelöst haben. Sie hatten keine Anzeichen von jemandem gesehen, während sie durchgeritten waren.

Das Gebüsch raschelte wieder und Thomas tauchte erneut auf, mit einem kleinen Leinenbeutel in den Händen, der die Erste-Hilfe-Materialien enthielt, die er dabei hatte.

～

THOMAS KNIETE NEBEN RAYNA UND ZWANG SEINE HÄNDE, NICHT zu zittern, als er den wachsenden Blutfleck auf ihrem Hemd betrachtete. Er wäre fast dabei gewesen, sie zu verlieren. Ein paar Zentimeter weiter links und es wäre passiert. Er wollte nicht darüber nachdenken oder warum es so wichtig `für ihn war.

Er rollte die Leinwandtasche aus und begann, die Dinge zu entnehmen, die er brauchte. »Öffne dein Hemd.«

Ihre zitternden Finger lösten die Knöpfe aus den Knopflöchern, während er Handschuhe anzog und Verbandsmaterial öffnete. Er nahm die kleine Flasche Wasserstoffperoxid und klappte den Deckel auf. Seine dunklen Augen trafen ihre violetten, und er hielt ihren Blick einen Moment lang fest. »Ich muss es reinigen. Das wird nicht angenehm sein.«

»Mach einfach.« Sie ballte ihre Hände um die Ränder ihres offenen Hemdes, als er die Flasche über die Wunde hob.

Mit einem letzten Blick auf ihr Gesicht goss er die Flüssigkeit auf die Verletzung. Sie keuchte und er zuckte zusammen.

»Tut mir leid.«

Sie machte einen tiefen Laut in ihrer Kehle und schloss die Augen.

Er nahm ein großes Gaze-Pad aus dem Kit und tupfte die Wunde ab, nachdem das Peroxid aufgehört hatte zu schäumen. Er wischte etwas Blut weg, um zu sehen, ob er sie nähen musste. Die Kugel hatte einen 1,3 Zentimeter breiten und 7,5 Zentimeter langen Riss in ihre rechte Flanke bis hinunter zur Fettschicht gerissen. Die Wunde sickerte weiter Blut.

»Du brauchst ein paar Stiche.« Er schaute auf das Set hinunter und versuchte verzweifelt, sich auf das zu konzentrieren, was er tat, und nicht darauf, wen er behandelte. Wenn er das nicht täte, würden seine Hände wieder anfangen zu zittern und er wäre ihr nichts nütze.

Sie stöhnte. »Es gibt kein Lidocain da drin, oder?«

Thomas wühlte durch das Set und fand ein Folienpaket mit zwei betäubenden Tupfern darin. »Ich habe diese hier.« Er zeigte sie ihr. »Es wird nicht komplett wirken, aber besser als nichts.« Er riss sie auf und wischte schnell über ihre Haut rund um den Riss.

Weitere Schüsse ertönten und ließen beide zusammenzucken.

»Einer davon klang anders«, sagte sie.

»Ja. Ich glaube, das war Jace.« Er betete, dass es nicht nur Wunschdenken war.

»Warum haben sie auf uns geschossen? Sie können nicht wissen, wer wir sind.«

»Vielleicht haben sie Mason erkannt, trotz seiner gefärbten Haare. Oder sogar Jace. Er ist schon lange genug hier, dass die Leute ihn kennen und wissen, dass er Polizist ist. Oder vielleicht schießen sie einfach auf jeden, der durch ihr Land reitet.« Er nahm ein Näh-Set heraus und riss es auf, entnahm die eingefädelte Nadel mit einer Pinzette, die er in Alkohol tauchte.

»Bereit?«

Sie nickte. »Mach.«

»Rutsch runter und leg dich auf deine gute Seite.«

Sie tat, wie er bat, und er bewegte sich hinter sie.

»Okay, los geht's«, murmelte er, mehr zu sich selbst als zu ihr. Er nahm einen tiefen, beruhigenden Atemzug und stieß die Nadel durch ihre Haut.

Rayna zischte, blieb aber still.

»Es tut mir leid, Schätzchen. Ich werde schnell sein.« Er kämpfte dagegen an, es zu überstürzen, wissend, dass er die

Dinge verschlimmern könnte, wenn er es täte. Glücklicherweise brauchte sie nur eine Handvoll Stiche.

Innerhalb weniger Minuten verknotete er den letzten Stich und schnitt den Faden ab. »Jetzt muss ich nur noch einen Verband drauf machen.«

Ein Geräusch hinter ihm ließ ihn nach dem Gewehr greifen.

»Ich bin's!«, sagte Jace und tauchte aus dem dichten Unterholz auf.

Thomas' Schultern fielen vor Erleichterung herab, und er legte das Gewehr nieder, um wieder nach den Verbänden zu greifen.

»Ist sie okay?« Er kniete sich neben Thomas.

»Es war nur ein tiefer Streifschuss. Es wird ein paar Tage höllisch wehtun, aber sie ist bereit weiterzumachen.« *Gott sei Dank.*

»Was ist passiert?«, fragte Rayna und schaute über ihre Schulter zu Jace. »Hast du den Schützen gefunden?«

Er nickte. »Ja. Er ist tot, aber ich weiß nicht, ob nicht noch mehr kommen.«

Weiteres Rascheln vor ihnen ließ beide Männer ihre Waffen heben. Mason kam in Sicht und sie senkten sie wieder.

»Ich habe dir gesagt, du sollst dableiben«, sagte Thomas und riss ein Stück Klebeband ab.

»Ja, nun, ich wurde müde vom Warten.« Er hockte sich vor Rayna hin und nahm ihre Hand. »Geht es dir gut?«

»Mir geht's gut. Es hat mich nur gestreift.«

Thomas brummte bei dieser Charakterisierung ihrer Wunde und strich ein weiteres Stück Klebeband über den Verband. »Was ist der Plan, Jace?«

»Wir brauchen immer noch den Standort des Hauses. Ich werde vorgehen und versuchen, es zu finden. Hoffentlich, bevor sie mit den Kindern abhauen können.«

»Du kannst nicht allein gehen. Lass mich Rayna fertig verarzten, dann gehe ich mit dir.«

»Nein«, sagte Mason.

Thomas blickte Mason überrascht an, wegen des harten Tons in seiner Stimme.

»Das ist mein Kampf. Ich gehe. Sie braucht dich, falls sie wieder zu bluten anfängt. Bring sie hier weg.«

»Mason, mir geht's gut. Du musst nicht gehen. Es ist zu gefährlich.« Sie blickte zurück zu Thomas, ihre Augen flehten ihn an, ihr zuzustimmen.

So sehr er auch bei Rayna bleiben wollte, sie hatte Recht. Sie konnten den Jungen nicht zurück zu diesem Haus schicken.

»Sie hat Recht. Du solltest hier bleiben.«

Mason stand auf. »Nein. Ich gehe.« Sein fester Ton sagte ihnen, dass es kein Umstimmen geben würde.

Thomas tauschte einen weiteren Blick mit Rayna. Der Junge war entschlossen zu gehen.

»Wir verschwenden Zeit«, sagte Jace. »Und er kennt das Grundstück besser als jeder von uns. Hol das Gewehr aus dem Halfter von Poppy, Kleiner.«

Mason eilte zu dem kastanienbraunen Pferd, das immer noch ein paar Meter entfernt zwischen den Bäumen herumlief.

»Jace, nein«, flehte Rayna.

»Ich werde gut auf ihn aufpassen. Ihr zwei bringt euch in Sicherheit und ruft Hilfe. Vielleicht haben wir Glück und das alles ist in ein paar Stunden vorbei.«

Mason kehrte zurück, Raynas Winchester und eine Schachtel Kugeln in den Händen.

»Weißt du, wie man das benutzt?«, fragte Jace.

»Mehr oder weniger. Thomas hat mir gestern eine kurze Lektion gegeben.«

Jace stand auf. »Gut genug. Lass uns gehen.« Er legte eine Hand auf Thomas' Schulter. »Seid vorsichtig. Und bleibt in Kontakt.«

Thomas nickte. »Sterb nicht, oder meine Schwester bringt dich um.«

»Sie wird mich sowieso für diese hirnrissige Idee umbringen. Aber ich werde aufpassen. Komm, Kleiner.«

Die beiden liefen zu ihren Pferden, und ließen Thomas und Rayna allein zurück. Er beendete den Verband ihrer Wunde und half ihr, sich aufzusetzen.

»Glaubst du, du kannst reiten?«, fragte er und reichte ihr ein Schmerzmittel, das sie trocken schluckte. Es gab Morphium im Set, aber wenn er ihr das geben würde, würde sie vom Pferd fallen.

»Ja.« Sie kämpfte sich auf die Füße und schwankte, als sie stand.

Thomas legte einen Arm um sie. »Bist du sicher?«

Er spürte, wie ihre Beine etwas Kraft gewannen, und sie nickte. »Mir geht's gut.«

Er vergewisserte sich, dass sie stabil stand, bevor er losließ, um sein Durcheinander aufzuräumen und sein Gewehr aufzuheben. Sie ging zu Poppy hinüber und zog ein sauberes Hemd aus ihren Satteltaschen, schlüpfte hinein und knöpfte es zu, während er das Medizin-Set verstaute. Sie zog ihre Jacke wieder an und steckte einen Fuß in den Steigbügel, um ihr Pferd zu besteigen.

»Whoa. Lass mich dir helfen, damit du deine Nähte nicht aufreißt.« Er lief um Poppy herum und umfasste ihre Taille mit seinen Händen, hob sie hoch, während sie sich hochdrückte.

»Alles in Ordnung?«

Sie nickte, schwer atmend.

Er zog eine Wasserflasche aus einer ihrer Taschen und reichte sie ihr. »Trink. Du brauchst die Flüssigkeit.«

Sie trank die halbe Flasche aus und reichte sie ihm zurück. Er verstaute sie wieder in der Satteltasche und nahm Poppys Zügel, führte sie zu der Stelle, wo er Raven angebunden hatte. Er steckte schnell sein Gewehr in die Scheide, dann holte er den GPS-Ortungssender und sein Satellitentelefon heraus. Jeder von ihnen hatte eins für diese Reise, falls sie getrennt werden sollten.

Thomas schaltete es ein und gab die Nummer zu Sebs Handy ein. Es klingelte zweimal, bevor sein Bruder abhob.

»Jace?«

»Hier ist Thomas. Wir haben Probleme. Rayna wurde angeschossen – nur eine Fleischwunde. Der Schütze ist irgendwo hier oben tot. Jace ging ihm nach, während ich ihre Verletzung versorgt habe. Du musst die Kavallerie schicken. Jace und Mason sind losgezogen, um das Haus zu finden. Hast du einen Stift? Ich gebe dir unsere aktuellen Koordinaten. Wir sind noch nicht bei den Smiths, aber wir sind nahe dran.«

Sebastian ließ eine Reihe von Flüchen los, und Thomas hörte das Rascheln von Papieren, als er nach einem Stift suchte. »Okay. Lies sie mir vor.«

Thomas gab die Koordinaten vom GPS-Gerät durch.

»Ich schaue sie auf einer Satellitenkarte an und sehe, was in der Nähe ist. Ihr müsst euch in Acht nehmen. Es könnten noch andere kommen. Ich habe nach vermissten Teenagern gesucht, die auf Ryan Marsters' Viktimologie passen, und habe mehrere Treffer bekommen. Das Mädchen, an das Mason sich erinnert, ist vielleicht nicht die einzige, die Marsters besucht hat. Wir könnten es mit einem ziemlich umfangreichen Betrieb zu tun haben.«

Ein grimmiges Stirnrunzeln verzerrte Thomas' Gesicht. Er hatte das befürchtet. »Okay. Wir werden vorsichtig sein. Wir verlassen die Gegend wegen Raynas Verletzungen, aber ich rufe dich an, sobald wir eine Straße finden. Und sag Tara nicht, dass Jace allein losgezogen ist. Sie wird die Erste sein, die hier hochkommt, wenn du das tust.«

»Keine Scheiße. Okay, bis bald.«

Seb legte auf, und Thomas steckte beide Gegenstände zurück in seine Satteltasche und bestieg dann sein Pferd.

Rayna wandte ihr Pferd zurück in die Richtung, aus der sie gerade gekommen waren.

»Wo gehst du hin?«

»Um Jace und Mason zu helfen.«

»Was?« War sie verrückt? »Nein. Wir müssen dich nach Hause bringen. Du brauchst wahrscheinlich Antibiotika, und du musst dich definitiv ausruhen.« Sie hatte nicht viel Blut verloren, aber es war genug, dass sie ein paar Tage etwas müde sein würde. Der Ritt den Berg hinunter würde das auch nicht besser machen.

»Mir geht's gut. Willst du Tara erklären, warum du ihren Verlobten hier oben gelassen hast, mit einem achtzehnjährigen Jungen, der kaum weiß, wie man ein Gewehr benutzt, als einzige Unterstützung?«

Er runzelte die Stirn und drehte Raven um. »Nein. Aber du bist nicht in der Verfassung, um viel zu helfen.«

Sie schaute über ihre Schulter zu ihm zurück. »Mir geht's *gut*. Du kannst diese Straße finden, wenn du willst, aber ich gehe in diese Richtung.« Sie zeigte vor sich.

Thomas knurrte. Verdammt sture Frau. Er drückte Raven leicht an und schickte sie hinter Poppy her, holte sie schnell ein. »Lass mich wenigstens vorangehen, da ich die Waffe habe«, sagte er und kam an ihre Seite.

Rayna brachte ihr Pferd zum Stehen, und er ritt voraus.

»Du sagst mir, wenn du eine Pause brauchst«, sagte er und schaute über seine Schulter zurück.

Sie nickte, aber der Blick in ihren Augen verriet ihm, dass sie nichts dergleichen tun würde. Er stieß einen frustrierten Seufzer aus und drehte sich um. Sie war gerade genug verletzt, um ihn zu beunruhigen, aber nicht genug, um sie so zu verlangsamen, dass sie auf ihn hören würde. »Tara ist nicht die Einzige, die du verärgern solltest«, knurrte er.

»Sie ist furchterregender als du.«

Trotz seiner Gereiztheit hob sich ein Mundwinkel zu einem Lächeln. Sie hatte nicht unrecht.

Thomas trieb die Pferde so schnell an, wie er es durch den Wald wagte. Er hatte keine Ahnung, was sie erwartete, je näher sie den Smiths kamen. Es könnten zahlreiche Fallen näher am Haus sein. Sein Pferd in einer Schlinge zu verfangen oder von einer Landmine in die Luft gejagt zu werden, stand nicht auf seinem Tagesplan.

Er blickte zurück zu Rayna, die versuchte, entspannt in ihrem Sattel zu sitzen, aber ihre Schultern waren leicht zusammen-gezogen und ihr Gesicht war angespannt, was ihm verriet, dass die Bewegung ihrem Schmerzlevel nicht half.

Er unterdrückte den Wunsch, sie zur Umkehr zu bewegen oder eine Weile zu rasten, und konzentrierte sich darauf, sich durch die Bäume zu bewegen, in der Hoffnung, dass sie Jace und Masons Weg folgten.

Nach zehn Minuten ohne etwas anderes als mehr Bäume in Sicht, wurde Thomas entmutigt. Gerade als er beschloss anzuhalten und ihre Route zu überdenken, erhaschte er einen Blick auf ein Gebäude durch eine Lücke in den Bäumen. Er zog an den Zügeln und verlangsamte Ravens Schritt. Rayna ritt neben ihn.

Er zeigte auf das Haus. »Siehst du das?«

Sie nickte.

»Wir sollten wohl den Rest des Weges zu Fuß gehen.« Er blickte zu ihr hinüber. »Schaffst du das?«

Sie runzelte die Stirn und stieg ohne ein Wort von Poppy ab.

Thomas murmelte wieder vor sich hin. Er konnte sich nicht erinnern, dass sie früher so störrisch gewesen war.

Er folgte ihr nach unten, zog das Gewehr aus dem Halfter und nahm sein Satellitentelefon aus seinen Taschen, steckte es in seine vordere Hosentasche. »Pass auf, wo du hintrittst«, murmelte er, als er neben sie trat. »Und halte die Augen offen.«

»Keine Sorge, das werde ich.« Sie legte eine Hand über ihre Seite.

Sie banden die Pferde an und machten sich durch den Wald auf, hielten an der Baumgrenze an, um die Lichtung zu überblicken. Ein großes, graues, zweistöckiges Bauernhaus stand vor ihnen. Mehrere Nebengebäude waren darum verstreut. Er sah kein Zeichen von Jace und Mason – oder sonst jemandem.

»Wo sind alle?«, fragte Rayna und sprach damit seine Gedanken aus.

»Nicht sicher. Lass uns herumgehen und hinter dieser Garage aufkommen. Das gibt uns mehr Deckung.« Ohne auf eine Antwort zu warten, wich er vom Baum zurück und schlüpfte in den Wald, eilte um den Rand der Lichtung, bis sie hinter der freistehenden Garage waren.

Er blickte zurück zu Rayna. »Bereit?«

Sie nickte.

Thomas trat aus den Bäumen heraus, das Gewehr bereit. Sie rannten zur Rückseite der Garage und lehnten sich gegen die Wand. Er blickte zu ihr hinunter, um ihren Schmerzlevel einzuschätzen.

»Alles okay?«

Ihr Gesicht war angespannt und ihre Atmung rau, aber sie nickte. »Mir geht's gut. Lass uns zum Haus gehen.«

Er nickte. »Bleib dicht bei mir.«

»Wie Klebstoff.« Sie hakte ihre Hand in seinen Gürtel an seinem Rücken. »Du hast die Waffe.«

Mit klopfendem Herzen stieß Thomas sich von der Garage ab und bewegte sich vorsichtig um die Ecke des Gebäudes, um zum Haus zu schauen. Immer noch bewegte sich nichts. Mit einem Blick, der hin und her schweifte, joggte er zur Hintertür. Er umfasste den Knauf und drehte ihn. Zu seiner Überraschung drehte er sich unter seiner Hand, und die Tür knarrte auf.

Nervosität ließ seine Hände zittern. *Verdammt.* Deshalb überließ er die Polizeiarbeit Seb. Er war nicht für diesen Scheiß geschaffen.

Das Gewehr hebend, stieß er die Tür auf und trat durch die Hintertür in einen Hauswirtschaftsraum. Er konnte Raynas Hand spüren, die um seinen Gürtel geschlossen war, als er vorwärts ging.

Sie gingen in die Küche. Halbgegessene Teller standen auf dem kleinen Tisch, der an eine Wand geschoben war, und schmutziges Geschirr bedeckte den Herd und die Spüle. Jemand hatte es eilig gehabt, wegzukommen.

Thomas ging weiter ins Haus hinein und betrat ein großes Wohnzimmer. Auch dieses war leer. Er steuerte auf den Eingang zu einem Flur auf der anderen Seite des Raumes zu.

»Glaubst du, sie sind alle weg?«, flüsterte Rayna, als sie den dunklen Korridor betraten.

»Vielleicht.« Er deutete auf einen Raum am Ende des Flurs, unter dessen Tür Licht hervorschien. »Vielleicht auch nicht.«

Ihre Stiefel verfluchend, die ihren Ansatz alles andere als leise machten, gingen sie auf die Tür zu. Thomas legte das Gewehr an seine Schulter und streckte seine andere Hand aus. Er ergriff den Knauf, drehte ihn und stieß in derselben Bewegung, drückte sich mit ihr gegen den Türrahmen, um ein möglichst kleines Ziel zu bieten, als sie in das traten, was wie ein Büro aussah.

Eine Bewegung nahe dem Fenster hinter einem Stuhl erregte seine Aufmerksamkeit. Jace erhob sich, sein eigenes Gewehr direkt auf Thomas gerichtet.

»Verdammt nochmal!« Jace senkte seine Waffe. »Was zum Teufel macht ihr beiden hier?«

Thomas schaltete die Sicherung seines Gewehrs ein und senkte es. »Frag Rayna.« Er blickte zurück zu ihr und sah, wie sie ihn anstarrte. Er drehte sich wieder zu Jace um. »Wo sind alle? Wo ist Mason?«

Die Tür des Kleiderschranks öffnete sich. »Ich bin hier«, sagte Mason und trat heraus.

Rayna eilte an Thomas vorbei, um den jungen Mann zu umarmen. Er schaute Thomas verblüfft an, bevor er seine Arme um Rayna schlang, um ihr den Rücken zu klopfen.

»Ich habe mir solche Sorgen gemacht«, sagte sie und zog sich zurück. »Geht es dir gut? Was ist passiert? Warum ist dieser Ort leer?«

Mason räusperte sich und schluckte schwer. »Ähm, es war leer, als wir hier ankamen.«

»Ich denke, sie sind kurz vor unserer Ankunft abgehauen«, sagte Jace. »Ich habe auf dem Weg hierher ein paar Kameras im Wald gesehen. Wahrscheinlich haben sie gesehen, wie ich ihren Kundschafter getötet habe und dann zum Haus aufgebrochen bin. Ich vermute, sie haben die wichtigen Sachen und die Kinder eingepackt und sind abgehauen.«

»Hast du es Seb schon gemeldet?«, fragte Thomas.

Jace schüttelte den Kopf. »Wir sind erst seit etwa zehn Minuten hier. Ich wollte sicherstellen, dass niemand hier ist, damit wir nicht wieder in einen Hinterhalt geraten. Habt ihr auf eurem Weg hierher jemanden gesehen?«

Thomas und Rayna schüttelten beide den Kopf.

»Habt ihr die Nebengebäude überprüft?«, fragte Rayna.

»Das erste, was wir angeschaut haben. Mason sagte, sie hätten sie oft im Keller versteckt, der über einen Tunnel mit dem Werkzeugschuppen verbunden ist. Beide waren leer.«

Masons Gesicht war sorgfältig ausdruckslos, als Jace besprach, was sie gesehen hatten. Thomas konnte sich nur vorstellen, was er jetzt dachte und fühlte. Er presste seinen

Kiefer zusammen und kämpfte gegen den Drang an, etwas zu schlagen.

»Wo müsst ihr noch suchen?«, fragte er stattdessen.

»Wir waren noch nicht im Obergeschoss.«

»Okay.« Er zog sein Satellitentelefon aus seiner Tasche und reichte es Rayna. »Ihr zwei bleibt hier und ruft Seb an, dann seht zu, ob ihr etwas mit ihren echten Namen darauf finden könnt. Das sieht wie ein Büro aus, also habt ihr vielleicht Glück.« Er schaute zu Jace. »Lass uns die Suche beenden.«

Jace hob eine Augenbraue, als Thomas Befehle bellte, aber Thomas war das egal. Sie hatten eine Chance, die Bastarde zu fangen, wenn Seb einen Sperrkreis auf den Straßen, die hier herausführten, einrichten konnte.

»Sag Seb, dass er, wenn er einen Hubschrauber oder eine Drohne in die Luft bringt, nach einem größeren Fahrzeug oder zwei kleineren, die zusammen fahren, Ausschau halten soll. Mit fünf Kindern im Schlepptau werden sie Platz brauchen«, sagte Jace und gesellte sich zu Thomas an der Tür.

Sie nickte. »Seid vorsichtig.«

Thomas warf ihr und Mason einen letzten langen Blick zu und verließ das Büro.

KAPITEL

Zwölf

Die Heckklappe am Truck ihres Bruders Brady senkte sich, als Tara sich neben sie setzte. Nach der Schar von Gesetzeshütern, die nach ihrem Anruf bei Seb eingetroffen waren, waren Brady und Tara mit einem Anhänger für die Pferde angekommen.

»Wie geht's dir?«, fragte Tara.

Rayna sah ihre Freundin an und schenkte ihr ein müdes Lächeln. »Wund. Müde. Es war ein verdammt langer Tag.«

Tara lachte. »Pass auf, was du sagst. Du fängst an, mit diesem Mundwerk wie ich und Macy zu klingen.«

Rayna grinste. »Es ist aber die Wahrheit. Selbst als London verschwunden war und wir auf Neuigkeiten über dich und Jace warteten, habe ich mich nicht so ausgelaugt gefühlt.«

»Na ja, du wurdest angeschossen.«

»Es ist nicht nur das, obwohl es nicht gerade geholfen hat. Es ist einfach in den letzten Tagen ein Ding nach dem anderen.«

Tara legte einen Arm um ihre Schultern und lehnte ihren

Kopf an Raynas. »Es wird besser werden. Ihr habt das Versteck der Bösen gefunden, das ist riesig!«

»Ja. Ich wünschte nur, wir hätten auch die Kinder gefunden. Mason hat nichts gesagt, aber er ist am Boden zerstört. Ich hoffe, Seb und Jace finden etwas, das uns verrät, wohin sie sie gebracht haben könnten. Hast du etwas über die Drohne gehört, die sie aufsteigen ließen?«

Sie schüttelte den Kopf. »Nein.«

Rayna biss sich auf die Lippe, um die Tränen zurückzuhalten. Diese armen Kinder könnten überall sein. Sie schniefte und schaute sich auf dem Gelände um. »Wo sind Mason und Thomas?«

»Thomas ist mit Jace, Seb und Dr. Randall mitgegangen. Ich bin eigentlich nicht sicher, wo Mason ist.«

Beunruhigt stand Rayna auf und verzog das Gesicht, als ihre Stiche spannten. »Er war mit Thomas, als ich ihn zuletzt gesehen habe. Ist er auch mit ihnen gegangen?«

Tara schüttelte den Kopf. »Ich habe ihn nicht bei der Gruppe gesehen.«

Rayna ging zum Haus und zu dem Deputy, der an der Tür stand. »Können Sie bitte den Sheriff anfunken und fragen, ob Mason bei ihnen ist?«

Der Deputy tat, worum sie ihn gebeten hatte. Sebs negative Antwort war nicht das, was sie hören wollte. Sie sah den Deputy wieder an. »Wissen Sie, ob er drinnen ist?«

Der Mann schüttelte den Kopf. »Das letzte Mal, als ich ihn sah, war er in der Nähe des Werkzeugschuppens.«

»Danke.« Rayna drehte sich um und ging in Richtung des Nebengebäudes, Tara folgte ihr. Sorge nagte an ihr und ließ sie in einen schnellen Trab verfallen. Sie hatten ihn allein gelassen, in der Annahme, er sei sicher, da das Grundstück verlassen war. Aber was, wenn jemand zurückgeschlichen war und ihn gesehen hatte? Sie könnten ihn mitten im Tumult geschnappt haben.

»Mason?« Sie erreichte die Tür und riss sie auf. Der Schuppen war leer. Sorge verwandelte sich in Angst und brannte heiß in ihrem Bauch. »Wo ist er?« Sie trat aus dem Schuppen zurück. »Mason!« Tränen bildeten sich in ihren Augen, während ihre Stimme einen verzweifelten Ton annahm.

»Rayna, beruhige dich«, sagte Tara und packte ihren Arm. »Wir werden ihn finden.«

Das mussten sie. Sie konnte diese Monster nicht wieder an ihn heranlassen.

Ein Geräusch im Schuppen registrierte sie einen Moment bevor die Tür aufging und Mason erschien.

»Rayna?«

»Mason!« Ohne Rücksicht auf ihre Verletzung stürmte sie nach vorne, um ihn erneut zu umarmen. Als sie zurücktrat, schüttelte sie seine Schultern. »Verschwinde nie wieder so. Ich dachte, jemand hätte dich im ganzen Chaos geschnappt. Wo warst du?«

Er runzelte die Stirn, als er auf sie herabsah. »Es tut mir leid. Ich habe mir nur den alten Tunnel angesehen. Sie mochten es nicht, wenn wir unbeaufsichtigt redeten, also haben wir einen Weg ersonnen, wie wir uns Nachrichten zukommen lassen konnten, indem wir sie im Tunnel versteckten. Als sie uns hierher brachten, schlossen sie die Tür zum Haus ab, aber nicht die Falltür im Schuppen, weil die nur von der Schuppenseite aus verriegelt werden konnte.«

»Nachrichten? Hast du welche gefunden?«

Er grinste und hielt ein Stück Papier hoch. »Nina hat ihre Liste für uns zum Finden hinterlegt.«

Rayna starrte auf das Papier zwischen seinen Fingern. »Liste?«

»Sie war die Mutigste von uns allen. Sie schlich sich einen Blick in die Brieftaschen der Typen, mit denen sie zusammen war, und schrieb ihre Namen auf.«

»Ist das dein Ernst?« Tara trat vor. Sie nahm die Liste von ihm und öffnete sie, überflog sie schnell. »Heilige Scheiße.« Sie blickte auf, ihre Augen wanderten von Rayna zu Mason und wieder zurück. »Wir müssen das zu Seb bringen.«

»Da ist ein Deputy zurück beim-«

Tara unterbrach sie mit einer Handbewegung. »Nein. Das muss direkt zu ihm. Ich vertraue nicht darauf, dass es nicht 'verloren geht', bevor er es sieht.«

Rayna runzelte die Stirn. »Warum? Wer steht darauf?«

Tara drehte es um, und Rayna konnte das Keuchen nicht zurückhalten, als sie es las. *Auf keinen Fall.*

DAS TIEFE KNURREN EINES BERGLÖWEN DRANG AN THOMAS' Ohren, als sie sich der Stelle näherten, wo Jace den Mann zurückgelassen hatte, den er früher getötet hatte. Die anderen hielten inne.

»Verdammt.« Thomas tauschte einen Blick mit Jace und ging weiter, beide Männer hoben ihre Gewehre.

»Thomas! Jace!«, zischte Seb. »Da oben ist ein Puma. Wir brauchen einen Plan.«

»Wenn es der ist, den ich vermute, wird er nicht kampflos gehen«, sagte Thomas, ohne anzuhalten. »Ein abgemagerter Berglöwe hat heute Morgen versucht, Bing anzugreifen.« *Herrgott. War das immer noch weniger als ein Tag her?* »Wir haben ihn verscheucht, aber er muss uns gefolgt sein. Das war ein Warnknurren. Er wird um unsere Beweise kämpfen.«

Seb stöhnte und bedeutete den zwei Deputies bei ihnen: »Bleibt bei Dr. Randall und seinem Team.«

Die drei rückten vor und entdeckten das Tier nach weiteren fünfzehn Metern. Die Katze ließ ein lautes Heulen hören, um sie weiter zu warnen, dass sie zurückweichen sollten.

»Werden wir ihn diesmal erschießen?«, fragte Jace.

»Kommt darauf an. Wie viel von unserem toten Typen hat er gefressen?«

»Kann ich noch nicht sagen. Wir sind nicht nah genug dran.«

»Na, dann lass uns näher rangehen. Ich wünschte, ich hätte ein Betäubungsgewehr. Ich möchte ihn wirklich nicht töten.«

»Was ist mit meinem Taser?«, fragte Seb. »Pumas wiegen etwa so viel wie ein Mann.«

Thomas senkte sein Gewehr. »Das könnte funktionieren. Aber wir müssen ihn trotzdem festhalten können, wenn er am Boden ist.«

»Was ist mit einem der Zelte?«, schlug Jace vor. »Wir könnten ihn darin einwickeln, während er betäubt ist, und seine Füße mit den Seilen zusammenbinden.«

»Das ist keine schlechte Idee«, sagte Seb.

»Ich hole es«, sagte Thomas. »Schießt nicht auf ihn, außer ihr müsst es tun.« Normalerweise war er kein Weichei, aber wenn es um Tiere ging, würde er alles tun, um ihr Leben zu erhalten. Er senkte seine Waffe vollständig, ging rückwärts, bis er außer Sichtweite der großen Katze war, dann drehte er sich um und rannte zu den Pferden, die ein paar Meter zurück angebunden waren, damit sie den Tatort nicht kontaminierten.

Pike war am nächsten, also band er das Zelt vom Sattel los und joggte zurück zu seinem Bruder und Jace, wobei er sein Bestes tat, nicht durch den Wald zu krachen. Diesmal wollte er den Puma nicht verscheuchen.

»Ich hab's.« Er blieb neben Seb stehen und rollte das Nylonzelt auseinander. »Ich hoffe wirklich, dass dieser Taser von dir ordentlich Wumms hat, oder er wird durch dieses Zelt wie durch Papier schneiden und dann durch denjenigen, der versucht, ihn festzuhalten.«

»Wir arbeiten als Team«, sagte Jace. »Seb, du taserst ihn. Ich wickele ihn ins Zelt, und Thomas, du bindest ihn fest.«

Thomas nahm das Seil und wickelte es auf. »Wir müssen schnell sein. Und wir müssen nah dran sein, wenn Seb ihn tasert.«

»Jap. Sind wir bereit?«

Seb und Thomas nickten.

»Los geht's.«

Gemeinsam bewegten sie sich stetig auf den Berglöwen und sein Abendessen zu. Als sie die Bäume passierten und die Szene besser in Sicht kam, konnte Thomas sehen, dass der Puma bereits einiges mit ihrem toten Kerl angestellt hatte. Sein Bauch war aufgerissen und der Inhalt ergoss sich auf den Boden. Es sah aus, als hätte das hungrige Tier zuerst die nährstoffreiche Leber angesteuert.

Der Puma knurrte tief in seiner Kehle und richtete sich aus seiner Hocke über dem toten Mann auf.

»Langsam und stetig«, flüsterte Thomas. Er hoffte, dass Jace und Seb ihn hörten. Er konnte sich selbst kaum über das Rauschen des Blutes in seinen Ohren hören.

Mit gemessenen Schritten verteilten sie sich um den Berglöwen herum, Thomas in der Mitte, Jace zu seiner Rechten und Seb zu seiner Linken. In fünf Meter Entfernung stieß die Katze ein ohrenbetäubendes Brüllen aus. Seine Muskeln spannten sich an, und Thomas wusste, es war jetzt oder nie.

»Jetzt, Seb!«

Der Taser machte ein Knallgeräusch, als Seb ihn abfeuerte und die Sonden in Richtung der Seite des Berglöwen flogen. Das Tier stieß einen Schrei aus und fiel zu Boden, als Elektrizität durch die Drähte knisterte und seine Muskeln lähmte. Jace rannte nach vorne und wickelte die Katze in das Zelt ein, rollte ihn, bis er bedeckt war. Thomas nahm das Seil und band einen schnellen Schlingknoten um die Vorderpfoten des Tieres. Das Ganze dauerte nur wenige Sekunden.

»Lass los!«, rief er seinem Bruder zu. Die Krämpfe der Katze hörten auf, und sie lag betäubt da. Mit Jaces Hilfe wickelte er das Seil um den Körper der Katze und ihre Hinterpfoten und sicherte sie im dünnen Nylonzelt. Als er fertig war, erlangte der Puma seine Sinne wieder und begann zu kämpfen.

»Wird das halten?«, fragte Jace.

»Lange genug«, antwortete Thomas, schwer atmend. »Wir müssen ihn in ein zweites Zelt wickeln und ihn etwas sicherer fesseln. Im Erste-Hilfe-Kasten ist etwas Morphium, das ich ihm geben kann, um ihn ein bisschen zu beruhigen.«

»Dann lass es uns tun. Ich habe keine Lust, ihn noch einmal fangen zu müssen«, sagte Seb, entfernte die Taser-Patrone aus seiner Waffe und holsterte die Waffe.

Thomas rannte zurück zu seinem Pferd, um den Erste-Hilfe-Kasten und sein Zelt zu holen. Er nahm sich einen Moment an Ravens Seite, um Atem zu schöpfen, froh, dass ihr Plan funktioniert hatte.

Zweige knackten hinter ihm, und er stieß sich von Raven ab, drehte sich um und sah Dr. Randall und Katie Mitchum auf ihn zukommen.

»Ist alles in Ordnung?«, fragte der Rechtsmediziner.

Er nickte. »Alles in Ordnung. Wir haben den Puma gefangen. Ich bin nur gekommen, um Verstärkung zu holen.« Er hielt das Zelt und den Erste-Hilfe-Kasten hoch.

Dr. Randalls Augen verweilten auf dem Medizinkasten. »Hat sich jemand verletzt?«

»Nein. Es ist für den Berglöwen. Ich muss ihn sedieren, damit er sich nicht selbst verletzt.«

»Oh. Ist es sicher für uns, jetzt hochzugehen?«

Thomas nickte. »Folgt mir.« Er führte Randall und seine Crew durch die Bäume. Als die Szene in Sicht kam, konnte er sehen, wie die große Katze in ihrem Nylongefängnis tobte und ihre Wut herausbrüllte.

Er eilte nach vorne und öffnete den Erste-Hilfe-Kasten, zog die Morphiumampulle und eine Spritze heraus. Er schätzte das Gewicht der Katze und machte einige schnelle Berechnungen im Kopf für die richtige Dosierung und zog sie auf.

»Kann jemand ihn festhalten?«

»Du willst, dass wir ihn anfassen?«, sagte Jace.

Thomas warf ihm einen Blick zu, während er die Morphiumampulle wegpackte. »Leg einfach dein Gewicht auf ihn. Er ist komplett eingewickelt; dir wird nichts passieren.«

»Sagt der Mann, der ihn nur stechen muss«, murmelte Jace.

»Ich helfe«, sagte Dr. Randall. »Wo soll ich hin?«

»Einer von euch hält seine Hinterbeine und der andere legt sein Gewicht von hinten über seine Schultern. Ich werde das in seine Hüfte stechen.«

Jace und der Rechtsmediziner bewegten sich um das Tier herum und taten ihr Bestes, um es stillzuhalten. Selbst dünn war es ein Biest. Thomas beugte sich hinunter und stach die Nadel durch den Zeltstoff in den Hintern der Katze und drückte den Kolben, um das Medikament zu verabreichen. Der Puma heulte ihn an.

»Okay, lasst ihn los«, sagte er, richtete sich auf und trat zurück.

Die anderen standen auf, und das Tier begann erneut seinen Kampf.

»Wie lange wird das dauern?«, fragte Seb.

»Nicht zu lange. Fünf oder zehn Minuten.«

»Können wir in der Zwischenzeit mit der Arbeit beginnen?«, fragte Dr. Randall.

Thomas zuckte mit den Schultern. »Solange es deinem Team nichts ausmacht, um einen wütenden Berglöwen herum zu arbeiten.«

Katie trat vor. »Ich war schon um Schlimmeres herum. Mein Ex zum Beispiel. Lass uns anfangen. Sie haben später hier oben Schnee angesagt, und ich würde lieber kein Zelt über all das aufbauen müssen. Es ist schlimm genug, dass wir Lichter brauchen werden.« Sie schaute zum Himmel, wo die Sonne unterging, während der Tag zu Ende ging. Seufzend bewegte sie sich zum Kopf des toten Mannes, stellte ihren Koffer ab und öffnete ihn.

Dr. Randall verdrehte die Augen und ließ ein genervtes Seufzen hören. »Diese Frau wird mein Tod sein«, murmelte er.

Sebs Lippen zuckten. »Was ist los, Alex? Magst du es nicht, deinen Platz zu teilen?« Katie und der Rest der forensischen Wissenschaftseinheit des Landkreises waren ins Pathologielabor im Krankenhaus umgezogen, nachdem Jared Fetter und Tim Jacobsen ihr Labor in die Luft gejagt hatten, um Beweise zu vernichten.

»Nein. Und mit ihr gibt es nicht viel zu teilen. Sie hat mein ganzes verdammtes Labor übernommen. Wie lange wird es dauern, bis das neue Kriminologiegebäude fertig ist?«

Seb lachte. »Eine Weile, mein Freund. Sie haben gerade erst den Schutt weggeräumt.«

Der Rechtsmediziner gab ein tiefes Grunzen von sich. »Es kann nicht schnell genug passieren.«

»Redest du wieder über mich, Doc?«

Sie schauten zu Katie hinüber, die neben ihrem offenen Koffer hockte und die Dinge entnahm, die sie zur Beweissicherung brauchte. Sie blickte über den Rand ihrer klaren rosa Brille zu Dr. Randall auf und hob eine dunkle Augenbraue, mit einem tadelnden Blick auf ihrem hübschen Gesicht.

Er verdrehte erneut die Augen und ging weg, um seine eigene Ausrüstung zu holen.

Thomas unterdrückte ein Lächeln. Es klang, als hätten sie in letzter Zeit zu viel Gemeinsamkeit gehabt. Er trat zurück und ließ sie an die Arbeit gehen, stellte sich neben seinen Bruder.

»Kannst du den Berg runterfunken und sie bitten, eine Handtrage hochzubringen? Wir brauchen einen Weg, den Puma nach unten zu tragen.«

Seb nickte und stellte die Anfrage.

»Was werden wir mit ihm machen, wenn wir ihn da runter gebracht haben?«

Thomas' Lippen verzogen sich zu einer dünnen Linie. »Ich habe darüber nachgedacht. Ich habe diese Boxen in meiner Scheune, die eigentlich für Vögel gedacht sind. Mit etwas Verstärkung sollte eine davon funktionieren. Ich dachte, wir könnten ihn in den Pferdeanhänger legen, während er sediert ist, und ihn dorthin transportieren. Wir müssen seinen Kotabsatz für einen Tag oder so überwachen und ihn für Beweise sammeln. In der Zwischenzeit werde ich einige Anrufe tätigen, um ein neues Zuhause für ihn zu finden.«

»Klingt gut für mich.«

Unruhe in den Bäumen zog Thomas' Aufmerksamkeit auf sich, und er drehte sich um, um Rayna, Mason und Tara aus dem Wald auftauchen zu sehen. Alle drei hielten beim grausigen Anblick des toten Mannes inne. Katie zog schnell eine Abdeckung über seinen Kopf und Oberkörper, als sie sie sah, aber Taras Gesicht wurde trotzdem weiß und sie schwankte.

»Schatz, was machst du hier oben?«, fragte Jace, lief nach vorn, um sie zu stützen.

Thomas' Augen landeten auf Rayna, als er zu ihnen hinüberging. Sie drehte sich um, um den Leichnam aus ihrem Blickfeld zu halten. Dunkle Ringe umrandeten ihre violetten Augen, und Erschöpfung zerrte an ihren Mundwinkeln. Sie sollte wirklich auf dem Weg nach Hause sein, um sich auszuruhen.

»Mason war auf Erkundungstour«, sagte sie. »Hat mich erschreckt, weil er verschwunden war. Aber er hat etwas gefunden.« Sie stupste den jungen Mann an. »Zeig es ihnen.«

Mason hielt Thomas ein gefaltetes Blatt Papier hin. »Es war im Tunnel.«

Thomas nahm das Papier und öffnete es.

»Was ist das?«, fragte Seb. Er und Jace flankierten Thomas, um über seine Schulter zu lesen.

»Es ist eine Liste mit einigen der Männer, zu denen die Smiths eines der Mädchen gebracht haben. Nina«, sagte Mason. »Sie hat es in einem kleinen Loch versteckt, das wir aus dem Tunnel gegraben haben, um Notizen durchzugeben.«

»Wie hat sie die Namen bekommen?«, fragte Jace.

»Sie schaute in die Brieftaschen derer, die zu dumm waren, solche Sachen nicht in ihren Autos zu lassen.«

Thomas' Augen weiteten sich, als er die Namen las. Einer fiel besonders auf. »Sebastian. Siehst du, was ich sehe?« Er zeigte auf einen Namen und blickte zu seinem Bruder auf, der finster auf die Liste schaute.

»Ja. Ich wusste, dass er ein Schleimbeutel ist, aber ich dachte nicht, dass er so schlimm ist.«

»Wen meint ihr-?«, begann Jace, dann hielt er inne, als er den Namen las. »Brian Stillwater. Der *Bürgermeister*?«

»Jap.« Seb rieb sich die Stirn. »Das ist ein Durcheinander. Jetzt frage ich mich, wer sonst noch beteiligt sein könnte.« Er sah Mason an. »Kein Wunder, dass dir nicht geglaubt wurde und du zurückgeschickt wurdest. Stillwater hat hier viel Einfluss.«

Masons Schultern sackten nach unten. »Also wird nichts unternommen. Genau wie zuvor.«

»Einen Teufel wird es!«, entgegnete Seb. »Ich mag den Bürgermeister nicht. Er ist ein pompöser, überregulierender Arsch. Er ist auch nicht mein Chef. Und ich habe Beweise, dass er hier war.« Er zeigte auf das Papier in Thomas' Händen.

»Das wird vor Gericht nicht standhalten, Seb«, sagte Jace. »Es wurde nicht als Beweis registriert, bevor es entfernt wurde.«

Masons Gesicht hellte sich auf. »Tatsächlich wurde es das. Das ist eine Kopie, die ich gemacht habe, falls etwas mit dem Original passiert.«

»Ernsthaft?«, sagte Seb.

Der junge Mann nickte. »Ich habe dem Forensiker, der im Schuppen arbeitete, von dem Tunnel erzählt und dass ich sehen wollte, ob etwas in dem Loch ist. Er bat mich, ihm zu zeigen, wovon ich rede. Der Typ hat Fotos gemacht und eine dieser Beweismarkierungen hingelegt. Ich habe ein Blatt Papier aus seinem Notizblock genommen und die Namen aufgeschrieben. Er hat das Original.«

»Das ist fantastisch. Okay, Jace, hol dir diesen Zettel und fahr zurück in die Stadt. Nimm Stillwater zum Verhör fest. Ich will nicht, dass er aus deinem Besitz gerät, bis wir ihn in Gewahrsam haben. Ich weiß nicht, wem wir trauen können.«

Jace nickte kurz. »Mach ich.« Er gab Tara einen schnellen Kuss auf die Wange, dann rannte er zu seinem Pferd.

»Wie weit geht das, Seb?«, fragte Rayna, ihre Stimme leise. Falten verunstalteten ihre Stirn, während sie die Stirn runzelte.

Seb rieb seinen Nacken. »Ich weiß es nicht, aber ich werde es verdammt nochmal herausfinden. Ich kann nicht glauben, dass so etwas in den zwei Jahren, die ich hier bin, unter meiner Nase operiert hat, und ich hatte keine Ahnung.« Er sah zu Mason. »Es tut mir wirklich leid. Wenn ich auch nur die geringste Ahnung gehabt hätte, dass so etwas vor sich geht, wäre ich voll darauf angesprungen. Du kannst aber darauf wetten, dass ich jede einzelne Person aufspüren werde, die irgendetwas damit zu tun hatte.«

Mason starrte zurück und studierte den Sheriff. »Ich hoffe nur, wir können die anderen finden.«

Thomas legte eine Hand auf seine Schulter. »Seb wird alles tun, was er kann, um sie zu finden. Der Bürgermeister ist nicht der Einzige hier mit Einfluss. Und Sebs reicht über den Landkreis hinaus.«

»Das stimmt«, sagte Seb. »Ich war beim FBI. Unser illustrer Bürgermeister wird sein Leben auf jede erdenkliche Weise auf den Kopf gestellt und von innen nach außen gekehrt bekommen.«

Mason blähte seine dünne Brust auf und stand gerade. »Ich vertraue dir, und meine Freunde auch. Bitte enttäusche mich nicht.«

»Das werde ich nicht.«

Thomas hoffte, dass das ein Versprechen war, das Seb halten konnte.

KAPITEL
Dreizehn

Mit einem Zucken kletterte Rayna aus ihrem Truck. Ihre Seite brannte, ein scharfer Schmerz durchzuckte sie jedes Mal, wenn sie sich auf eine bestimmte Weise drehte. Autofahren war vermutlich keine gute Idee gewesen, aber sie würde verdammt sein, wenn sie zurück zu ihrem Haus ginge und dort säße und wartete. Mason war noch bei den Smiths und half Sebastian, das Grundstück zu durchkämmen und auf Dinge hinzuweisen, die die Ermittler übersehen hätten. Diese Kinder hatten mehrere Verstecke. Sie war beeindruckt von ihrem Einfallsreichtum und ihrer Hartnäckigkeit.

Es bestand auch die echte Möglichkeit, dass ihre Mutter vorbeischauen würde, wenn sie merkte, dass sie zurück war, und dann müsste sie erklären, warum sie sich bewegte, als hätte sie ein Brett im Rücken stecken. Das war ein Gespräch, das sie so lange wie möglich aufschieben wollte.

Also war sie hier in Thomas' Tierklinik. Nachdem er und einige der Deputies den Puma den Berg hinuntergetragen hatten, hatte Brady ihn im Pferdeanhänger hierher gebracht. Rayna war geblieben, um sicherzustellen, dass es Mason gut ging, dann hatte sie das Gefühl bekommen, dass sie im Weg stand, also war sie gegangen. Sie musste sich daran erinnern, dass Mason ein Erwachsener war und in guter Gesellschaft mit Seb. Nach einem schnellen Besuch in der örtlichen Notfallpraxis für eine Wundkontrolle und einige Antibiotika war sie ratlos gewesen, also war sie hierher gefahren.

Nachdem sie die Trucktür geschlossen hatte, ging sie zum Eingang der Klinik und versuchte die doppelten Glastüren zu öffnen, fand sie jedoch verschlossen vor. Wissend, dass er wahrscheinlich in einem Untersuchungsraum oder im OP-Saal war, die sich im hinteren Teil des Gebäudes befanden, ging sie um die Seite herum und klopfte an die Hintertür. Es dauerte einige Momente, aber bald öffnete Thomas' Tierarzthelferin Lorraine auf ihr Klopfen.

»Rayna, hallo. Komm rein.« Die ältere Frau trat zurück und bedeutete ihr einzutreten. »Thomas hat mich eingeweiht, was passiert ist, während wir uns um den Berglöwen kümmern. Geht es dir gut?«

Rayna nickte. »Mir geht's gut. Ziemlich wund, aber okay. Kann ich mit der Katze helfen?«

Sie zuckte mit den Schultern und schloss die Tür, während sie sich ihre salzundpfeffer-farbenen Ponyfranzen aus dem Gesicht strich. »Bin mir nicht sicher, ob du viel tun kannst, aber du kannst gerne zuschauen kommen.« Sie drehte sich um und führte sie einen langen Flur entlang. »Wir haben ihm eine ordentliche Sedierung gegeben, um ihn zu untersuchen. Er ist wirklich dünn. Die Röntgenaufnahmen, die wir gemacht haben, zeigten, dass er einen verheilten Bruch in seinem linken Vorderbein hatte. Es ist erstaunlich, dass er überhaupt nach so einer Verletzung überlebt hat, also ist es kein Wunder, dass er so dünn ist. Thomas denkt, mit etwas richtiger Pflege könnte er seine Stärke wiedererlangen und hoffentlich wieder in die Wildnis entlassen werden.«

»Das ist großartig. Ich bin froh, dass er-«

»Lorraine? Wer war an der Tür?« Thomas steckte seinen Kopf aus einem Raum am Ende des Flurs. »Oh. Hey.« Er trat in den Korridor. »Was machst du hier? Du solltest zu Hause ruhen.«

»Mir geht's gut, Thomas.«

»Nein, tut es nicht. Du wurdest angeschossen.« Seine dunklen Augen sprühten Funken.

Raynas Rücken straffte sich, und sie verengte ihre Augen.

»Ich werde einfach mal nach unserem neuen Patienten sehen.« Lorraine schlüpfte an Thomas vorbei in den Raum.

Er trat vor und legte eine Hand um ihren Bizeps, führte sie weg.

»Wohin gehen wir? Ich wollte dem Puma helfen.«

Er bog in einen Flur ein, der den durchkreuzte, in dem sie sich befanden. »In mein Büro, damit du dich ausruhen kannst.«

»Thomas, mir geht's *gut*.« Ehrlich, wenn er nicht aufhörte, sie wie ein Baby zu behandeln, würde sie ausrasten. »Ich war in der Notaufnahme. Der Arzt sagte, dass deine Stiche gut aussehen. Er hat mir ein Rezept für ein Antibiotikum gegeben und mich auf den Weg geschickt.«

Mit grimmigem Gesichtsausdruck drehte er den Knauf seiner Bürotür und stieß sie auf, zog sie hinein. »Dir geht's nicht gut, Rayna. Du wärst fast *gestorben*.« Der ernste Ausdruck in seinem Gesicht brach dann, und Rayna erkannte, wie erschrocken er gewesen war.

Ihre Wut verflog, und sie trat näher. Sie hob ihre Hände und umfasste sein Gesicht. »Aber ich bin nicht gestorben. Mir geht's wirklich gut.«

Er bedeckte ihre Hände mit seinen, rückte mit den Füßen näher. Er drehte seinen Kopf und drückte einen Kuss auf ihre

Handfläche, dann bewegte er seine Hand zu ihrem Nacken, seine Finger glitten durch ihr seidiges schwarzes Haar. »Ich hätte dich fast verloren«, flüsterte er. »Ich kann dich nicht verlieren.«

Ihr Herz machte einen Purzelbaum bei seinen sanften Worten. Sie streckte sich nach oben und drückte einen sanften Kuss auf seine Lippen. Als sie sich zurückzog, sah sie ihm in die Augen und verlor sich in ihrer schokoladenbraunen Tiefe. »Wir haben viel zu besprechen.«

Er nickte.

»Aber du musst dich zuerst um einen Berglöwen kümmern.«

»Ich weiß.« Er seufzte. »Wirst du wenigstens sitzen und etwas Wasser trinken?«

Sie verdrehte die Augen. Ein Lächeln umspielte ihre Augen, und sie trat zurück. »Na gut, aber nur im Raum mit dir und der Katze. Ich will zusehen und nicht nur hier sitzen und deine Bürowände anstarren.«

»Abgemacht.« Er nahm ihre Hand und führte sie aus dem Büro in den Pausenraum, wo er eine Wasserflasche aus dem Kühlschrank nahm und sie ihr in die Hände drückte. »Willst du auch etwas zu essen?«

»Ich hätte nichts gegen etwas zu knabbern.« Das Mittagessen fühlte sich wie eine Ewigkeit her an, und es war jetzt längst nach der Abendessenszeit.

Er fand eine Snackgröße-Tüte Brezeln, dann nahm er wieder ihre Hand und führte sie zurück in den Raum mit Lorraine und dem Berglöwen.

Die ältere Frau schaute auf, als sie eintraten, ließ ihren prüfenden Blick über sie wandern, bevor sie lächelte. Thomas führte Rayna zu einem Hocker, der in der Ecke stand.

»Setz dich.«

»Ja, Boss.«

»Werd nicht frech. Du hast zugestimmt, dich auszuruhen.«

Sie streckte ihm die Zunge heraus und schnappte sich die Brezeltüte aus seiner Hand. »Geh.« Sie machte eine Verscheuchbewegung, die Brezeltüte raschelte, während sie wedelte. »Kümmere dich um deinen Patienten.«

Lorraine kicherte, und Thomas warf ihnen beiden einen genervten Blick zu, bevor er sich zum Tier umdrehte. »Hat sich etwas verändert?«, fragte er seine Assistentin.

Sie schüttelte den Kopf. »Nein. Seine Atmung ist gleichmäßig und sein Herzschlag ist gut. Wenn wir den Rest dieser Flüssigkeitsbeutel in ihn bekommen, können wir ihn wahrscheinlich aufwecken.«

»Er braucht einen Namen«, bemerkte Rayna.

Thomas schaute zu ihr. »Wir adoptieren keinen Berglöwen als Haustier. Bleib bei deinen Pflanzen.«

Sie warf ihm einen vernichtenden Blick zu. »Das weiß ich. Aber selbst Tiere in vorübergehenden Unterkünften haben Namen. Was ist mit Max? Wie Mad Max? Er hat sicherlich alles getan, was er konnte, um zu überleben.«

»Oh, das gefällt mir«, sagte Lorraine.

Thomas schaute auf die schlafende Katze herab. »Ich schätze, du bist jetzt Max, Kumpel.« Er wandte sich an Lorraine. »Hilf mir, ihn in die Scheune zu tragen. Wir legen ihn in die Voliere, die wir für Wildvögel benutzen. Ich muss wahrscheinlich den Draht verstärken, aber er wird noch eine Weile schläfrig sein.«

Sie hängte den Kochsalzbeutel vom Ständer ab, während er ein paar Spritzen und ein Medikamentenfläschchen nahm und sie in seine Tasche steckte.

Rayna beendete ihre Brezeln und warf die Tüte in den Müll, als sie zur Tür ging. Sie hielt sie auf, als Thomas und Lorraine den Puma hindurchtrugen, dann umging sie sie, um die Hintertür zu erreichen.

In der Scheune legten sie den Berglöwen auf das Stroh, das den Boden der Vogelvoliere bedeckte. Thomas entfernte den IV aus seinem Bein, dann füllte er eine Spritze mit dem Narkoseumkehrmittel. Er injizierte es in die Schulter der Katze, dann verließen er und Lorraine den Käfig.

»Hinter der Scheune liegt eine Rolle Maschendraht, die von den neuen Zwingern übrig geblieben ist, die wir gerade fertiggestellt haben. Ich werde sie holen, damit wir diesen Draht verstärken können. Rayna, kannst du die Nägel, einen Hammer und den Drahtschneider aus dem Vorratsraum holen, während Lorraine ein Auge auf unseren Freund hat?«

Sie nickte und drehte sich weg, eilte durch die Scheune zu dem kleinen Raum, wo Thomas Werkzeuge und andere Kleinigkeiten aufbewahrte. Sie durchsuchte die Schubladen in der Werkbank und fand eine Dose mit Nägeln und einen Hammer. Die schweren Drahtschneider hingen an der Lochplatte an der Wand. Sie griff sie und ging zurück zum Käfig des Pumas, gerade als Thomas mit einer Rolle Maschendraht in die Scheune zurückkam.

Ihr Mund wurde trocken, als sie ihn näher kommen sah. Das Bündel war nicht leicht, und seine Muskeln wölbten sich, als er das Gewicht trug, was sie daran erinnerte, dass Thomas viel mehr war als nur ein Tierarzt.

Er stellte das Bündel auf den Boden, dann ging er eine Leiter holen, die er gegen den Rahmen des Käfigs lehnte.

»Ich bin wirklich froh, dass dieses Ding an zwei Außenwänden steht«, bemerkte er. »Ich glaube nicht, dass ich genug Zaun für drei Seiten hätte. Zwei wird es schon knapp.« Er begutachtete den Zaun, bevor er den Hammer von ihr nahm und mehrere Nägel aus dem Eimer.

Er kletterte die Leiter hoch, hämmerte die Nägel in einer Linie über das obere Brett und kam dann wieder herunter, um den Rand des Maschendrahts abzurollen.

»Das wird ein Albtraum.« Er starrte die Leiter hinauf zu den Nägeln, die den Zaun hielten.

»Können wir zuerst einen Abschnitt abschneiden?«, fragte Rayna.

»Das müssen wir. Es ist zu schwer und unhandlich, um es mit einer Hand zu halten und zu klettern.« Er legte das Ende in der Mitte des Ganges auf den Boden. »Stell dich darauf.«

Rayna tat, worum er sie gebeten hatte, und er rollte den Zaun aus, begutachtete die Länge und schnitt ein Stück ab. Er kletterte mit dem Maschendraht wieder die Leiter hinauf und hängte ihn über die Nägel.

»Ich brauche den Hammer.«

Rayna reichte ihn ihm hoch, und er bog die Nägel über den Zaun, um ihn zu halten, dann fügte er mehr Nägel zum Käfigrahmen hinzu und sicherte ihn an Ort und Stelle. Sie wiederholten den Vorgang dreimal, um die Wände des drei-mal-drei-Meter-Käfigs zu bedecken. Als sie fertig waren, war der Puma vollständig wach und lief auf und ab, gab leise Geräusche von sich, während er ihnen bei der Arbeit zusah.

Thomas schnitt die Glieder um die Tür herum, damit sie den Käfig öffnen konnten, und sicherte ihn an der Tür selbst.

»Glaubst du, das wird ihn halten?«, fragte Lorraine.

»Ich hoffe es. Der Rahmen ist an der Scheune selbst verschraubt, und ich habe überall Nägel gesetzt, um den Zaun zu halten. Wir müssen einfach vorsichtig sein, wenn wir ihn füttern, damit er nicht durch die Tür drückt. Ich werde loslaufen und ein paar Scharnierverschlüsse holen, um etwas mehr Festigkeit hinzuzufügen. Kannst du hier bei ihm bleiben?«

Sie nickte. »Natürlich. Max und ich sind jetzt Kumpel.«

Er lächelte sie an. »Danke, Lorraine.«

Sie winkte ab. »Keine Ursache, Doc.«

»Hast du schon die Puma-Rettung angerufen?«, fragte Rayna.

Er schüttelte den Kopf. »Hatte noch keine Gelegenheit.«

»Warum machst du das nicht, und ich hole die Schlösser?«

Er verengte seine Augen. »Du solltest dich ausruhen.«

Sie funkelte ihn an. »Fang nicht wieder mit dem Quatsch an. Ich ruhe mich heute Abend aus.«

»Schön«, schnaufte er.

Sie grinste siegreich und ging in Richtung der Klinik.

Thomas betrat später auf dem Heimweg von der Klinik das Sheriffbüro. Er lächelte dem jungen Deputy hinter dem Empfangstresen zu. Der junge Mann richtete sich auf.

»Sie sind einer der Brüder des Sheriffs, nicht wahr?«

Thomas warf einen Blick auf das Namensschild des Deputies.

»Ich bin Thomas. Schön, Sie kennenzulernen, Deputy Reeves. Können Sie mich reinlassen, damit ich mit ihm sprechen kann?«

Reeves zögerte. »Er ist gerade im Verhörraum.«

Jetzt wollte Thomas *erst recht* mit ihm sprechen. Er hatte dem Bürgermeister einiges zu sagen.

»Ich kann in seinem Büro oder einem der Konferenzräume warten.«

Der junge Deputy zögerte noch einen Moment. Thomas hob eine Augenbraue und bat stumm um Einlass.

Reeves seufzte und drückte einen Knopf. Er schob einen Besucherausweis durch den Schlitz in der Plexiglasscheibe.

Thomas steckte ihn an sein Hemd, während die Tür zu seiner Rechten summte.

»Sie wissen, wo sein Büro ist?«

Thomas nickte und öffnete die Tür. »Ja. Danke.« Er hatte nicht die Absicht, in Sebs Büro zu sitzen.

Er schlenderte den Flur entlang, durchquerte den Großraum und ging in die allgemeine Richtung des Büros seines Bruders. Sobald er sicher war, dass der Deputy ihn nicht mehr sehen konnte, bog er ab und steuerte den Verhörraum an, wobei er durch die Tür des Beobachtungsraums schlüpfte, der zum einzigen benutzten Verhörzimmer gehörte.

Seb schaute auf, als er hereinkam, und Thomas grinste ihn verlegen an.

»Ich dachte, du wärst auf der anderen Seite der Scheibe.« Er trat ein und schloss die Tür.

»War ich.« Seb hob eine Augenbraue. »Was machst du hier?«

»Ich wollte hören, was dieses Arschloch zu seiner Verteidigung zu sagen hat.« Er deutete auf die Scheibe, wo der Bürgermeister am Tisch gegenüber von Jace nervös herumzappelte.

Seb seufzte. »Du solltest nicht hier sein, Thomas.«

Er runzelte die Stirn, als er seinen älteren Bruder ansah. »Tu mir den Gefallen. Ich würde gerne Mason etwas berichten können, wenn ich nach Hause komme.«

»Nach Hause?« Seb hob eine Augenbraue.

Thomas errötete, als ihm bewusst wurde, dass er Raynas Haus als sein Zuhause bezeichnet hatte. Es war nicht weit von der Wahrheit entfernt. Er fühlte sich dort mehr »zu Hause« als in seinem eigenen Haus. Alles, was ein Haus zu einem Zuhause machte, war bei ihr.

Er räusperte sich. »Du weißt, was ich meine. Was hat er bisher gesagt?«, fragte er und wechselte das Thema.

»Nicht viel. Er versuchte uns zu erzählen, wir hätten nichts in der Hand, aber dann zeigten wir ihm die Liste, die Nina geschrieben hatte, und er wurde kreidebleich. Hat dichtgemacht und nach einem Anwalt verlangt. Jace ist nur dort drin, um ihn nervös zu machen, während wir auf seinen Anwalt warten.«

»Irgendeine Ahnung, wen er engagiert hat?«

»Steven Amherst.«

»Ist das gut oder schlecht?«

»Schlecht, wenn wir keinen wasserdichten Fall aufbauen können. Er ist gut.«

Die Tür zum anderen Raum öffnete sich, und ein Mann Mitte fünfzig in einem dunkelblauen Anzug mit grauer Krawatte trat ein, einen Aktenkoffer in der Hand.

»Das ist Amherst«, sagte Seb.

Thomas trat näher an das Fenster heran, um zuzusehen. Seb drehte die Lautstärke des Lautsprechers hoch, während Jace aufstand, um den Anwalt zu begrüßen.

»Deputy Travers. Schön, Sie kennenzulernen. Ich hoffe, Sie haben meinen Mandanten nicht ohne meine Anwesenheit verhört«, sagte Amherst und nahm neben Stillwater Platz.

Jace kehrte zu seinem eigenen Platz zurück und schüttelte den Kopf. »Nein. Ich habe ihm nur Gesellschaft geleistet, während wir auf Sie warten.«

Ein Mundwinkel von Amherst verzog sich zu einem wissenden Lächeln. »Ich verstehe. Das ist sehr nett von Ihnen.« Er blickte zum Bürgermeister. »Ist es das, was er getan hat?«

Stillwater nickte. »Er hat kein Wort gesagt, außer mich zu fragen, ob ich etwas trinken möchte, nachdem ich nach Ihnen gefragt hatte.«

Amherst nickte kurz. »Gut. Fangen wir an, damit Sie nach Hause gehen können, in Ordnung?«

Jace schnaubte. »Okay. Ja, sicher.«

»Also, anscheinend glauben Sie, mein Mandant sei Teil eines Kinderhandelsrings.«

»Wir haben Beweise, die ihn damit in Verbindung bringen, ja.« Er schob die Notiz über den Tisch, damit der Anwalt sie sehen konnte.

Der Anwalt überflog die Notiz und schob sie zurück. »Sie haben seinen Namen auf einem Stück Papier.«

»Das wir auf einem Grundstück gefunden haben, wo die gehandelten Kinder festgehalten wurden.«

»Es beweist trotzdem nichts. Nicht ohne die Aussage des Kindes. Haben Sie sie?«

Thomas runzelte die Stirn. Genauso wie Seb und Jace.

»Woher wissen Sie, dass es ein Mädchen ist, das die Notiz geschrieben hat?«, fragte Jace und griff seine Pronomenauswahl auf.

Amhersts Augen weiteten sich für den Bruchteil einer Sekunde leicht. »Es sieht aus wie die Handschrift eines jungen Mädchens.«

Seb sog scharf die Luft ein. »Hurensohn! Er steckt auch mit drin.«

»Bist du sicher?« Thomas schaute seinen Bruder an, dann wieder zum Anwalt.

»Ich würde meinen Stern darauf verwetten. Verdammt! Wir sind gesetzlich verpflichtet, alle Beweise mit Stillwaters Anwalt zu teilen. Dieser Fall ist gerade viel schwieriger geworden.«

Thomas' Herz schlug ihm bis zum Hals. »Mason. Er wird in den Zeugenaussagen aufgeführt sein.«

»Ja.«

Er zog sein Handy heraus. »Rayna sollte ihn von der Ranch abholen und nach Hause bringen.«

»Ruf sie an und sag ihr, sie soll auf der Broken Bow bleiben. Ich glaube, ich bin jetzt froh, dass du bei ihr eingezogen bist.«

»Ich würde mich trotzdem besser fühlen, wenn du einen Deputy abstellen würdest.« Er scrollte durch seine Kontakte, bis er zu Rayna kam. Er tippte auf das Telefonsymbol und rief sie an.

»Habe keinen Grund dazu ohne konkreten Beweis. Mein Bauchgefühl reicht da nicht. Aber ich könnte vielleicht einen freiwilligen Wechselplan organisieren, wie wir es gemacht haben, als Marsters es auf London abgesehen hatte.«

Er nickte, als der Anruf verbunden wurde.

»Hey, wo bist du?«, sagte er anstelle einer Begrüßung.

»Ich mache mich gerade bereit, nach Hause zu fahren. Wir sind gerade in den Truck gestiegen.«

»Geh zurück ins Haus und bleib dort, bis ein Deputy oder ich auftauche.«

»Was? Warum?«

»Ich werde dir später alles erklären; bitte hör einfach auf mich. Masons Sicherheit hängt davon ab.«

Es folgte ein Moment des Schweigens, während sie verarbeitete, was er gesagt hatte. »Okay. Glaubst du, es wird lange dauern? Wir sind beide müde und wollen essen und ins Bett.«

Er warf einen Blick auf Seb, der durch das Fenster starrte und Jaces Gespräch mit Amherst zuhörte. »Bin mir nicht sicher. Hoffentlich nicht.«

»In Ordnung.«

»Sag Brady und Dad, sie sollen die Türen abschließen und die Augen offen halten.«

»Herrgott, Thomas. Was ist los?«

»Es ist nur eine Vorsichtsmaßnahme. Ich muss jetzt gehen. Wir sehen uns bald.«

Sie stieß einen müden Seufzer aus. »Okay.«

Sie verabschiedeten sich, und er steckte sein Handy ein, schaltete wieder auf das Gespräch im Verhörraum um.

»Sehen Sie, im schlimmsten Fall haben Sie meinen Mandanten wegen des Verdachts auf Kontaktaufnahme.«

»Zu einer Minderjährigen. Was ein Schwerverbrechen ist.«

»Beweisen Sie es.« Amhersts Lächeln sagte ihnen, dass er wusste, dass sie ohne weitere Beweise nach Strohhalmen griffen.

Jace erwiderte Amhersts leeres Lächeln. »Oh, das werde ich. In der Zwischenzeit habe ich genug, um Ihren Mandanten für vierundzwanzig Stunden festzuhalten.«

Stillwater wurde blass.

»Gut.« Amherst schob seinen Stuhl zurück. »Wenn es nichts Weiteres gibt, denke ich, sind wir fertig. Brian, ich komme morgen früh vorbei. Ich bin sicher, mit ein paar Telefonaten können wir dieses Durcheinander klären.«

»Sie lassen mich hier?«

»Leider ja. Deputy Travers hat recht. Und bei der späten Stunde bleibst du wohl stecken.« Er klopfte Stillwater auf die Schulter. »Aber keine Sorge. Ich bin sicher, wir können das in Ordnung bringen und deinen Namen reinwaschen.«

Thomas entging der unterschwellige Drohton nicht, der in Amhersts Worten mitschwang, sowie der Blick, den er dem Bürgermeister zuwarf.

Stillwater schluckte schwer und nickte.

Amherst stand auf und streckte Jace die Hand hin, der ebenfalls aufstand.

»Deputy, nochmals, schön, Sie kennenzulernen. Ich melde mich.«

»Da bin ich sicher.« Jace warf einen Blick zurück auf Stillwater. »Bleiben Sie ruhig hier. Ich lasse jemanden kommen, der Sie in eine Zelle bringt.« Er gab einen Code an der Wand ein und bedeutete Amherst, den Raum zu verlassen, wobei er ihm folgte.

Seb schaltete angewidert den Lautsprecher aus und drehte sich zur Tür. Jace kam einen Moment später herein, mit einem grimmigen Gesichtsausdruck. Er nickte Thomas zur Begrüßung zu.

»Glaubt sonst noch jemand, dass dieser Anwalt so schmutzig ist wie meine Stiefel, nachdem ich durch die Weide gegangen bin?«

»Ja«, sagte Seb. »Unsere oberste Priorität ist es jetzt, Mason zu schützen. Dann müssen wir den Rest dieser Kinder finden.«

»Falls sie überhaupt noch am Leben sind.«

Thomas schloss bei diesem Gedanken die Augen. Er wollte nicht glauben, dass es möglich war, aber nachdem er Masons

Verletzungen gesehen hatte, würde er die Möglichkeit nicht ausschließen.

»Ich fahre raus zur Ranch. Lass mich wissen, wenn du den Schichtplan zusammengestellt hast«, sagte er zu Seb.

Sein Bruder nickte. »Passt auf euch auf.«

»Werden wir.«

Er verließ den Raum, entschlossen, alles zu tun, um seine Familie zu schützen. Stillwaters Kumpane sollten ruhig kommen und etwas versuchen. Sie würden feststellen, dass er als Sohn eines Ranchers über genügend Fähigkeiten verfügte, um diejenigen zu schützen, die er liebte.

Raynas Seite brannte. Sie stapelte die letzte leere Kiste auf den Wagen, der an ihrem UTV befestigt war, und kletterte auf den Beifahrersitz. Mason saß auf dem Fahrersitz und startete den Motor. Sie hatte ihm in den letzten Tagen das Fahren beigebracht, während sie die Vorbereitungen für ihren Herbstmarkt abschlossen. Alle verfügbaren Produkte waren draußen und bereit für die Kunden am nächsten Tag. Sie öffneten morgens um acht Uhr.

»Können wir Pizza haben?«, fragte er, während er sie zum Gewächshaus fuhr, um den Wagen abzuladen.

Sie schloss die Augen und lehnte den Kopf gegen den Sitz. »Ich habe Thomas vor einer Weile geschrieben, dass er etwas mitbringen soll. Ich weiß nicht, was es sein wird.«

Er hielt hinter dem großen Plexiglas-Gebäude, das sie vor ein paar Jahren angebaut hatte, und stieg aus, um den Wagen abzukoppeln. Zu müde, um zu helfen, blieb sie im UTV sitzen und wartete.

Das Nutzfahrzeug wackelte, als er wieder einstieg.

»Wirst du einschlafen?«

Sie lächelte, die Augen noch geschlossen. »Vielleicht.« Obwohl sie Thomas gesagt hatte, dass sie es ruhig angehen würde, hatte sie in den letzten Tagen sehr wenig geruht. Die Zeit vor dem Herbstmarkt war immer eine ihrer geschäftigsten. Selbst mit Masons Hilfe arbeiteten sie in den letzten zwei Tagen von Sonnenaufgang bis Sonnenuntergang. Sie war nur froh, dass sie ihre anderen Feldfrüchte geerntet hatte, bevor all die Schwierigkeiten begannen.

»Du solltest nach dem Essen ins Bett gehen. Dein Körper könnte die zusätzliche Ruhe wahrscheinlich gebrauchen.«

Sie schnaubte und öffnete die Augen, um ihn anzusehen. »Du musst gerade reden. Ich habe gesehen, wie du vorhin deine Schulter bewegt hast. Thomas wird ausrasten, wenn du sie wieder verrenkst.«

Er verdrehte die Augen. »Es geht schon.«

»Mmm-hmm.« Sie lächelte und schloss wieder die Augen. »Sag ihm das, wenn er sie wieder einrenkt.«

Mason lachte. Es war ein Geräusch, das Rayna liebte. Selbst mit all der Unsicherheit in seinem Leben fand er Freude. Sie hatten keine Probleme auf der Ranch gehabt, aber die Bedrohung hing über ihren Köpfen. Jeder im Landkreis wusste, was die Polizei in diesem Haus gefunden hatte und dass der Bürgermeister darin verwickelt war. Er war bis zur formellen Anklageerhebung aus dem Gefängnis entlassen worden und hielt sich bisher bedeckt.

Das UTV kam zum Stillstand, und Rayna öffnete mit einem Seufzer die Augen. Sie wollte sich nicht bewegen. Aber sie wollte essen. Thomas' Truck war neben ihrem geparkt, also wusste sie, dass ihr Abendessen wartete.

Mason joggte voraus und hielt die Tür auf. Sie trat über die Schwelle und lächelte Thomas an, der gerade dabei war, Essen auf drei Teller zu verteilen.

»Keine Pizza?« Mason schmollte.

Thomas grinste. »Nicht diesmal. Ich war bei Boone's und habe für alle Cheeseburger und Pommes geholt.« Er reichte dem jungen Mann einen Teller.

Mason nahm ihn mit einem antwortenden Grinsen entgegen. »Ich nehme an, das funktioniert genauso gut. Danke.« Er verließ die Küche, um sich an den Tisch zu setzen, und ließ Rayna allein mit Thomas zurück. Sie hatten noch nicht über ihre Beziehung gesprochen. Da Mason nur wenige Meter entfernt saß, würde es jetzt wohl auch nicht passieren.

Sie war sowieso noch verwirrt. Und wütend. Aber angeschossen zu werden und zu sehen, wie aufgebracht er war, hatte das etwas gemildert. Er war noch nie besonders gut darin gewesen, seine Gefühle auszudrücken.

Sie nahm den Teller, den er ihr anbot, und setzte sich zu Mason an den Tisch, wo sie ihr Abendessen bei ruhiger Unterhaltung aßen. Sie erfuhr, dass das Berglöwen-Schutzgebiet heute gekommen war, um Max abzuholen und ihn in sein neues vorübergehendes Zuhause zu bringen. Sie war traurig, dass sie keine Gelegenheit hatte, sich zu verabschieden, aber froh, dass gut für ihn gesorgt wurde. Die Katze war ein Überlebenskünstler. Ihr Blick wanderte zu dem Jungen zu ihrer Rechten. Genau wie Mason.

Sie beendeten das Essen, und Rayna entschuldigte sich. Ihre Seite brannte, und sie wollte einfach nur ins Bett gehen.

Im Badezimmer nahm sie eine schnelle Dusche. Als sie sich abtrocknete, stand sie vor dem Spiegel und betrachtete den wütend roten Schnitt über ihren Rippen. Die Haut war an den Stellen gerunzelt, wo die Stiche sie zusammenhielten. Ihre Hände zitterten, als sie ihre Unterwäsche und ihr Nachthemd anzog, und sie erinnerte sich an das Blut, das durch ihre Finger gesickert war, als sie auf die Wunde drückte. Die

Verletzung hätte viel schlimmer sein können, wenn Thomas nicht da gewesen wäre, um die Blutung zu stoppen.

Sie schaltete das Badezimmerlicht aus und ging in ihr Schlafzimmer, zog die Decke zurück und kletterte ins Bett, stöhnend, als ihr Kopf das Kissen berührte. Der Morgen würde viel zu früh kommen.

Nach mehreren Minuten, in denen sie versuchte, eine bequeme Position zu finden, stand sie auf und ging zurück ins Badezimmer, um mehr Schmerzmittel zu nehmen. Als sie wieder ins Bett stieg, legte sie sich auf den Rücken, gestützt von mehreren Kissen, und schloss die Augen, während sie darauf wartete, dass die Medizin wirkte.

Eine halbe Stunde später, als ihre Seite sich besser anfühlte, konnte sie noch immer nicht ihren Geist abschalten und einschlafen. Sie hatte gehört, wie Mason zu Bett gegangen war und Thomas sich ins Badezimmer zurückgezogen hatte, um zu duschen. Da sie dachte, dass jetzt ein guter Zeitpunkt wäre, um eine Tasse Tee zu holen und wieder ins Bett zu gehen, ohne mit ihm zu sprechen, stand sie auf und schlich auf Zehenspitzen in die Küche.

Sie nahm eine Tasse aus dem Schrank und erhitzte etwas Wasser, ließ einen Kräuterteebeutel ziehen, während sie dem Wasser lauschte, das durch die Rohre lief, als Thomas duschte.

Ein Bild seiner nackten Brust, glänzend vom Wasser, tauchte in ihrem Kopf auf. Sie griff nach der Arbeitsplatte und schüttelte den Kopf, um den Gedanken zu vertreiben. So an ihn zu denken, würde ihr nicht beim Schlafen helfen. Es würde sie nur aus einem ganz anderen Grund wach liegen lassen.

Sie hörte die Dusche ausgehen, als sie die Milch aus dem Kühlschrank nahm und etwas in ihren Tee rührte. Da ihr klar wurde, dass sie sich beeilen musste, wenn sie es zurück in ihr

Zimmer schaffen wollte, bevor er herauskam, stellte sie die Milch weg und legte den Löffel in die Spüle. Sie nahm die Tasse und zog sich den Flur hinunter zurück. Ihr Herz pochte. Noch zehn Schritte und sie war in Sicherheit.

Die Badezimmertür öffnete sich.

Neeein! Ich war so nah dran!

Rayna schloss die Augen, als Thomas in den Flur trat, verzweifelt bemüht, den Anblick dieser verdammten grauen Jogginghose, die tief auf seinen Hüften hing, auszublenden. Seine nackte Brust, noch feucht von der Dusche, schimmerte sanft in dem von einem einzelnen Nachtlicht beleuchteten Flur. Sein dunkles Haar fiel in nassen Wellen um seinen Kopf, und feines schwarzes Haar bedeckte seine Brust und seinen Bauch. Sie umklammerte ihre Teetasse, um sich davon abzuhalten, ihn zu berühren.

»Kannst du wieder nicht schlafen?«

Sie öffnete die Augen und sah, wie er auf den Tee in ihren Händen deutete, ohne sich der Wirkung bewusst zu sein, die er auf sie hatte. Sie sog schnell Luft durch die Nase ein und nickte.

Er legte den Kopf schräg und betrachtete sie einen Moment. »Warum setzen wir uns nicht kurz nach draußen? Wir hatten in den letzten Tagen nicht viel Gelegenheit zum Reden.«

Nein. Auf keinen Fall. Nicht, wenn er frisch aus der Dusche kam und wie Poseidon aussah, wenn er aus dem Meer auftauchte. Sie räusperte sich. »Ähm, ich bin ziemlich müde. Ich brauchte das nur, um meinen Kopf abzuschalten.«

Diese dunklen Augen beobachteten sie, glitzernd wie schwarze Diamanten im schwachen Licht. Sie spürte, wie ihr Entschluss wankte.

Er zerstörte ihn vollends, als er näher kam und seine Hand um eine ihrer Hände legte und sie von der Tasse wegzog, die sie trug.

»Komm schon. Ich bin auch noch nicht bereit einzuschlafen.« Er machte ein paar Schritte in Richtung Wohnzimmer, und Rayna spürte, wie ihre Füße folgten. *Verdammt.*

Thomas grinste und ging schneller. Rayna seufzte innerlich. Warum tat sie sich das selbst an?

Mit ihrer Hand in seiner führte er sie ins Wohnzimmer, wo er in seinen Mantel schlüpfte, auf ein Hemd verzichtend und all ihre sexy Rancher-Fantasien befeuerte. Er musste nur noch seinen Cowboyhut aufsetzen - und diese Jogginghose gegen eine enge Jeans tauschen. Aber sie beschwerte sich nicht über die Hose. Sie war auf ihre Art genauso heiß.

Wie ein Lemming, der seinem Anführer ins Verderben folgt, folgte sie ihm nach draußen auf die Veranda. Die kühle Luft an ihren nackten Beinen half, den Bann zu vertreiben, den er auf sie gelegt hatte. Sie stellte ihren Tee auf den Tisch, während er eine Decke aus der Truhe nahm. Als er sie ihr anbot, nahm sie sie und wickelte sich darin ein.

»Ist dir warm genug, oder willst du zurück nach drinnen gehen?«

Oh, wie gerne würde sie wieder hineingehen. Und direkt ins Bett. Mit ihm. Nein, es war viel besser, hier draußen zu bleiben, wo die Kälte sie davon abhielt, sie beide von der wenigen Kleidung zu befreien, die sie trugen.

»Mir geht's gut.« Sie streckte eine Hand aus der Decke, um ihren Tee zu nehmen und einen Schluck zu trinken.

Thomas zog die Aufschläge seiner Jacke zusammen und zog sie enger an seinen Körper.

Da sie sich nicht traute zu sprechen, saß sie da und nippte an ihrem Tee, während sie darauf wartete, dass er das sagte, was ihm durch den Kopf ging.

Er legte seinen Kopf in seine Hand, den Ellbogen auf die Armlehne gestützt, und starrte über den Hof. Der helle Mond am Himmel ermöglichte es ihr, die Muskeln zu erkennen, die in seinem Kiefer zuckten, während er nachdachte.

»Ich war ein Idiot.« Seine leise Stimme durchbrach die Stille. Rayna schaute ihn über den Rand ihrer Teetasse hinweg an. Da würde sie ihm nicht widersprechen.

»Und das schon viel länger als nur in den letzten Monaten.« Er seufzte und beugte sich nach vorne, stützte seine Ellbogen auf die Knie und faltete seine Hände.

»Ich bereue es nicht, dir gesagt zu haben, dass ich nicht bereit für eine Familie war. Ich war es nicht, und wenn ich so getan hätte, als wäre es anders, wäre es katastrophal gewesen. Ich war jung und unreif. Kinder hätten mich gezwungen, erwachsen zu werden, aber ich bin nicht sicher, ob ich nicht ein wenig nachtragend gewesen wäre – dir gegenüber, nicht ihnen – weil du mir das genommen hättest, was ich damals als Zeit zum Spaßhaben angesehen habe. Ich brauchte diese Jahre, um von selbst erwachsen zu werden.« Er schaute zu ihr hinüber. »Was ich bereue ist, nicht so ein Gespräch wie dieses mit dir geführt zu haben, um zu erklären, wie ich mich fühlte, anstatt dir nur zu sagen, dass ich nicht bereit war, und die Dinge enden zu lassen. Als ich das erkannte, war es zu spät. Du warst weitergezogen, und jede Chance, unsere Beziehung zu reparieren, war dahin. Ich habe das zerstört, und es tut mir leid.«

Rayna nippte an ihrem Tee und verdaute, was er gerade gesagt hatte. Er war nicht allein schuld daran, wie die Dinge vor all den Jahren geendet hatten. Sie wusste, dass er ein bisschen unreif war, aber ehrlich gesagt, war sie es auch gewesen.

Sie war so verliebt gewesen und hatte nicht die Erfahrung, die Realität durch diese rosaroten Brillen zu sehen. Im Nachhinein war es keine so gute Idee gewesen, ihm zu sagen, dass sie heiraten und möglicherweise bald Kinder haben wollte, als er gerade erst mit dem Tiermedizinstudium anfing.

»Wir haben es beide zerstört. Du, indem du weggelaufen bist, und ich, indem ich das Thema Heirat überhaupt angeschnitten habe. Ich hatte solche Angst, dich zu verlieren, weil du weggingst, dass ich dich trotzdem aus einem ganz anderen Grund verloren habe. Keiner von uns war bereit für das, was ich wollte. Aber du hast Recht, dass es nicht hätte enden müssen. Wir hatten einfach nicht die Reife, um herauszufinden, wie wir es zum Funktionieren bringen konnten.«

»Und jetzt? Können wir es jetzt zum Funktionieren bringen?«

Ihr stockte der Atem bei seinem Vorschlag. Wollte sie diesen Weg mit ihm noch einmal gehen? In seiner Nähe zu sein, war wie in die Sonne gezogen zu werden. Sie wollte sich nicht verbrennen. Ihre Trennung hatte sie fast zerstört. Sie war nicht sicher, ob sie sich wieder in eine Position bringen wollte, in der er ihr das noch einmal antun könnte. Aber sie war sich nicht sicher, ob es einen Unterschied machen würde. Sie tat ihr Bestes, um nicht an ihn mit anderen Frauen zu denken, aber wenn er jemals ernst genug mit jemandem werden würde, um sie zu heiraten, hatte sie das Gefühl, dass es genauso schmerzen würde wie ihre Trennung.

Sie schluckte einen Schluck Tee und schaute nachdenklich weg. »Ich bin mir nicht sicher. Wir sind jetzt andere Menschen. Und ich bin immer noch sauer auf dich für die Art, wie du dich in letzter Zeit benommen hast. Das hat wirklich wehgetan, Thomas. Und es hat auch beeinflusst, wie ich dachte, dass alle anderen meine Handlungen sehen. Ich fange gerade erst an, mich in der Nähe deiner Schwester nicht mehr so schuldig zu fühlen.«

Er zuckte zusammen und setzte sich zurück. »Es tut mir leid. Die Wut kam aus einem Ort der Eifersucht und Angst. Dich mit einem anderen Mann zu sehen – ich habe das nicht gut verkraftet. Dann, als wir herausfanden, wer er war, machte die Angst vor dem, was hätte sein können – sowohl für dich als auch für meine Schwester – dass ich ausrastete und dir die Schuld gab, obwohl ich wusste, dass du keine Ahnung hattest, was Fetter vorhatte.« Er hob eine Hand. »Ich suche keine Ausreden für mein Verhalten. Ich versuche nur zu erklären, warum ich so reagiert habe. Ich habe meine Emotionen die Oberhand gewinnen lassen, anstatt die Dinge durchzudenken.«

Sie starrte ihn durch die Dunkelheit an und wog seine Worte ab. Er streckte die Hand aus und nahm ihre.

»Ich bitte nur um eine weitere Chance, Ray. Ich weiß, wir sind andere Menschen als früher, aber wir sind über die Jahre Freunde geworden. Das muss für etwas zählen. Wir können es langsam angehen lassen.«

Sie presste die Lippen zusammen. Er brachte ein gutes Argument vor. Obwohl sie nicht sicher war, wie lange der langsame Teil dauern würde. Nicht bei der Art, wie ihr Körper auf seinen reagierte. Selbst jetzt, durch den Ernst ihres Gesprächs hindurch, war sie sich seiner bewusst.

»Also, was sagst du? Gehst du mit mir aus?«

Als sie in seine dunklen Augen starrte, kamen die Gefühle, die sie für den jungen Mann hatte, den er früher gewesen war, an die Oberfläche. Sehnsucht, Verlangen und Liebe kämpften alle um einen Platz in ihr. Aber wie viel von dem, was sie jetzt fühlte, galt dem Mann, an den sie sich erinnerte, und nicht dem, den sie jetzt kannte? Schuldete sie es nicht ihnen beiden, das herauszufinden?

Betend, dass sie nicht wieder einen Fehler in der Romantik-Abteilung machte, drehte sie ihre Hand in seiner um, um ihre Finger zu verschränken. »Okay. Ja, ich werde mit dir ausgehen.«

Mit Kisten voller Produkte zum Auffüllen der Behälter im Markt, bog Thomas von dem Lagergebäude um die Ecke. Bei diesem Tempo würde Rayna bis zum Ende des Wochenendes keine Produkte mehr haben.

»Oh!«

Seine Muskeln spannten sich an, als er versuchte, die Kisten vom Umkippen abzuhalten, als er abrupt anhielt, um zu vermeiden, Adelaide Martin umzurennen. Paprikas kippten aus der oberen Kiste und hüpften über das Gras.

»Es tut mir so leid«, sagte sie.

Thomas stellte seine Last mit einem Seufzer ab und betrachtete sie misstrauisch. Als er sich umschaute, bemerkte er, dass keine Personen in der Nähe waren, die er als Begleitung hätte heranwinken können. Wo war Mrs. Chisholm und ihr gut getimter Auftritt, wenn er sie brauchte?

Er sah wieder Adelaide an. »Ist schon okay. Ich habe nicht darauf geachtet, wohin ich gehe. Was machst du hier?« Er hatte sie in den letzten paar Monaten nicht viel gesehen, was ihm recht war. Er hatte ihr Werben um ihn kein bisschen vermisst, auch wenn der Grund für ihre Abwesenheit schrecklich war. Es war gut, dass sie die Hilfe bekam, die sie brauchte, um über das hinwegzukommen, was Ryan Marsters ihr angetan hatte. Es war noch besser, dass sie sich dabei von ihm fernhielt.

»Ich habe einige Broschüren von anderen lokalen Unternehmen mitgebracht. Rayna wollte sie für die Kunden zum Mitnehmen auslegen.« Sie hob einen Paprika auf, der in ihre Nähe gerollt war.

Er hatte vergessen, dass Tara ihm erzählt hatte, dass Adelaide ein kooperatives Marketingprogramm für die lokalen Unternehmen erstellte. »Warum bist du also hier und nicht oben am Marktgebäude?«

»Ich habe gesehen, wie geschäftig es ist, und meine Hilfe angeboten. Sie bat mich, eine Kiste Tomaten zu holen.« Sie lächelte ihn an, ihre Augen ein wenig traurig. »Keine Sorge. Ich bin nicht gekommen, um dich in die Ecke zu drängen.«

Überrascht richtete er sich auf und starrte sie an, da sie seine Gedanken gelesen hatte.

Sie lachte. »Mir ist sehr wohl bewusst, wie ich früher war, Thomas. Ich bin nicht mehr diese Frau. Marsters und meine Therapeutin haben dafür gesorgt.«

»Wie geht es dir?«, fragte er, wirklich interessiert und ein wenig beschämt über seine früheren Gedanken.

»Besser als viele Menschen dachten, ich selbst eingeschlossen. Es war nicht leicht, aber ich habe beschlossen, die Erfahrung positiv zu nutzen. Ich mochte mich selbst nicht, bevor Ryan mich entführte. Ich mochte die zickige Schlampe nicht, zu der ich geworden war. Es tut mir leid, dass ich dich je in Verlegenheit gebracht habe. Du warst die Art Mann, die ich immer wollte, aber ich wusste, dass ich dich nicht verdiente. Ich hoffe, das zu ändern.«

Seine Augen weiteten sich.

»Nein!« Sie lachte wieder. »Das meinte ich nicht. Du hast immer zu Rayna gehört. Aber jemand wie du ist, was ich eines Tages finden möchte. Ich muss mich allerdings erst selbst in Ordnung bringen.«

»Ich muss sagen, ich bin beeindruckt. Die Mädels haben mir erzählt, dass du anders bist, aber ich habe ihnen nicht geglaubt. Aber du hast dich wirklich verändert. Es tut mir leid, dass es das, was dir passiert ist, gebraucht hat, damit du dich ändern wolltest, aber ich bin froh, dass du es nutzt, um an dir zu arbeiten. Wenn ich irgendwas für dich tun kann, sag Bescheid.«

Sie warf ihm einen schlauen Blick zu, und er fragte sich sofort, in welche Falle er gerade getappt war.

»Wie wäre es damit, mir dein Marketing-Geschäft zu geben?«

Er lachte. »Ist das alles? Ich habe nicht viel Bedarf an Marketing. Ich habe bereits mehr Aufträge, als ich bewältigen kann. Aber ja, falls ich Werbung brauchen sollte, rufe ich dich zuerst an.«

Sie grinste zurück. »Ich mache auch Websites. Mir ist aufgefallen, dass deine ziemlich mies ist.« Sie schlenderte an ihm vorbei in Richtung des Lagerraums. »Ruf mich an.«

Kopfschüttelnd hob er den Rest der Paprika auf, während sie die Tomatenkiste holte. Er nahm die drei Kisten, für die Rayna ihn geschickt hatte, während sie aus dem Gebäude kam.

»Ich habe deinen neuen Freund kennengelernt. Mason«, bemerkte sie, während sie neben ihm herging.

»Ach ja?«

»Jep. Er wirkt nett. London hat mir von ihm erzählt.«

Er sah sie scharf an. Bis vor ein paar Tagen sollte Masons Existenz eigentlich ein Geheimnis sein. Sie machten immer noch nicht allgemein bekannt, wer er war. Für den zufälligen Beobachter war er nur ein Arbeiter auf der Double Moon.

»Es war kein Tratsch. Sie wollte wissen, ob ich glaube, dass mein Therapeut ihm helfen könnte. Soweit ich das beurteilen kann, kommt er selbst ganz gut damit klar, aber mit so etwas – er muss definitiv mit jemandem reden.«

»Ja. Eigentlich bin ich froh, dass sie an dich gedacht hat. Rayna und ich haben darüber gesprochen, ihm Hilfe zu suchen, aber keiner von uns wusste wirklich, wo wir anfangen sollten. Also, denkst du, dein Therapeut könnte helfen?«

Sie nickte. »Definitiv. Ich würde auch gerne mit ihm sprechen, wenn er jemanden braucht, der es versteht.«

»Wirklich? Das ist großartig, Adelaide. Danke.« Sie erreichten den Marktstand, der immer noch voller Menschen war.

»Gern geschehen. Lass es mich einfach wissen.«

»Das werden wir.«

»Was werden wir?«, fragte Rayna, die zu ihnen kam und die oberste Kiste von seinem Stapel nahm.

»Adelaide anrufen, wenn Mason jemanden zum Reden braucht, außer uns und einem Therapeuten.«

Rayna hielt einen Moment inne, um der anderen Frau einen prüfenden Blick zuzuwerfen, bevor sie nickte und in Richtung der Gemüsebehälter an der Seitenwand ging. »Ja. Wenn hier jemand Verständnis hat, dann du.«

Thomas und Adelaide folgten ihr und stellten ihre Kisten auf den Boden, um sie in die Behälter zu entleeren.

»Wo ist er überhaupt?«, fragte Thomas.

Ihre Lippen zuckten. »Er fährt den Heuwagen.«

Thomas' Augen weiteten sich. »Du lässt ihn den Traktor fahren? Er hatte nur ein paar Fahrstunden.«

»Entspann dich. Er ist ein kluger Junge und hat es schnell gelernt. Ich werde am Montag in der Stadt anhalten und ein Führerscheinpaket für ihn abholen, damit er für die Prüfung lernen kann.«

»Das erinnert mich«, sagte er, während er Paprika stapelte. »Ich muss die Unterlagen einreichen, um seine Geburtsurkunde zu bekommen. Jetzt, wo sein Geheimnis gelüftet ist, können wir anfangen, all das in Ordnung zu bringen.«

Adelaide lachte, und beide drehten sich stirnrunzelnd zu ihr um.

»Was?«, fragte Thomas.

Sie winkte mit der Hand. »Ihr zwei klingt wie Eltern. Ich glaube, dass ihr um ihn seid, ist der wahre Grund, warum es Mason so gut geht. Ihr liebt ihn, und er hat das gespürt.«

Er blickte zu Rayna, um einen nachdenklichen Ausdruck auf ihrem Gesicht zu sehen, als sie überlegte, was Adelaide gesagt hatte. Thomas hatte sich nicht viele Gedanken darüber gemacht, was er für Mason empfand. Er wusste nur, dass der Junge ihm wichtig geworden war und er alles tun würde, um sicherzustellen, dass er in Sicherheit war.

Ein Tumult draußen zog ihre Aufmerksamkeit auf sich. Beim Klang erhobener Stimmen eilte Thomas aus dem Gebäude und sah April Stillwater neben dem Traktor stehen und Mason anschreien.

Thomas rannte los und erreichte sie in Sekunden.

»Mrs. Stillwater, was tun Sie da?«

Sie wandte ihre glasigen Augen ihm zu. »Halte dich da raus. Das ist zwischen mir und dieser... dieser *Hure*.«

Wut entflammte in Thomas' Brust. Er ballte die Fäuste und holte tief Luft, bereit, ihr die Meinung zu sagen.

Rayna kam ihm zuvor. Sie drängte sich zwischen sie, Wut ließ ihre violetten Augen funkeln. »Wenn du ihn noch einmal so nennst, wirst du deine nächsten Worte ohne deine Zähne sagen. Mason hat nichts falsch gemacht.«

April schwankte auf ihren Füßen, und Thomas erkannte, dass sie stockbesoffen war. Adelaide, die den Austausch beobachtete, trat näher, bereit, die Frau aufzufangen, falls sie fallen sollte.

»Wenn es diesen... *Jungen* nicht gäbe, wäre mein Mann nie verhaftet worden.«

»Dein Mann steckt in Schwierigkeiten, weil er seinen Spaß daran hat, Kinder zu vergewaltigen«, erwiderte Rayna. »Hör auf, deinen Ärger an anderen auszulassen, und richte ihn dahin, wo er hingehört. Geh und schrei ihn an.«

Das Gesicht der Frau wurde knallrot. Sie schüttelte mit dem Finger vor Raynas Gesicht. »Du bist genauso mitschuldig wie dieser Junge, den du beschützt. Keiner von euch ist sicher. Brian wird euch *ruinieren*. Er hat Freunde!«

Das erregte Thomas' Aufmerksamkeit. Er umfasste Raynas Handgelenk und zog sie zurück, damit er mit der wütenden Frau sprechen konnte.

»Erzählen Sie mir von diesen Freunden, Mrs. Stillwater.«

»Sie sind mächtig und werden meinen Mann rächen. Ihr werdet mit nichts davon durchkommen!«

»Aha«, beschwichtigte er. »Nach wem sollte ich Ausschau halten?«

Sie öffnete den Mund, um zu antworten, aber ein Teil ihres Gehirns arbeitete trotz des Alkohols noch, und sie schloss ihn wieder. Mit zusammengekniffenen Augen wich sie zurück. »Sie werden euch finden, und ihr werdet alle bezahlen.« Sie drehte sich um, verhedderte sich mit den Füßen und stolperte mehrere Schritte.

Adelaide streckte die Hand aus und packte den Ellbogen der Frau, um ihr Halt zu geben. »Mrs. Stillwater, Sie können nicht fahren. Lassen Sie uns hier rübergehen und uns setzen. Ich rufe Ihnen ein Taxi.«

Sie riss ihren Arm weg. »Mir geht's gut!« Ihre Augen wanderten an Adelaide vorbei zu der Menschenmenge, die sie mit ihrem Ausbruch angezogen hatte, und sie brach in Tränen aus.

Rayna ging an ihm vorbei, um zu der Frau zu gehen und Adelaide zu helfen, sie ins Haus zu bringen. Thomas sah zurück zu Mason, der neben dem Traktor stand, mit diesem sorgfältig leeren Blick im Gesicht, während er ihnen nachsah.

»Mason.«

Der Junge sah ihn an, Muskeln arbeiteten in seinem Kiefer. »Sie hat Recht«, flüsterte er. »Ich bin eine Hure.«

»Nein, bist du nicht.« Thomas' Magen verkrampfte sich. Er blickte sich um nach den Leuten, die immer noch herumstanden und auf mehr Drama warteten. »Komm mit.« Er legte eine Hand auf Masons Arm und führte ihn zum Haus. Sie hielten in der Nähe der großen Eiche im Garten an.

Thomas streckte die Arme aus und legte dem jungen Mann eine Hand auf jede Schulter, um ihm in die Augen zu schauen. »Hör mir zu. Du bist keine Hure. Was dir angetan wurde – es hat dich zu nichts anderem gemacht als zu einem Opfer. Du hast nicht gewählt, diese Dinge zu tun.«

»Manchmal schon«, sagte er mit dicker Stimme. Seine Augen trafen Thomas' für einen Moment, bevor er beschämt wegsah.

»Wenn ich müde war vom Kämpfen, habe ich es einfach getan.«

Thomas holte scharf Luft. »Es war trotzdem nie deine Wahl. Ohne die Smiths hättest du dich nie in eine Position gebracht, in der du deinen Körper verkaufst. Es wäre dir nicht einmal in den Sinn gekommen. Und du musst es *nie* wieder tun. Du. Bist. Keine. Hure. Mrs. Stillwater ist wütend, weil jetzt alle wissen, was für ein Schleimball ihr Mann ist. Und nach dem, was sie gesagt hat, werden sie bald herausfinden, dass sie selbst ziemlich schmierig ist. Die Dominosteine fallen und die Spieler schlagen um sich.« Er bewegte seinen Kopf, um Masons Blick einzufangen. »Egal, was irgendjemand sagt, das ist *nicht* deine Schuld, okay?«

Mason nickte, und Thomas zog ihn an seine Brust für eine Umarmung, sein Herz schlug, während er den Jungen hielt. Seine Wut auf April Stillwater stieg, als Mason zitternde Arme um ihn schlang und heiße Tränen auf Thomas' Schulter fielen. Jemand musste zahlen – und zwar teuer – für das, was sie diesem Kind angetan hatten.

EINE KÜHLE BRISE WEHTE DURCH DAS MARKTGEBÄUDE, ALS Rayna viel später als beabsichtigt schloss. Nachdem sie April Stillwater beruhigt hatten, hatten sie Seb gerufen. Er hatte sie zurück zur Station gebracht, um herauszufinden, was sie über die »Freunde« ihres Mannes wusste. Die Nachricht über den Vorfall hatte sich in der Stadt verbreitet, und bald hatte sie doppelt so viele Kunden. Sie schloss die Kasse ab, stellte sie auf ein Regal links von der herunterklappbaren Theke, hob dann die Theke an und verriegelte sie, um das Fenster zu verschließen.

Die Tür öffnete sich, und Thomas schob sich mit einem

weiteren Stapel Kisten herein, um die Gemüsebehälter aufzufüllen.

»Das war alles, was noch im Lagergebäude übrig war.« Er stellte die Kisten in der Nähe der Behälter ab.

Sie kam herüber und half ihm beim Ausladen, stöhnte, als sie sich aufrichtete. »Mein ganzer Körper tut weh. Können wir Pizza holen?«

Er lachte. »Wie wäre es stattdessen mit etwas von Mamas selbstgekochtem Essen? Jace hat angerufen, während ich im anderen Gebäude war. Er hat ein Update für uns und sagte, alle treffen sich bei Mom und Dad.«

Rayna kicherte. »Da bin ich mir nicht so sicher. Sie hat *versucht*, Relish auf Barbacoa zu tun.«

Er grinste. »Das Ausgefallene ist mehr Taras Ding. Ich bin sicher, es wird etwas viel Traditionelleres sein. Wie Hackbraten. Oder frittiertes Hühnchen.«

Sie seufzte und ging zur Tür. »Solange es Comfort Food ist, ist es mir egal.« Sie verließen das Gebäude und schlossen die Tür ab.

Als sie den Hof zum Haus überquerten, rief Thomas nach Mason, der gerade Heu auf dem Wagen stapelte. Er sah auf, und sie winkten ihn zu sich. Der Junge sprang vom Wagen und joggte herüber.

»Hast du Lust auf ein Familienessen?«, fragte Thomas.

Mason richtete sich auf, Überraschung zeigte sich auf seinem Gesicht, zusammen mit einer gesunden Portion Beklemmung. »Was meinst du?«

»Meine Eltern haben uns zum Abendessen eingeladen. Jace hat einige Informationen zum Fall, und Mom beschloss, dass sie für uns alle kochen wollte. Es ist nur Familie. Meine

Eltern, Jace, Tara, Seb, seine Frau und ihre Nichte, und meine anderen Geschwister – Familie.«

Mason holte tief Luft und nickte dann. »Klar.«

»Gut. Lass uns gehen und uns frisch machen. Ich sterbe vor Hunger.«

»Ich auch«, echote Rayna.

Die drei eilten ins Haus und zogen sich um, dann stiegen sie in Thomas' Truck und machten die kurze Fahrt zur Broken Bow.

Lärm begrüßte sie, als sie Lee und Jennys Haus betraten, der meiste davon kam aus der Küche. Thomas führte den Weg an, der Klang wurde lauter, als sie den Raum erreichten.

Jenny blickte auf, als sie eintraten, ein Lächeln breitete sich auf ihrem hübschen Gesicht aus. »Gut, ihr seid da. Wir können essen.«

»Es wurde auch verdammt Zeit«, sagte Tara. »Ich wollte gerade anfangen zu essen, ob Mom es erlaubt oder nicht.«

Jenny drückte Tara eine Schüssel Kartoffeln in die Hand. »Bring das ins Esszimmer und lass deinen Bruder in Ruhe.«

Tara nahm die Schüssel und streckte Thomas im Vorbeigehen die Zunge heraus. Rayna bedeckte ihren Mund, um das Grinsen zu verbergen. Sie wollte keinen Krieg beim Abendessen anfangen.

»Kann ich helfen, Mom?«, fragte Thomas.

Sie winkte ab. »Nimm die Salatschüssel.«

Thomas nahm sie, während Rayna den Korb mit Brötchen schnappte. Jace schnappte sich eine Platte mit frittiertem Hühnchen von der Theke, und Lee nahm die andere. Sie gingen nacheinander ins Esszimmer, wo Tara bereits saß und sich Kartoffeln auf ihren Teller häufte. Sie hob eine Augenbraue in ihre Richtung, schaute dann zu Jace und zeigte auf den Tisch vor ihr. »Du kannst das genau hier abstellen.«

Mit einer schwungvollen Bewegung stellte er es vor ihr ab. Der mörderische Blick, den sie ihm zuwarf, brachte ihn nur zum Lachen. Er setzte sich neben sie und legte einen Arm über die Rückenlehne ihres Stuhls.

Jenny saß auf Taras anderer Seite. »Du konntest einfach nicht warten, oder?«

Tara drehte sich um. »Entschuldige, ich esse für drei, danke, und ich hatte heute Nachmittag keinen Snack.«

Jenny tätschelte ihre Hand. »Ich mache nur Spaß. Ich erinnere mich, wie hungrig ich die ganze Zeit war, als ich schwanger war mit dir und Thomas. Ich fühlte mich nie satt.« Sie nahm ihre Gabel und spießte ein Stück Hühnchen auf. »Es war ein Kampf, nicht hundert Pfund zuzunehmen.«

Tara stöhnte und legte das dritte Stück Hühnchen ab, das sie gerade genommen hatte. Sie tätschelte ihren Bauch. »Tut mir leid, Babys. Ihr müsst teilen.«

Jace nahm das Stück Hühnchen, das sie zurückgelegt hatte. »Ich esse es für dich, Schatz.«

Sie verdrehte die Augen, was Rayna zum Grinsen brachte. Es war schön, Tara wieder sie selbst zu sehen.

Die Gruppe füllte schnell ihre Teller und machte sich ans Essen. Das Gespräch war spärlich, während sie ihren Hunger stillten.

Rayna warf einen Blick auf Mason neben ihr. Als Tara sie alle zuerst angestarrt hatte, hatte sie etwas Angst in seinem Gesicht gesehen, aber er hatte sich seitdem entspannt, zweifellos beruhigt durch das erstaunliche Essen.

»Also, wie gefällt es dir hier?«, fragte Jenny Mason und zerstörte seine entspannte Stimmung, indem sie ihn ins Rampenlicht stellte. Der junge Mann versteifte sich neben ihr, und er legte seine Gabel nieder und räusperte sich.

»Es ist schön. Rayna und Thomas sind großartig.«

Jenny lächelte die beiden süß an. »Ja, ich kann mir vorstellen, dass sie wunderbare Eltern wären, findest du nicht?«

Ein Mundwinkel von Mason zuckte nach oben. »Ich schätze schon.«

»Hmm.« Sie beäugte die beiden, und Rayna spürte, wie ihr Gesicht rot wurde. Jetzt, da sie sich entschieden hatte, mit Thomas auszugehen, kamen all die Dinge wieder hoch, von denen sie sich nicht getraut hatte zu träumen. Der wichtigste Punkt auf dieser Liste waren eigene Kinder.

»Mom...« Thomas verengte die Augen.

Jenny hob ihre Hände. »Was? Ich will Enkelkinder.«

»Tara bekommt Zwillinge! Und Seb hat gerade geheiratet. Warum arbeitest du nicht zuerst an ihm und London?«

Sie grinste. »Eine Frau kann nie genug Enkelkinder haben. Und bei fünf Kindern, alle über dreißig außer einem, sollte ich inzwischen massenweise haben.« Sie schaufelte einen Bissen Kartoffeln auf. »Legt los.« Sie schob die Gabel zwischen ihre Lippen, während Raynas Gesicht zwölf verschiedene Rottöne annahm und Thomas an dem Schluck Wasser, den er gerade genommen hatte, würgte. Lee lachte über seine Frau und ihre Kinder.

»Das gilt auch für dich, Brady«, sagte Jenny und zeigte mit dem Besteck auf ihn.

»Ich habe nicht mal eine Freundin.«

»Ich kenne jemanden, der bereit wäre, diese Stelle zu übernehmen«, sagte Tara mit einem verschmitzten Lächeln.

Rayna lachte, froh, dass der Druck von ihr und Thomas genommen war. Obwohl sie jetzt wieder von Kindern träumte, bedeutete das nicht, dass sie bereit für sie war.

»Wer?«, fragte Brady verwirrt.

Tara summte eine Nicht-Antwort und nahm einen Bissen von ihrem Hähnchen.

Er sah Rayna an und kniff die Augen zusammen. »Von wem spricht sie?«

Sie unterdrückte ihr Lächeln und zuckte mit den Schultern, während sie einen Schluck trank. Sie würde ihm auf keinen Fall erzählen, dass Macy ihn mochte. Ein Verbot bei Peppy Brewster stand nicht auf ihrer To-do-Liste.

Er funkelte beide an. »Dieses Gespräch ist ermüdend geworden.« Er blickte zu Seb. »Gib uns ein Update zu Masons Fall.«

Die Stimmung am Tisch änderte sich, als alle ihre Aufmerksamkeit auf Seb richteten. Rayna rutschte auf ihrem Sitz nach vorne, gespannt darauf zu hören, welche Fortschritte Seb und Jace bei der Suche nach den Smiths und den anderen Kindern gemacht hatten.

»Es gibt nicht viel zu erzählen. Wir haben die Telefonaufzeichnungen des Bürgermeisters überprüft. Es gab einige Anrufe von seinem Handy zu Prepaid-Telefonen. Wir schauen uns auch Leute an, die er in Machtpositionen kennt, wegen dem, was seine Frau früher gesagt hat. Aber das ist eine ziemlich umfangreiche Liste, da er der Bürgermeister ist. Mrs. Stillwater hat auf der Wache dichtgemacht, dann tauchte Amherst auf und wir mussten sie gehen lassen.«

Rayna runzelte die Stirn. Die Leute, über die April schimpfte, könnten jeder sein, vom einfachen Polizisten bis zum Gouverneur oder sogar einem Staatsvertreter.«

»Die Drohne, die wir für die Luftüberwachung eingesetzt haben, hat keinen Hinweis auf einen Van oder zwei Fahrzeuge gefunden, die nah beieinander fuhren, was mich denken lässt, dass sie einen anderen Ort in der Nähe haben, wo sie sich verstecken.« Er sah Mason an. »Hast du sie jemals über ein anderes Grundstück oder das Haus eines Freundes reden hören?«

Mason blickte stirnrunzelnd auf sein Essen. »Ich bin nicht sicher. Ich werde darüber nachdenken, aber mir fällt im Moment nichts ein.«

Seb nickte. »Selbst wenn es unbedeutend erscheint, sag es mir oder Jace.«

»Werde ich.«

»Was ist mit dem Kerl, den Jace angeschossen hat?«, sagte Thomas. »Wissen wir, wer er ist?«

»Tatsächlich war das interessant«, sagte Jace. »Katie hat einen DNA-Treffer bekommen. Es stellte sich heraus, dass er mit zwei Jahren entführt wurde. Die Smiths müssen ihn als ihren eigenen aufgezogen haben.«

»Warte«, sagte Mason. »Redet ihr über Adam? Das ist derjenige, den du angeschossen hast? Ich konnte ihn neulich nicht richtig sehen.«

»Wer ist Adam?«, fragte Rayna.

»Ich dachte, er wäre der Sohn der Smiths. Er nannte sie Mama und Papa. Sie benutzten ihn wie einen Wächter. Wenn sie nicht da waren, behielt er uns im Auge.«

Seb nahm sein Handy heraus und zeigte Mason ein Bild. »Ist er das?«

Mason nickte.

»Gab es noch andere wie ihn?«

»Nein.«

»Nun, das ist gut«, sagte Jace zu Seb. »Zumindest wissen wir, dass wir es jetzt nur noch mit den Smiths zu tun haben.« Er schaute zurück zu Mason. »Und du bist sicher, dass dir kein Ort einfällt, wo sie hingegangen sein könnten?«

Mason presste die Lippen zusammen, während er nachdachte. »Nein, tut mir leid.«

»Und jetzt?«, fragte Thomas.

»Jetzt nehmen wir das Leben des Bürgermeisters auseinander«, sagte Seb. »Schauen wir mal, was dabei herauskommt.«

Das konnten sie für Rayna nicht schnell genug tun. Jede Minute, die sie mit der Suche nach den Smiths verbrachten, war eine weitere Minute, in der diese Kinder nicht in Sicherheit waren. Sie sah Mason an. Sie wollte nichts mehr, als dass Mason und seine Freunde in Sicherheit waren.

KAPITEL

Sechzehn

Rayna zupfte nervös am Saum ihres Kleides, während Thomas sie zur Broken Bow Ranch fuhr. Sie gingen auf ihr Date. Er hatte auch keine Zeit verloren, es zu arrangieren. Es war Sonntag, nicht einmal zwei volle Tage, seit er sie eingeladen hatte.

Sie blickte über den Trucksitz zu Mason. »Bist du sicher, dass es dir gut geht, während wir weg sind?«

Er verdrehte die Augen. »Mir geht's gut. Trotz seines Berufs mag ich Jace. Mehr Angst habe ich vor Tara. Sie ist irgendwie intensiv.«

Thomas lachte vom Fahrersitz. »Ich würde dir ja sagen, dass es daran liegt, dass sie schwanger und launisch ist, aber sie ist eigentlich immer so intensiv.«

Rayna kicherte. »Ihr Auslöser ist jetzt nur etwas schneller.«

»Das ist die Wahrheit. Armer Jace.« Er fuhr in Taras Einfahrt und stellte den Motor ab. »Es wird ihm gut gehen, Ray.« Er schnallte sich ab. »Komm schon.«

Sie stiegen aus dem Truck und gingen zur Haustür. Diese öffnete sich, bevor sie die Veranda erreichten. Tara strahlte sie vom Eingang an.

»Ihr zwei seht gut aus«, sagte sie und trat zurück, damit sie eintreten konnten.

Rayna kämpfte gegen den Drang, den Rock ihres Kleides zurechtzuziehen. Sie wusste, dass sie besser eine Hose hätte anziehen sollen. Sie gingen nur zu einem Weingut. Das erforderte kein Kleid.

Aber sie hatte für ihr erstes Date mit Thomas seit zwölf Jahren gut aussehen wollen. Sein Gesichtsausdruck, als sie aus ihrem Schlafzimmer kam, war die dreißig Minuten wert gewesen, die sie vor ihrem Kleiderschrank stand und darüber grübelte, was sie anziehen sollte.

»Danke.«

Jace trat hinter Tara und legte seine Hände auf ihre Schultern. »Wohin geht ihr?«

»Zu dem Weingut in der Nähe von Gunnison«, antwortete Thomas.

»Schön«, sagte Tara. »Ich führe einige ihrer Weine im Restaurant. Der Ort wird euch gefallen.«

»Gut«, sagte Thomas und legte eine Hand auf Raynas Schulter. Kribbeln breitete sich bis zu ihrem Nacken aus und ließ ihre Kopfhaut prickeln. Plötzlich wünschte sie sich, er würde mit seinen Fingern durch ihr Haar fahren.

»Wir sollten aufbrechen«, sagte sie. Als sie sich zu Mason umdrehte, glitt Thomas' Hand weg und gab ihr die Fähigkeit zurück, klar zu denken. »Falls du etwas brauchst, haben wir beide unsere Handys dabei.«

Er nickte. »Mir wird's gut gehen. Geht und habt Spaß.«

»Wir passen auf ihn auf«, sagte Jace.

Sie presste ihre Lippen zusammen und nickte, bewegte sich aber nicht in Richtung Tür. Logisch betrachtet wusste sie, dass Mason bei Jace und Tara in Sicherheit sein würde – wahrscheinlich sogar sicherer als bei ihr und Thomas –, aber das änderte nichts daran, dass sie sich während ihrer Abwesenheit Sorgen um ihn machen würde.

Thomas nahm ihre Hand und führte sie zur Tür. »Ruft uns an, wenn ihr uns braucht.«

»Werden wir«, sagte Tara. Sie wackelte mit den Augenbrauen. »Viel Spaß, ihr Kinder.«

Taras Leichtigkeit durchbrach Raynas Sorge und brachte sie zum Grinsen. »Und macht nichts, was du nicht auch tun würdest, richtig?«

»Natürlich.«

Thomas schnaubte. »Das ist keine sehr lange Liste, T.«

Sie lächelte ihn zuckersüß an. »Ich weiß. Jetzt, husch.« Sie ging auf sie zu und scheuchte sie durch die Türöffnung. »Gute Nacht.«

Sobald Rayna über die Schwelle getreten war, schloss sich die Tür hinter ihnen. Damit kam die Realität, dass sie tatsächlich mit Thomas auf ein Date ging. Sie waren allein. *Wirklich* allein.

Sie schielte zu ihm, während sie zu seinem Truck zurückgingen. Sie war nicht die Einzige, der gefiel, wie der andere gekleidet war. Die dunkle Jeans, die er trug, umschloss seine Beine und betonte ihre Länge, während sein anthrazitfarbenes Hemd und seine schwarze Lederjacke seinen muskulösen Oberkörper und die breiten Schultern zur Geltung brachten. Er sah zum Anbeißen aus.

Himmel hilf ihr.

THOMAS HIELT DIE TÜR, ALS RAYNA AUS DEM TRUCK STIEG, UND gab sein Bestes, nicht zu starren. Sie sah wunderschön aus in dem dunkelvioletten Strickkleid, den hohen schwarzen Stiefeln und der Jeansweste. Ihr pechschwarzes Haar war zu einem glatten Pferdeschwanz zurückgebunden, wodurch ihr Gesicht und ihr langer, anmutiger Hals zur Geltung kamen. Ein Hals, den er unbedingt küssen wollte.

Er schaute weg und konzentrierte sich auf das Weingut. Das Hauptgebäude war ein hohes, weitläufiges, einstöckiges Steinhaus. Am Eingang ragte das Dach empor, und die Fenster reichten vom Boden bis zur Decke. Das umliegende Gelände war üppig bewachsen und zeigte seine vollen Herbstfarben, aber er konnte es sich im Sommer vorstellen, wenn alle Pflanzen grün waren und die Blumen blühten. Es müsste spektakulär sein.

Er öffnete die Glastür und führte sie in das Gebäude, hielt kurz an, um der Empfangsdame seinen Namen zu nennen. Als er die Reservierung vornahm, hatte er für sie eine Tour durch die Anlage und den Obstgarten vor dem Abendessen gebucht, also führte sie sie durch den Barbereich nach hinten. Ein Mann in einem knackigen Polohemd und Khakihose begrüßte sie.

»Hallo. Ich bin Marcus, und ich werde Sie herumführen.«

Thomas streckte eine Hand aus. »Thomas. Das ist Rayna.«

Rayna winkte. »Hallo.«

Marcus deutete auf einen Golfwagen, der ein paar Meter entfernt stand. »Darf ich bitten?«

Sie stiegen alle in den Wagen, und Marcus fuhr sie über das Weingut und erklärte die Traubensorten, die sie anbauten, und die Herausforderungen, sie im Klima Colorados zu kultivieren. Thomas hörte jedoch kaum zu. Er war zu abgelenkt von Raynas Duft und dem Gefühl, wie sie auf dem kleinen Golfwagensitz an seine Seite gepresst war. Oh, wie sehr er sich wünschte, sie hätten in diesem Moment keinen Tourguide.

Nachdem sie den Weinberg besichtigt hatten, fuhr Marcus sie zurück zum Hauptgebäude und führte sie in die Kellerei, wo er ihnen die riesigen Tanks zeigte, in denen der Wein gärte, bis er zum Abfüllen bereit war. Sie probierten mehrere Sorten, bevor er sie zurück in den Speisesaal brachte und ihnen einen Tisch zuwies. Ein Kellner folgte ihm, und bald bestellten sie.

Thomas behielt während des Essens die Uhr im Auge. Es fühlte sich an, als wären sie schon stundenlang dort, aber das lag nicht an langweiliger Unterhaltung. Sie über den Tisch hinweg anzustarren, während sie aßen, nachdem er neben ihr in diesem verdammten Golfwagen gesessen hatte, ließ ihn auf einer messerscharfen Kante der Erregung balancieren, gegen die er in dem überfüllten Weingut nichts tun konnte. Es half auch nicht, dass er sie immer wieder dabei erwischte, wie sie ihn ansah, als wäre er das Dessert. Er fühlte sich wie ein geiler Teenager bei seinem ersten Date.

Als endlich die Rechnung kam, schnappte er sie sich und gab dem Kellner seine Kreditkarte, bevor der Typ weggehen konnte. Rayna entschuldigte sich, um die Toilette zu benutzen, während er darauf wartete, dass der Mann mit dem Beleg zum Unterschreiben und dem Wein, den sie während der Tour gekauft hatten, zurückkam. Er hinterließ dem Kellner ein großzügiges Trinkgeld und ging dann, um auf sie zu warten.

Die Tür der Damentoilette schwang leise, als sie hindurchkam, und Thomas' Herz stolperte, als sie erschien.

»Bereit zu gehen?«

Sie nickte, und er nahm ihre Hand und führte sie nach draußen zu seinem Truck. Er schnallte sich an, fuhr vom Parkplatz und machte sich auf den Heimweg. In der Dunkelheit des Fahrzeuginneren konnte er gerade so ihr Gesicht erkennen. Eine kleine Falte lag auf ihrer Stirn.

»Alles in Ordnung?« fragte er.

Sie sah ihn an. »Das sagst du mir. Ich wollte dich gerade das Gleiche fragen.«

Nun war er an der Reihe, die Stirn zu runzeln. »Was?«

»Du hast mich in ein romantisches Restaurant ausgeführt, wir haben ein Weingut besichtigt, aber du hast den ganzen Abend nicht mehr als meine Hand gehalten.«

Er seufzte. »Es lag nicht daran, dass ich keine gute Zeit hatte. Jetzt, wo wir uns einig sind, es nochmal miteinander zu versuchen, fällt es mir schwer, mich daran zu erinnern, dass wir trotz unserer Vorgeschichte dieses Ganze wie eine neue Beziehung behandeln sollten.«

Ihre Stirnfalte wurde fragend. »Warte. Du sagst, du hast den ganzen Abend höflich Abstand gehalten, weil du keinen Abstand halten wolltest?«

Er nickte. »Genau.«

»Hmm.« Sie verschränkte die Arme vor der Brust, ihr Gesichtsausdruck wurde nachdenklich.

»Ich weiß, wir haben vereinbart, die Dinge langsam anzugehen, und ich dränge dich nicht zu mehr. Ich erkläre nur mein Verhalten, damit du nicht sauer wirst. Meine Hände bei mir zu behalten, ist etwas schwieriger, als ich dachte.«

Sie drückte ihre Zunge in die Wange und lächelte. »Vielleicht will ich gar nicht, dass du deine Hände bei dir behältst.«

Herrgott nochmal. Versuchte sie ihn umzubringen? Er stöhnte leise und schloss kurz die Augen. »Das ist keine gute Idee.«

Sie entfaltete ihre Arme und lehnte sich zu ihm, ihre Hand schlängelte sich über die Mittelkonsole, um sich über seinen Oberschenkel zu legen. Thomas rutschte auf seinem Sitz, als das Blut südwärts strömte und seine Hose enger werden ließ.

»Rayna.«

Ihre Hand wanderte höher. Thomas sah ein Schild für einen Aussichtspunkt und bog dort ein. Er knallte den Truck in die Parkstellung und löste seinen Sicherheitsgurt, während er sich umdrehte. Er drückte den Knopf an ihrem Gurt und zog sie über die Konsole, um sich an ihren Mund zu heften. Sie vergrub ihre Finger in seinem Haar, während seine Hände über ihren Rücken wanderten und nach unten, den Stoff ihres Kleides zusammenraffend, damit er ihre Haut darunter erreichen konnte.

»Was ist mit langsam passiert?« fragte er, als er nach Luft schnappte.

»Vergiss langsam.« Sie küsste ihn wieder und stöhnte frustriert, als die Konsole in ihre Hüfte schnitt. »Das funktioniert nicht.«

»Einverstanden.« Er schob sie zurück auf ihren eigenen Sitz. »Wir sind nicht weit von zu Hause. Schnall dich an.« Er ließ seinen Gurt einrasten und legte den Gang ein, während sie ihren anschnallte.

»Sind wir verrückt?« fragte sie und durchbrach die schwere Stille. »Ich meine, wir haben vor ein paar Wochen kaum miteinander gesprochen.« Sie kaute auf ihrer Lippe, und Thomas konnte erkennen, dass sie Zweifel bekam.

Er seufzte. »Schau, ich weiß, dass du mir nicht vertraust, dass ich dir nicht wieder das Herz breche. Ich nehme es dir nicht übel. Aber ich bin nicht mehr derselbe Mann, Rayna. Nicht einmal mehr der von letzter Woche.«

Sie hob eine Augenbraue, und er lachte.

»Ich weiß, ich klinge verrückt, aber es stimmt. Mason hat mich einige Dinge erkennen lassen, die längst überfällig waren. Ich habe nie aufgehört, dich zu lieben.« Sie keuchte, aber er gab ihr keine Chance zu sprechen. »Ich habe es nur vergraben und mich geweigert, darüber nachzudenken. Ihn um mich zu haben, hat mich erkennen lassen, dass ich ein Idiot war, weil ich mich geweigert habe, mich mit meinen Gefühlen für dich und zum Thema Kinder auseinanderzusetzen. Wir hätten schon vor langer Zeit an diesem Punkt sein können, wenn ich es getan hätte. Fetter wäre nie im Bild gewesen, wenn ich es getan hätte.«

»Was willst du damit sagen?«

»Dass ich-«

Ihr klingelndes Handy unterbrach ihn. Er unterdrückte ein frustriertes Knurren, als sie in ihrer Handtasche nach dem Gerät kramte.

»Es ist meine Mutter.« Sie runzelte die Stirn und drückte die Sprechtaste. »Hallo?«

Thomas sah zu, wie Raynas Gesicht sich vor Entsetzen verzerrte, während sie zuhörte. »Rayna?«

Sie hielt einen Finger hoch. »Wir sind auf dem Weg.« Sie nahm das Telefon vom Ohr, beendete den Anruf und schaute ihn mit Tränen in den Augen an.

»Liebling, was ist los? Geht es Mason gut?«

»Ihm geht's gut. Mein Gewächshaus brennt.«

KAPITEL

Siebzehn

»Oh mein Gott«, flüsterte Rayna, als Thomas in die Einfahrt bog. Die blinkenden Lichter der Feuerwehrwagen leuchteten durch den Rauch und wurden von den Bäumen und Gebäuden reflektiert, was der Szene um das verkohlte Gerüst ihres Gewächshauses eine unheimliche Atmosphäre verlieh.

»Verdammt«, murmelte Thomas. Er fuhr so nah wie möglich heran und parkte etwa zehn Meter von den Einsatzfahrzeugen entfernt.

Sie glitt aus dem Truck, als er den Motor abstellte, und bedeckte ihren Mund, während sie die Szene betrachtete. Es war nichts mehr übrig.

»Rayna!«

Sie drehte sich um, als sie die Stimme ihrer Mutter hörte. Izzy und John eilten auf sie zu. Sie ging ihnen auf halbem Weg entgegen und ließ sich in die Umarmung ihrer Mutter fallen.

»Oh, Liebling. Es tut mir so leid.«

Rayna schluckte schwer gegen den Kloß aus Tränen in ihrem Hals und löste sich. »Was ist passiert?«

»Wir sind uns nicht sicher«, antwortete ihr Vater. »Ich ging während der Werbepause in die Küche, um mir einen Snack zu holen, und sah die Flammen durchs Fenster. Die Feuerwehr hat es erst vor kurzem gelöscht.«

»Da ist Declan«, sagte Thomas und zeigte auf einen der Wagen.

Die vier gingen zum Feuerwehrleutnant hinüber. Als sie ihn erreichten, klingelte Thomas' Telefon. Er nahm es aus seiner Tasche und runzelte die Stirn, als er die Nummer sah.

»Wer ist es?«, fragte Rayna.

»Die Alarmfirma meiner Praxis.« Er nahm den Anruf an. »Hier ist Dr. Archer.«

Rayna tauschte einen alarmierten Blick mit Declan. »Du hast doch nicht auch eine Meldung über ein Feuer dort, oder?«

Er schüttelte den Kopf. »Nicht dass ich wüsste.«

Sie schaute zurück zu Thomas, als er sich mit einer Hand übers Gesicht fuhr. »Danke für den Anruf. Ich bin auf dem Weg.«

»Was?«, fragte Rayna, während sich ein Gefühl der Beklemmung in ihr ausbreitete.

»Der Alarm an der Eingangstür meiner Praxis wurde ausgelöst. Die Alarmfirma hat die Polizei gerufen, aber ich muss hinfahren und sie treffen.« Er blickte über ihren Kopf hinweg auf die Überreste ihres Gewächshauses, Unentschlossenheit in seinem Gesicht.

»Geh«, sagte sie. »Ich komme hier klar.«

Er sah zu ihr hinunter. »Bist du sicher? Ich kann Lorraine anrufen und sehen, ob sie hinfahren kann.«

»Nein. Es ist deine Firma. Genau wie das hier meine ist. Geh. Schau, was passiert ist. Wir treffen uns später bei Jace und Tara.«

Thomas atmete tief durch die Nase ein und seufzte dann. »Okay. Aber bleib bitte in der Nähe deiner Eltern. Es ist ziemlich chaotisch hier, und wir wissen nicht, was los ist.«

Sie nickte. »Das werde ich.« Sie hatte ohnehin keine Lust, jetzt allein zu sein.

Er beugte sich vor und drückte ihr einen schnellen Kuss auf die Lippen. »Wir sehen uns auf der Ranch.«

»Pass auf dich auf«, sagte sie zu ihm. »Du hast keine Armee von Menschen um dich herum wie ich.«

»Das werde ich. Ich rufe Seb an und lasse ihn mich dort treffen, falls er nicht schon auf dem Weg ist.«

»Okay.«

Er schenkte ihr ein beruhigendes Lächeln und drehte sich um, joggte zu seinem Truck. Sie wandte sich wieder Declan zu, während Thomas einstieg und davonfuhr.

»Was ist passiert?«

Declan runzelte die Stirn. »Jemand hat es abgefackelt.«

Rayna wurde bei seinen direkten Worten schwindelig. »Was? Bist du sicher?«

»Ja. Wir haben Spuren von Brandbeschleuniger gefunden. Nach dem Brandmuster zu urteilen, vermutlich Benzin.«

»Warum sollte jemand Raynas Gewächshaus niederbrennen wollen?«, forderte John zu wissen.

»Als Warnung«, erklärte sie ihrem Vater. »Wir haben jemanden verängstigt, indem wir herausgefunden haben, wo Mason gefangen gehalten wurde. Da stecken einige mächtige Leute dahinter.«

»Und sie glauben, dass sie die Ermittlungen stoppen können, indem sie dich terrorisieren?«, fragte Izzy.

Sie zuckte mit den Schultern. »Vielleicht. Wer auch immer es ist, kennt mich oder die Archers nicht sehr gut, wenn das der Fall ist. Masons Sicherheit und die der anderen Kinder ist wichtiger als mein Gewächshaus.«

»Stimmt, aber was ist, wenn sie das nächste Mal ein Gebäude niederbrennen, in dem du dich befindest?«

Rayna runzelte die Stirn. »Das ändert trotzdem nichts. Selbst wenn wir die Macht hätten, Seb dazu zu bringen, die Ermittlungen einzustellen, würden wir nichts ändern.«

»Nun, ich bin sicher, dass Seb euch nach dem, was wir gefunden haben, Schutz anbieten wird«, sagte Declan.

Rayna sah ihre Eltern an. »Vielleicht solltet ihr beiden Urlaub machen.«

Izzy verschränkte die Arme und starrte sie an, während John ihr einen Blick zuwarf, den sie noch aus ihrer Jugend kannte, wenn sie etwas ziemlich Dummes getan hatte und alle es wussten.

»Bitte?« Sie wollte wirklich nicht, dass ihre Eltern in dieses Durcheinander hineingezogen wurden.

Beide schüttelten den Kopf.

»Selbst wenn wir wollten, können wir nicht einfach alles stehen und liegen lassen«, sagte John. »Ich habe eine Ranch zu führen.«

Sie starrte ihn einen Moment an, bevor ihre Schultern herab-
sackten und sie nachgab. »Na gut. Aber versprecht mir, dass
ihr vorsichtig sein werdet? Ich weiß nicht, ob diejenigen, die
das getan haben, nicht auch euch beide ins Visier nehmen
werden.«

»Augen im Hinterkopf, Liebes«, sagte Izzy.

»Gut.« Sie wandte sich an Declan. »Kann ich sehen, was übrig
geblieben ist?«

Er nickte. »Ja. Es ist leider nicht viel. Komm mit, ich bringe
dich rüber.«

Rayna drückte die Hand ihrer Mutter und folgte Declan zu
den Ruinen ihres Gewächshauses. Sie bedeckte ihren Mund,
als sie einen Blick aus der Nähe erhaschte. Tränen stiegen in
ihren Augen auf, aber sie wischte sie weg. Es war nur ein
Gebäude. Sie hatte eine Versicherung. Aber sie hatte ihr Herz-
blut und ihren Schweiß in das Gewächshaus und die Pflanzen
darin gesteckt. Es würde lange dauern, es wieder aufzubauen. Sie betete, dass es Thomas' Praxis besser ergangen war
als ihrem Gewächshaus. Er bot der Gemeinde einen dringend
benötigten Dienst. Der Verlust seiner Praxis wäre erheblich.

»Was passiert jetzt?«, fragte sie Declan.

»Ich werde den Brandermittler des Bundesstaates holen
lassen, um das zu bestätigen, was ich vermute. In der
Zwischenzeit kannst du deine Versicherungsgesellschaft
anrufen und deine Schadensmeldung einleiten.«

Sie seufzte. Immerhin hatten sie ihren Marktstand und die
Lagerhallen verschont.

~

THOMAS FUHR AUF DEN PARKPLATZ SEINER PRAXIS. SEB WAR
bereits da. Als er neben ihm parkte, blickte er nach seinem

Bruder und bemerkte die zerbrochenen Glasscherben, die auf dem Boden verstreut lagen. Die Eingangstüren waren zertrümmert.

»Scheiße.« Er stieg aus seinem Truck. »Seb?«

Sein Bruder streckte den Kopf aus dem Inneren der Praxis. »Du kannst reinkommen, aber pass auf, wo du hintrittst. Überall liegen Glasscherben.«

Das war nicht übertrieben. Es knirschte unter seinen Stiefeln, als er auf die Tür zuging. Er trat durch den leeren Türrahmen und nahm die Zerstörung in Augenschein. Beide Glastürsets waren verschwunden.

»Ist das alles, was sie angerichtet haben?«

»Längst nicht. Komm, ich zeig's dir.«

Thomas folgte Seb zum hinteren Teil der Praxis, wobei sich ein ungutes Gefühl in seinem Magen breit machte, als sie sich dem Vorratsraum näherten – wo er alle seine Medikamente aufbewahrte. Seb blieb in der Türöffnung stehen und deutete auf den Raum.

»Sie haben einige der Untersuchungsräume und Operations- säle durchwühlt, aber dieser Raum hat den Hauptschaden abbekommen.«

Thomas stählte sich und trat neben seinen Bruder, um hinein- zusehen. Er zog scharf die Luft ein, als er das Chaos über- blickte. Das gesamte Glas aller Medizinschränke war zerschlagen. Das Schloss am Kühlschrank hing an einer einzigen Schraube, die Tür stand offen, und die Regale darin waren leer.

»Oh, das ist schlimm«, sagte Thomas. »Da waren eine Menge Fläschchen mit vielen kontrollierten Substanzen drin.« Seine Augen fuhren über die leeren Regale. »Es sieht aus, als hätten sie alles mitgenommen.« Er fuhr sich mit den Händen übers

Gesicht und sah dann Seb an. »Der Straßenwert dieser Medikamente liegt bei Tausenden von Dollar.«

»Ja. Ich werde die örtlichen Strafverfolgungsbehörden benachrichtigen, damit sie die Ohren offen halten für jeden, der so etwas verkauft.«

»Wenn es die Smiths waren, die das getan haben, fürchte ich, dass sie es für andere Zwecke verwenden werden.«

Seb presste seine Lippen zu einer schmalen Linie zusammen. »Vielleicht. Ich bin ziemlich sicher, dass sie neben Kindern auch Drogen verkauft haben. Sie sind neulich in großer Eile abgehauen. Wir haben Drogenutensilien im Keller gefunden. Genug, um darauf hinzudeuten, dass sie dealten. Deine Vorräte zu stehlen, schlägt zwei Fliegen mit einer Klappe. Es sendet dir eine Botschaft und gibt ihnen einen Geldzufluss, damit sie sich woanders niederlassen können.«

»Dann müssen wir sie finden, bevor das passiert. Wenn sie mit diesen Kindern das Gebiet verlassen, finden wir sie vielleicht nie wieder.«

»Ich hoffe, wir bekommen einen Hinweis durch den Einbruch hier. Dein Sicherheitssystem ist hochmodern, und soweit ich sehen kann, haben sie die Kameras nicht deaktiviert.«

»Lass uns nachsehen.« Thomas wirbelte herum und ging zu seinem Büro.

Er setzte sich an seinen Schreibtisch und weckte seinen Computer, gab sein Passwort ein. Als der Desktop erschien, klickte er auf das Symbol der Alarmanlage und ging dann zum Abschnitt für Videoaufnahmen.

»Hier«, er schob sich zurück und stand auf. »Mach du es. Außer jemand, der meine Eingangstür zerschlägt, weiß ich nicht, wonach ich suchen soll.«

Seb nahm seinen Platz ein und öffnete die Aufnahmen für die Lobby. Er schob den Abspielbalken zurück, bis er zu dem Punkt kam, an dem die Türen zerschellten, und notierte den Zeitstempel, bevor er zur Außenkamera wechselte. Ein Mann stand vor den Türen, aber sein Kopf war gesenkt und von einer Mütze bedeckt, sodass sie sein Gesicht nicht sehen konnten.

Thomas neigte den Kopf und studierte die Gestalt. Er zeigte auf den Bildschirm. »Was hat er in der Hand?«

Seb beugte sich näher heran und kniff die Augen zusammen. »Es sieht wie eine Waffe aus.« Er spulte die Aufnahmen einige Sekunden zurück, und der Mann stand etwas weiter weg und richtete eine Handfeuerwaffe auf die Türen.

»Spiel es ab.«

Seb klickte auf Abspielen, und sie sahen zu, wie der Mann vier Schüsse auf das Gebäude abfeuerte. Das Glas in den Türen splitterte und fiel dann wie ein Vorhang aus Eisregen zu Boden. Der Mann ging vorwärts, zögerte einen Moment, als sich ihm jemand anschloss, dann rannten sie in die Klinik.

»Das war keine Frau«, sagte Thomas, als Seb die Bildschirme wechselte.

»Nein. Die Smiths haben Freunde.« Er startete das Video von der Lobby. Die beiden Männer rannten nach hinten durch, und Seb folgte ihnen auf den Kameras. In der Apotheke räumten die Männer seine Vorräte aus und füllten eine Sporttasche, die der zweite Mann trug. Seb schaltete zurück zu den Kameras in den Fluren, als die Männer von Raum zu Raum gingen, bevor sie wieder nach vorne rannten.

»Da!«

»Ja!« Seb fror das Bild auf der Rückansicht eines älteren beigen Ford Explorer ein. Das Kennzeichen war sichtbar. Er drückte ein paar Tasten, um einen Screenshot zu machen, öffnete dann Thomas' E-Mail und schickte ihn an Katie und sich selbst. »Das könnte der Durchbruch sein, den wir brauchten. Wenn wir diese beiden finden können, könnten sie uns zum neuen Versteck der Smiths führen.« Er schob sich vom Schreibtisch weg. »Ich werde eine Fahndung nach diesem Fahrzeug herausgeben. Die Spurensicherung sollte jederzeit hier eintreffen, um den Ort zu untersuchen.«

»Sie haben den Empfangstresen nicht angerührt. Kann ich den Computer dort benutzen, um Patienten anzurufen?«

Seb nickte und hob sein Telefon ans Ohr. »Ruf auch Dad und Brady an. Sie können Sperrholz herbringen, um die Türen abzudecken, bis du sie ersetzen lassen kannst.«

Thomas nickte und ließ ihn seine Arbeit machen, während er in die Lobby ging, um seine zu erledigen. Es würde eine lange Nacht werden.

DAS VIEH AUF DEN WEIDEN ENTLANG DER ZUFAHRT ZUR BROKEN Bow hob die Köpfe, um Raynas Truck anzustarren, als sie vorbeifuhr. Sie und Thomas hatten beide den ganzen Vormittag Termine mit ihren Versicherungsagenten und der Bank, um die Schadensmeldungen einzuleiten, deshalb hatten sie Mason früher bei Brady abgesetzt. Sie wusste, dass sie wahrscheinlich irgendwo bei der Arbeit waren und es noch eine Weile sein würden, aber sie musste mit Tara sprechen. Das Durcheinander mit ihrem Gewächshaus und Thomas' Praxis hatte ihre Emotionen durcheinandergebracht, und sie brauchte dringend eine ihrer Freundinnen, die ihr half, damit klarzukommen. London hatte ein Haus voller Gäste, und Macy musste ein Café führen. Taras Restaurant öffnete erst heute Nachmittag, also war sie hier.

Sie fuhr in Taras Einfahrt und schaltete den Motor aus, stieg aus. Auf der Veranda zögerte sie einen Moment, bevor sie anklopfte, ein Teil ihrer Schuldgefühle wegen Fetter kam wieder hoch. Tara hatte ihr mehr als einmal gesagt, dass sie Rayna nicht die Schuld gab, aber Thomas' Feindseligkeit wegen der ganzen Geschichte nagte immer noch an ihrem Hinterkopf. Nach Wochen, in denen sie geglaubt hatte, er würde ihr die Schuld geben, hatte sie noch nicht ganz verarbeitet, dass er eifersüchtig und nicht wütend war. Sie wusste es, aber ihre Gefühle hatten noch nicht ganz aufgeholt.

Sie holte tief Luft und klopfte an die Tür. Einen Moment später schwang sie auf.

»Hey«, sagte Tara mit einem Lächeln. »Was machst du hier?« Sie trat zurück, damit Rayna hereinkommen konnte.

»Ich muss Mason in einer Weile abholen, aber ich wollte vorher mit dir reden.«

Tara schloss die Tür und runzelte die Stirn. Sie studierte Raynas Gesicht, bis sie sich wie ein Käfer unter dem Mikroskop fühlte. »Wenn es um diesen Idioten, Fetter, geht, halte ich dich jetzt auf. Ich habe dir mehrmals gesagt, dass ich dir nicht die Schuld gebe. Du musst das loslassen.«

Rayna schnaubte und ließ sich auf die Couch sinken, drückte ein Dekokissen an ihre Brust. »Es geht zum Teil darum. Wie kannst du keinen Groll gegen mich hegen? Ich habe ihm alle möglichen Details über dein Leben erzählt. Ich weiß, dass er Claybaugh auf dich angesetzt hat, aber er kannte spezifische Details über dein Leben wegen mir.«

Tara setzte sich neben sie und winkte ab. »Du hattest keine Ahnung, wer er war. Ich auch nicht wegen seiner Narben, und ich habe viel Zeit mit ihm verbracht, als wir im Nahen Osten waren. Hör auf, dir selbst Vorwürfe zu machen.« Sie kniff die Augen zusammen. »Hat das etwas mit meinem Idiot von Zwilling zu tun?«

Rayna konnte das Kichern, das sich befreite, nicht unterdrücken. »Ein bisschen. Obwohl er zugegeben hat, dass er mehr eifersüchtig als wütend war.«

»Also, wo liegt das Problem?«

Sie seufzte. »Ich schätze, ich habe einfach Schwierigkeiten, mir selbst zu verzeihen, dass ich so ein Idiot war. Im Nachhinein betrachtet hätte ich mehr Fragen stellen sollen. Seine Zurückhaltung, euch kennenzulernen, war ein riesiges Warnsignal, aber ich habe es akzeptiert, weil ich dachte, er wäre wegen seiner Narben einfach schüchtern. Jetzt, wo ich weiß, wer er ist, bin ich erstaunt, dass ich ihn überhaupt dazu gebracht habe, dich zu treffen.«

»Ich nicht. Jared hatte ein Ego von der Größe Alaskas. Er hat wahrscheinlich einen großen Kick daraus gezogen, mich an der Nase herumzuführen. Und dich zu täuschen. Er hat herausgefunden, dass du es liebst, anderen zu helfen, und hat das ausgenutzt. Nichts von dem, was passiert ist, ist deine Schuld. Kannst du mir jetzt glauben, wenn ich sage, dass dir vergeben ist? Weil es nichts zu vergeben gab.«

Rayna nickte, ihr Herz war etwas leichter. Tara hatte recht. Jared hatte eine Frau gesehen, die versuchte, das Gute in jedem zu finden, und hatte das ausgenutzt. Sie sollte auf niemanden außer ihm wütend sein. Und er war tot, also musste sie einfach weitermachen.

»Gut. Jetzt lass uns über Thomas reden.« Sie gab Rayna ein freches Lächeln. »Wir wurden gestern Abend vom Feuer und dem Einbruch abgelenkt, also konnte ich nicht fragen, wie euer Date verlaufen ist.«

Rayna stöhnte und rutschte auf der Couch nach unten, lehnte den Kopf gegen das Kissen. »Seltsam.«

»Seltsam?«

»Seltsam. Er hat mich während der Weingutführung und des Abendessens kaum berührt. Als wir wieder im Truck waren, um nach Hause zu fahren, habe ich ihn damit konfrontiert. Er sagte mir, er versuchte, seine Hände im Zaum zu halten, weil wir vereinbart hatten, die Sache langsam anzugehen. Ihn stundenlang nah, aber nicht berührend zu haben, ließ mich erkennen, dass ich kein "langsam" wollte, und das habe ich ihm gesagt. Er hielt an und die Dinge wurden, nun ja, hitzig.« Ihr Gesicht errötete, und sie räusperte sich, bevor sie fortfuhr. »Die Vorderseite eines Trucks ist nicht der beste Ort für all das, also fuhren wir weiter. Meine Zweifel kamen wieder hoch, und als ich sagte, dass alles ein bisschen verrückt sei, sagte er mir, dass er nie aufgehört hatte, mich zu lieben.«

Tara keuchte und bedeckte ihren Mund. Sie quietschte und ergriff Raynas Hände. »Heißt das, ihr zwei seid wirklich wieder zusammen?«

Rayna zuckte mit den Schultern. »Mom rief an, um mir vom Feuer zu erzählen, bevor wir weiter darüber reden konnten. Ich konnte auf diese Bombe nicht einmal reagieren.«

»Liebst du ihn noch?«

Sie atmete tief ein, hielt die Luft für einen Moment an, während sie in ihrem Herzen suchte. Es fiel ihr nicht schwer zuzugeben, dass sie Thomas liebte - als Freund. Aber liebte sie ihn als mehr als das? Tief im Inneren war sie ziemlich sicher, dass sie es tat. Niemand hatte sie je so fühlen lassen wie er. Kam nicht einmal in die Nähe. Sie stöhnte und bedeckte ihr Gesicht mit dem Kissen, bevor sie Tara ansah. »Ja? Ehrlich gesagt, bin ich einfach so verwirrt. Du weißt, dass ich für keinen anderen Mann das gefühlt habe, was ich für deinen Bruder fühlte, aber ich bin mir einfach nicht sicher, ob ich ihm vertrauen kann, dass er bleibt.«

»Das verstehe ich. Thomas kann kindisch und unreif sein, aber Ray, ich habe ihn noch nie so gesehen wie jetzt.«

Rayna runzelte die Stirn. »Wie meinst du das?«

»Er ist anders.« Sie legte einen Finger an ihr Kinn, während sie versuchte, die richtigen Worte zu finden. »Nicht so sehr, dass er ernster ist, sondern einfach – erwachsener, vielleicht? Ehrlich gesagt erinnerte er mich beim Abendessen an Seb. Ich denke wirklich, dass er bereit ist, sesshaft zu werden. Der Junge, den du gefunden hast, hat etwas in ihm verändert. Keiner von euch beiden will ihm nur helfen. Es ist mehr als das. Ich glaube, Mason wird mehr als nur als Rancharbeiter bleiben.«

Rayna starrte geradeaus, während sie darüber nachdachte. Ihre Gefühle für Mason waren genauso kompliziert wie ihre Gefühle für Thomas, nur auf eine andere Weise. Es bestand kein Zweifel, dass sie sich um den jungen Mann sorgte. Aber sah sie ihn als Sohn an? Er war etwas zu alt dafür, dass sie so fühlte, aber es hielt sie nicht davon ab, für ihn da sein zu wollen, so wie ihre Eltern für sie da waren. Ihm all die Dinge beizubringen, die er in den letzten sieben Jahren verpasst hatte. Und sie hatte Thomas mit ihm gesehen. Die Dynamik zwischen den beiden war die eines Vaters und eines Sohnes.

Sie stöhnte wieder auf, schloss für einen kurzen Moment die Augen und blickte dann zur Decke. »Das Leben ist kompliziert.«

Tara lachte. »Du predigst zum Chor.«

Rayna seufzte. »Nun, du hast mir definitiv etwas zum Nachdenken gegeben.«

»Gut. Jetzt, wo ich dich wieder auf den richtigen Weg gebracht habe, lass uns über meine Hochzeit sprechen.« Tara gab ihr ein freches Grinsen, das Rayna zum Lachen brachte.

»Mit anderen Worten, ich sollte nicht in meinem Kopf bleiben, richtig?«

Tara kicherte. »Genau.«

»Okay, gut«, sagte sie und lächelte ihre Freundin an. »Worüber willst du sprechen?«

»Mein Kleid. Das, das ich ausgesucht habe, wird bis zur Hochzeit nicht passen. Ich hatte nicht mit Zwillingen gerechnet, als ich es gekauft habe.«

»Hmm... Hol es, und lass uns sehen, was ich mir einfallen lassen kann.«

Sie stand auf, um ihr Kleid zu holen. Rayna fuhr sich mit einer Hand durchs Haar und atmete tief aus. Vielleicht hatte Tara recht, und sie sollte mit dem Strom schwimmen. Es wäre nicht das erste Mal, dass sie etwas überanalysiert hatte. Ein Teil des Grundes, warum sie seit Thomas nicht viele langfristige Beziehungen hatte, war, dass sie Dinge auseinandergenommen und bei jedem Mann, mit dem sie ausgegangen war, Fehler gefunden hatte, sich im Wesentlichen selbst sabotierend. Sie hatte nach einem perfekten Mann gesucht, der nicht existierte, weil sie nicht wieder verletzt werden wollte. Vielleicht sollte sie dem neuen Thomas eine Chance geben, ohne durch die Vorurteile der Vergangenheit zu schauen.

Nachdem Rayna fertig überlegt hatte, wie sie Taras Kleid anpassen konnte, um ihren schnell wachsenden Bauch unterzubringen, stieg sie wieder in ihren Pickup und fuhr zum Haupthaus, um zu sehen, ob Jenny wusste, wo Brady und Mason waren. Als sie am Gebäude vorbeifuhr, das die Archers für Wartungsarbeiten nutzten, bemerkte sie Thomas' Pickup neben einem Airstream-Wohnwagen. Sie überlegte einen Moment, ob sie anhalten sollte. Ihr früherer Gedanke, mit ihm noch einmal von vorne anzufangen, ging ihr durch den Kopf, und sie trat auf die Bremse und steuerte auf den Wohnwagen zu.

Sie parkte neben ihm, stieg aus, ging die Metallstufen hinauf und öffnete die Tür.

Thomas blickte von seiner knienden Position vor dem Ofen auf. »Hey.«

Sie lächelte und lehnte sich gegen den Türrahmen. »Hi. Was machst du hier? Warum bist du nicht bei der Arbeit?«

Er stand auf. »Die Klinik ist wegen des Einbruchs geschlossen. Ich habe heute Morgen alles Nötige für den Versicherungsantrag erledigt. Ich hatte ein paar Farmbesuche, dann nichts mehr, also habe ich beschlossen, diesen Ort aufzuräumen. Was machst du hier draußen? Ich dachte nicht, dass Mason schon fertig ist.«

»Vermutlich ist er das auch noch nicht. Ich war bei Tara. Ich war auf dem Weg zu deinen Eltern, um zu sehen, ob deine Mutter etwas weiß, als ich deinen Truck gesehen habe.«

Er trat auf sie zu, und ihr Herz schlug schneller.

»Also hast du einfach beschlossen anzuhalten?«, fragte er mit gesenkter Stimme, während er auf sie herunterblickte.

Sie schluckte schwer. »Jep.«

Er kam noch ein bisschen näher. »Nun, da du schon hier bist, könnten wir doch etwas Spaßiges machen?« Dieses teuflische Lächeln, das sie so sehr liebte, breitete sich auf seinem gut aussehenden Gesicht aus.

Herr, erbarme dich! Sie holte tief Luft durch die Nase. »Wie was?«

Er beugte sich vor, sein Mund nur Zentimeter von ihrem entfernt. »Wie-« Er richtete sich auf und hielt ihr seinen Putzlappen vors Gesicht. »Hilf mir beim Putzen.«

Rayna blinzelte zweimal, dann lachte sie. Sie nahm den Lappen und schubste ihn zurück. »Schlingel. Okay, ich helfe dir.«

Er grinste, ging zur Arbeitsfläche und nahm einen anderen Lappen. »Gut. Mir war nicht klar, was für ein Chaos hier herrscht. Ich bin schon ein paar Stunden hier und bin noch nicht mal über die Küche hinausgekommen.«

Sie sah sich um und bemerkte das veraltete Aussehen des Wohnwagens. Staub klebte an den Oberflächen, und Flecken verunstalteten den Stoff der Polster. »Wir müssen die

Vorhänge abnehmen und die Bezüge von den Polstern abziehen und waschen.«

Er nickte. »Ja. Ich hatte vor, sie heute Abend mit nach Hause zu nehmen, damit wir das machen können.«

Ein Kribbeln durchfuhr sie, als ihr bewusst wurde, dass er ihr Haus als Zuhause betrachtete. Einst hatte sie sich ein Zuhause mit Thomas vorgestellt, aber das fühlte sich wie ein Leben zuvor an.

»Willst du den Ofen fertig machen, während ich im Bad anfange?«, fragte er.

»Klar.« Sie würde viel lieber einen Ofen putzen als eine Wohnwagen-Toilette. Besonders wenn man bedachte, dass sein Vater den Airstream wahrscheinlich für Jagdausflüge benutzt hatte.

Thomas nahm eine Flasche Reinigungsmittel, während sie niederkniete, um mit dem Ofen zu beginnen. Er hatte bereits einiges geschafft, also dauerte es nicht lange, bis sie fertig war. Sie blickte sich um, nahm einen sauberen Lappen und begann zu entstauben. Es lag eine Schicht Schmutz auf allem, sogar auf den Wänden.

Als sie fertig war, kletterte sie auf das Schlafsofa, um die Vorhänge abzunehmen, aber das Polster rutschte unter ihr weg, und sie verlor das Gleichgewicht und knallte gegen die Wand.

»Au.« *Verdammt, das tut weh.* Sie drückte ihren Handballen gegen ihre Stirn, direkt über ihrer Augenbraue.

»Ray? Bist du okay?«

»Mir geht's gut. Hab mir nur den Kopf gestoßen.«

»Lass mich sehen.« Er kam zu ihr und zog ihre Hand weg.

Sie rümpfte die Nase und blickte nach oben. »Mir geht's wirklich gut.«

»Mmm-hmm.« Seine Finger tasteten die Stelle ab, was sie zusammenzucken ließ. Es war etwas empfindlich, aber nichts Schlimmes. In ein paar Minuten würde sie es nicht einmal mehr spüren.

Die Luft um sie herum veränderte sich, als sich ihre Blicke trafen. Sie knisterte vor Bewusstsein und ließ ihre Haut kribbeln. Er strich mit den Fingern an der Seite ihres Gesichts entlang und glitt in ihr Haar, um ihren Hinterkopf zu halten. Ihre Augen schlossen sich wie von selbst, während sie sich in dem Gefühl seiner Berührung verlor. Sie spürte, wie er sich näherte, und sein Atem hauchte über ihren Mund, einen Moment bevor seine Lippen die ihren berührten.

Rayna schwankte ihm entgegen und ließ ihre Handflächen auf seiner Brust ruhen. Er brachte seine andere Hand hoch, um ihr Gesicht zu umfassen, und vertiefte den Kuss. Sie krallte ihre Finger in sein Hemd und hielt sich mit aller Macht fest, während ihr Kopf sich drehte und Gänsehaut über ihre Haut ausbrach, ausgehend von seinen Händen in einer Welle.

Er lehnte sich zurück, um auf sie hinabzusehen, mit Hitze in seinen Augen. Sie starrte zurück, begierig darauf, seinen Mund wieder auf ihrem zu spüren. Sie streckte sich und verschmolz ihre Lippen erneut mit seinen. Er stieß ein leises Grunzen der Überraschung aus, dann schlang er seine Arme um sie und zog sie an seine Brust. Rayna fuhr mit ihren Händen nach oben und vergrub sie in seinem Haar.

Sie hatte vermisst, wie er sie fühlen ließ. Der elektrisierendbrennende Rausch, den sie jedes Mal bekam, wenn er sie küsste.

Sie ließ sich zurückfallen, um auf dem Polster zu sitzen, und zog ihn mit sich. Thomas' langer Körper bedeckte ihren, als sie sich zurücklehnte. Sein Mund verließ ihren, um über ihren Kiefer zu wandern und sich wieder mit der Stelle unter ihrem Ohr vertraut zu machen, die ihre Augen immer nach hinten rollen ließ. Sie zog an den dunklen Strähnen seines Haares, als seine Hände um ihre Rippen herum wanderten, um ihre Brüste durch ihr langärmliges T-Shirt zu umfassen. Rayna stöhnte, als er mit seinen Daumen über die Spitzen strich.

»Ich hatte vergessen, wie sehr du das magst«, murmelte er an ihrem Ohr. »Mal sehen, woran ich mich noch erinnern kann.« Er knabberte an dieser Stelle, und ihr stockte der Atem.

»Da ist eine.« Er küsste sich um ihren Hals herum, um seine Zunge in die Höhlung ihrer Kehle zu tauchen. Er rutschte ein bisschen nach unten, schob ihr Shirt hoch und beugte dann den Kopf, um ihren Brustkorb unter ihren Brüsten zu küssen, wobei seine Nase die Unterseiten liebkoste.

Sie versuchte auszuatmen, aber ihre Lungen verweigerten den Dienst. Als er seinen Kopf hob, um sie anzusehen, holte sie tief Luft.

Er grinste. »Da sind zwei.«

Rayna stöhnte und schloss ihre Augen. Würde er wirklich ihren ganzen Körper hinunterfahren, um all die Stellen wiederzuentdecken, die sie in einen Wirbel versetzten?

Thomas rutschte weiter ihre Beine hinunter, seine Finger öffneten den Knopf ihrer Jeans. Er schob den Stoff beiseite, um federleichte Küsse auf ihre Hüftknochen zu drücken und dann an der Haut über ihnen zu knabbern. Ihre Hüften hoben sich wie von selbst.

»Drei.«

Als seine Zunge hervorkam, um den Bund ihres Höschens nachzuzeichnen, überflutete eine Welle von Hitze ihren Kern.

Okay, das reicht.

Sie streckte die Hand aus und packte Handvoll seines Hemdes, zog ihn zu sich zurück, damit sie ihn wieder küssen konnte. Er drückte sie mit seinem köstlichen Gewicht in das Polster.

Da sie seine Haut gegen ihre spüren wollte, sammelte sie sein Hemd in ihren Händen und zog es hoch. Er setzte sich auf und zog es aus, enthüllte all diese herrlichen Muskeln, die mit dunklem Haar bedeckt waren, ihrem Blick.

»Du bist dran.«

Sie setzte sich auf und zog ihr Shirt aus, ließ aber ihren BH an Ort und Stelle. Sie erinnerte sich, wie er es mochte, ihn selbst auszuziehen.

Er streckte die Hand aus, um mit einem Finger entlang des Randes einer Schale zu fahren, und hinterließ eine Spur von Gänsehaut. Sein Finger krümmte sich über den Rand, und er zog ihn nach unten, dann beugte er sich vor, um ihre Brustwarze in den Mund zu nehmen.

Rayna konnte das Keuchen nicht zurückhalten, als er mit ihrer Brust spielte und dabei Hitzewellen entlang ihrer Nervenenden sandte. Er ließ mit einem Ploppen los, griff nach hinten, um das Kleidungsstück zu öffnen und es ihr auszuziehen. Seine Augen wurden zu bodenlosen Tiefen, als er sie in sich aufnahm. Eine Röte kroch über sie, die der Hitze des bereits lodernden Feuers noch hinzufügte.

Seine Hände kamen zu beiden Seiten ihres Kopfes zur Ruhe, während er über ihr aufragte. »Du hast keine Ahnung, wie sehr ich das vermisst habe. Dich vermisst habe.«

Oh, sie hatte eine ziemlich gute Vorstellung davon, wenn es irgendwie dem nahe kam, was sie fühlte.

»Hör auf zu reden.« Sie konnten später reden. Jetzt wollte sie nur seinen Körper auf ihrem. Er hatte sie angeheizt und all diese Stellen gefunden, die er früher geliebt hatte. Sie wollte, dass er den Job zu Ende brachte.

Rayna schloss ihre Finger um seinen Nacken und zog ihn herunter. Diese Elektrizität kehrte mit voller Wucht zurück, als ihre Münder wieder miteinander verschmolzen. Ihre Hände fuhren über die Linien von Muskeln und Knochen an seinen Seiten und seinem Rücken, dann nach unten, um unter den Bund seiner Jeans zu gleiten. Sie grub ihre Nägel in das Fleisch seines Hinterns und hob ihre Beine an beide Seiten seiner Hüften, damit er sich gegen sie legen konnte.

Thomas brach ihren Kuss ab und starrte auf sie herab. »Ray, bist du sicher?«

War sie das? Er hatte sie schon immer in Brand setzen können. Das würde sich nie ändern. Aber wenn sie das durchzogen, würde sich alles andere ändern. War sie bereit, ihr Herz wieder zu riskieren? Zu sagen, dass sie mit ihm neu anfangen wollte, und es tatsächlich zu tun, waren zwei verschiedene Dinge. Konnte sie riskieren, dass er ihr Herz nicht wieder in Stücke zerschmetterte?

Ein Bild von ihm, wie er Mason neulich tröstete, tauchte in ihrem Kopf auf. Dann dachte sie daran, wie er sich die Mühe gemacht hatte, ihm eine neue Garderobe zu kaufen. Und Eis. Vielleicht hatte Tara Recht, und er hatte sich verändert. Wenn sie nein sagte und sie aufhörten, würde sie es bereuen, nicht zu sehen, wohin das führen könnte?

Als sie in seine dunklen Augen blickte, erkannte sie, dass die Antwort darauf ja war. Das würde sie. Sehr sogar. Denn Thomas war und würde immer der perfekte Mann für *sie* sein.

Sie hob ihren Kopf und fing seinen Mund mit ihrem ein. Bei der Berührung entwich ihm ein atemloser Seufzer. Dann war es, als hätte sie einen Schalter umgelegt. Seine Hände waren überall gleichzeitig und erzeugten ein Summen in ihrem ganzen Körper, so intensiv, dass sie das Gefühl hatte zu vibrieren. Als er an ihrer Jeans zerrte und versuchte, sie auszuziehen, hob sie ihre Hüften und half ihm, schob sie an ihren Beinen hinunter und kickte sie zusammen mit ihrer Unterwäsche auf den Boden.

»Du trägst zu viele Klamotten«, murmelte sie gegen seinen Mund. Sie schlängelte ihre Hände zwischen sie, um seine Hose zu öffnen, und streifte dabei seine Erektion.

Er stöhnte und legte eine Hand über ihre. »Du lässt mich besser machen, sonst kommen wir nicht weit.«

Sie warf ihm ein freches Lächeln zu, zog aber ihre Hände zurück. Er stand lange genug auf, um seine Hose und Boxershorts abzustreifen, wobei er Rayna einen Augenschmaus bot.

Ihr lief das Wasser im Mund zusammen, ebenso wie in Teilen weiter südlich, als sie sich satt sah. Sie hatte nie vergessen, wie er aussah – ein Mann wie Thomas war schwer zu vergessen – aber die Erinnerung war im Laufe der Jahre verblasst. Jetzt war er hier in all seiner Herrlichkeit.

Dieses schelmische Lächeln von ihm kehrte zurück, als er ein Kondom aus seiner Brieftasche nahm und wieder über sie kletterte. »Gefällt dir, was du siehst?«

Sie kicherte und legte eine Hand um ihn. Sein Atem entwich ihm in einem Rauschen.

»Durchaus möglich, ja.«

Er knurrte. »Du klingst nicht sehr sicher. Vielleicht sollte ich deine Erinnerung daran auffrischen, wie gut wir zusammen sind.« Seine Stimme sank gefährlich tief, das Grollen vibrierte durch sie hindurch.

Sie biss sich auf die Lippe und schloss ihre Augen. »Ja, bitte.«

Rayna hörte das Knistern der Kondomverpackung, dann spürte sie, wie er ihren Eingang neckte. Sie kämpfte dagegen an, ihre Beine um ihn zu schlingen und sich einfach selbst aufzuspießen. So gut es sich auch anfühlen würde, es wäre für beide viel zu schnell vorbei, wenn sie die Dinge überstürzte.

Seine Finger strichen federleicht über ihr Gesicht, und sie öffnete die Augen, um zu sehen, wie er mit einem zärtlichen Ausdruck auf seinem hübschen Gesicht auf sie herabblickte.

»Mir ist klar, dass du mir wieder dein Vertrauen schenkst. Ich verspreche, nichts zu tun, was das untergraben könnte.«

Sie gab ihm ein zittriges Lächeln und umrahmte seinen Kopf mit ihren Händen. »Ich weiß.«

Er küsste sie und drang gleichzeitig in sie ein. In ihrem Kopf explodierten Feuerwerke, und sie gab sich der Flut von Empfindungen hin.

~

»Ist das alles?«, fragte Thomas, als Rayna die Polsterbezüge auf dem Rücksitz ihres Trucks ablegte.

Sie nickte und schloss die Tür.

Er verstaute die letzten Putzmittel, die er mitgebracht hatte, in der Ladefläche seines Pickups und ging zu ihr, drängte sie gegen ihr Fahrzeug. »Gut.« Sein Mund krachte auf ihren. Verlangen riss durch ihn hindurch. Er wollte eine Wiederholung von vorhin. Die Leidenschaft in ihrem Kuss deutete darauf hin, dass sie das auch wollte.

Aber es wurde spät, und sie hatten Verpflichtungen. Er zog sich zurück. Sie seufzte und lehnte ihre Stirn für einen Moment gegen sein Schlüsselbein, bevor sie zu ihm aufblickte.

Er brummte zustimmend zu ihrer stummen Beschwerde. Die reale Welt rief, und das gefiel ihm auch nicht. Er ließ sie los und trat zurück, um etwas Abstand zwischen sie zu bringen und seinem Gehirn eine Chance zu geben, den Nebel zu lichten, in den sie ihn versetzt hatte.

»Wir müssen gehen.«

»Ich weiß.« Sie runzelte die Stirn. »Heißt nicht, dass es nicht trotzdem blöd ist.«

Er grinste. »Ja.« Er beugte sich hinunter, unfähig, einem letzten Kuss zu widerstehen. »Aber wir werden später Zeit für mehr finden.«

Sie ballte ihre Hände in seinem Hemd und küsste ihn zurück.

Thomas stöhnte und zog sich zurück, bevor sie ihn dazu verführen konnte, sie in den Truck zu schieben und sie noch einmal zu nehmen. »Brady wird nach uns suchen, wenn wir nicht bald auftauchen.«

Rayna kicherte. »So lustig es auch wäre, Mr. Vernünftig zu schockieren, du bist der einzige Archer, den ich interessiert bin, mich nackt zu sehen.«

Er knurrte. »Verdammt richtig.« Er drückte einen letzten harten Kuss auf ihren Mund und trat zurück. »Komm, lass uns den Jungen holen und nach Hause gehen.« Was er gesagt hatte, registrierte sich, und er hielt inne.

Sie starrte ihn an, ebenso überrascht. »Es fühlt sich an, als wären wir eine Familie, nicht wahr?«

Er atmete durch die Nase ein und nickte. »Ja. Und es gefällt mir.«

Ihr Lächeln war strahlend. »Mir auch.« Sie drehte sich auf dem Absatz um und ging zur Fahrerseite ihres Trucks, um einzusteigen.

Thomas musste sich mental stark zusammenreißen, um das alberne Grinsen von seinem Gesicht fernzuhalten. Er hätte nie gedacht, dass er mit Rayna an diesen Punkt gelangen würde, nachdem er es vor all den Jahren so schlimm vermasselt hatte. Es war immer noch nicht bei ihm angekommen, dass sie wirklich versuchen würden, es funktionieren zu lassen.

Er sammelte sich und joggte zu seinem Pickup, stieg ein und folgte ihr vom Airstream zum Haupthaus. Sie hatten länger im Wohnwagen verweilt als er beabsichtigt hatte. Es würden zweifellos einige Fragen aufkommen.

Er hielt hinter dem Haus seiner Eltern an, parkte neben Bradys Fahrzeug und stieg aus. Rayna traf ihn vor den Autos, und sie gingen hinein. Seine Mutter blickte vom Herd auf, als sie durch die Hintertür eintraten.

»Wir haben uns schon gefragt, wann ihr auftauchen würdet. Ich wusste, dass der alte Airstream schmutzig war, aber so schlimm hatte ich es nicht gedacht.«

»Ja.« Thomas steckte seine Hände in die Taschen, um zu verhindern, dass er Rayna neben sich berührte. Er wollte immer noch diese Verbindung mit ihr, aber er war nicht sicher, ob sie bereit war, dass die Welt erfuhr, dass sich die Dinge geändert hatten. »Es war ein Chaos.«

Jenny begann zustimmend zu nicken, aber sein Ton muss etwas verraten haben, denn sie hielt inne und verengte ihre Augen. Genauso schnell weiteten sie sich. »So schmutzig war er nicht. Ihr hattet Sex darin!«, zischte sie.

Rayna wurde in zehn Rottönen rot, während Thomas stöhnte und zur Decke blickte. Er hob eine Hand. »Mensch, Mama. Wirklich? Ich bespreche das nicht mit dir. Ich bin kein Teenager mehr, also geht es niemanden etwas an, was Rayna und ich tun, außer uns selbst.«

Ihre Stirn runzelte sich. »Doch, wenn jeder auf euch stoßen könnte. Brady wollte gerade nach euch suchen. Und Mason wollte mit ihm gehen. Willst du, dass dieser Junge das sieht? Nach allem, was er durchgemacht hat?«

Er runzelte die Stirn zurück, wissend, dass sie Recht hatte, aber es hasste, es zuzugeben.

»Wir werden in Zukunft vorsichtiger sein, Jenny«, sagte Rayna. »Können wir bitte nicht darüber reden?«

Jennys Ausdruck wurde sanfter, als sie Rayna ansah. »Natürlich, Liebes.« Sie stellte ihren Löffel ab und ging zu den beiden hinüber. Sie legte ihre Hände auf Raynas Schultern und lächelte. »Ich bin so froh, dass ihr beide die Dinge geklärt habt.« Sie zog Rayna in ihre Umarmung und gab ihr eine feste Umarmung, bevor sie sich zurückzog. »Ich hatte gehofft, dass ihr beide zur Vernunft kommen würdet. Es scheint, dass der Junge mehr verändert hat als nur sein eigenes Leben.«

Rayna erwiderte ihr Lächeln. »Das hat er. Und egal, was von hier an passiert, wir werden ihm immer dankbar sein, dass er uns geholfen hat, ein paar Dinge zu erkennen.«

Jenny tätschelte Raynas Wange. »Gut.« Sie drehte sich zurück zum Herd. »Bleibt ihr alle zum Abendessen?«

Thomas sah zu Rayna hinüber. Ihre Augen telegraphierten, was er dachte. Sie waren bereit, nach Hause zu gehen.

»Ich denke, wir sind versorgt, Mama, aber danke.«

Sie winkte ab. »Sicher. Mason ist im Wohnzimmer mit deinem Vater.«

»Danke.« Er hielt am Herd an, um ihr einen Kuss auf die Wange zu geben, bevor er Rayna aus dem Raum und den Flur hinunter folgte.

»Wow«, sagte Rayna und blieb in der Türöffnung stehen.

Thomas kam hinter ihr an, um zu sehen, was los war, und seine Augen weiteten sich. Jedes Foto, das seine Eltern je gemacht hatten, war im Raum verstreut.

Brady schaute auf, sein Gesichtsausdruck verriet, dass er nicht wusste, wie die Situation ihm entglitten war. Thomas' Mundwinkel zuckte bei dem Blick der Bestürzung seines älteren Bruders, aber irgendwie behielt er ein ernstes Gesicht.

»Was ist mit all den Fotos?«

Lee grinste von seiner Position auf der Couch zu ihm hoch, dann zuckte er mit den Schultern. »Ich habe Mason gefragt, ob er einige Bilder von dir sehen möchte, als du ein Junge warst. Es ist irgendwie ausgeartet.«

Thomas lächelte dann. »Das sehe ich.« Er blickte zu Mason. »Etwas Interessantes gelernt?«

Ein Mundwinkel des jungen Mannes hob sich, und er sah Thomas von der Seite an. »Du hattest einige, ähm, andere Frisuren in deinen Teenager-Jahren.«

Rayna kicherte. Er warf ihr einen Blick gespielter Verärgerung zu.

»Du musstest diese Bilder finden, nicht wahr, Dad?«

Lee lachte. »Natürlich. Sie gehören zu meinen Lieblingen.«

»Hmm. Ja. Meine Punkrock-Phase hat Spaß gemacht.« Er hatte einige Monate lang einen wild gefärbten Irokesenschnitt getragen. Sowie einen rasierten Kopf. Er erinnerte sich auch an eine seltsame, stachelige Frisur – vor der Irokesen-Zeit.

»Ich mochte die Lederjacke«, sagte Rayna. »Sie war sexy.«

Er wackelte mit den Augenbrauen, was sie zum Lachen brachte, bevor er sich wieder zu seinem Vater wandte. »Ich nehme an, wir sollten dir helfen, all das aufzuräumen, bevor wir gehen.«

»Unsinn. Ich habe sie alle herausgeholt. Außerdem gibt es einige, die ich deiner Mutter zeigen möchte. Geht ihr ruhig nach Hause.«

»Bist du sicher?«

»Ja.«

»Okay. Mason, bist du bereit zu gehen?«

Der junge Mann erhob sich von seinem Stuhl. »Ja.«

Thomas wandte sich an Brady. »Danke, dass du heute mit ihm abgehangen hast.«

»Jederzeit. Es hat Spaß gemacht. Der Junge hat ein echtes Talent für die Rancharbeit. Er war großartig mit den Pferden.«

»Echt?« Thomas sah zu Mason, der ihm ein scheues, aber stolzes Lächeln gab. »Sei nicht schüchtern, Kleiner. Steh dazu. Hat dir deine Zeit mit Brady gefallen?«

Mason straffte die Schultern und nickte. »Ja. Ich mochte es wirklich sehr, mit den Tieren zu arbeiten. Brady ist ein großartiger Lehrer.«

»Nun, das ist einfach, wenn man einen Schüler hat, der begierig ist zu lernen und Informationen wie ein Schwamm aufsaugt.«

Mason wollte wieder den Kopf senken, aber er fing sich selbst und gab Brady stattdessen ein dankbares Lächeln.

Thomas zerzauste sein Haar. »Komm schon. Lass uns sehen, was wir für das Abendessen auftreiben können. Rayna und ich haben uns einen Appetit erarbeitet.« Er warf ihr einen Blick zu, ein teuflisches Funkeln in seinen Augen. Ihre Augen weiteten sich ein wenig, als sie ihm stumm sagte, er solle den Mund halten.

»Wobei?«, fragte Mason.

»Bei der Arbeit an einer Überraschung für dich.«

»Eine Überraschung? Für mich?«

Rayna hakte einen Arm bei Mason ein. »Ja. Sie ist noch nicht ganz fertig. Thomas neckt gerne Leute und bringt sie zum Zappeln, während sie warten. Aber bald.«

Thomas seufzte. »Sie hat mich durchschaut. Seit Jahren. Lass uns gehen.« Er sah zu seinem Vater und seinem Bruder. »Wir sehen euch später.«

Lee hob eine Hand zum Abschied, und Brady nickte ihnen zu.

Thomas drehte sich um und ging in Richtung Küche. Wärme durchflutete seine Brust, im Wissen, dass er zwar nicht zu seinem Haus ging, aber dennoch nach *Hause*.

Neunzehn

Thomas pfiff leise vor sich hin, während er arbeitete. Er war wieder dabei, den Airstream zu reinigen – diesmal allein. Rayna war beschäftigt mit Hochzeitsvorbereitungen mit Tara, und Mason hatte darum gebeten, Brady wieder helfen zu dürfen. Er selbst hatte Bereitschaft für Notfälle auf dem Hof, und bisher war es ruhig geblieben.

Er warf das Wischtuch, das er für die Wände im Bad benutzt hatte, in den Müllsack und band ihn zu. Alles, was er noch tun musste, war die Polster zu füllen und die Vorhänge wieder aufzuhängen, die Rayna neulich gewaschen hatte.

Draußen schlug eine Autotür zu und Schritte polterten die Metallstufen des Wohnwagens hinauf, einen Moment bevor die Tür aufging und Seb seinen Kopf hereinsteckte.

»Du bist nicht derjenige, den ich durch diese Tür kommen sehen wollte«, sagte Thomas.

Seb grinste und warf den Kopf zurück, fuhr mit den Fingern durch die Haare, die über seine Stirn fielen. »Was? Ich bin genauso hübsch wie deine Freundin.«

Thomas lachte. »Nicht mal annähernd.«

»Was auch immer. Meine Frau würde da widersprechen.«

»Da bin ich mir sicher.« Er nahm ein Kissen und begann, es in einen sauberen Bezug zu stopfen. »Warum dachtest du, ich würde auf Rayna warten?«

»Wen sonst würdest du sehen wollen?« Seb nahm das zweite Kissen und den Bezug. »Und außerdem habe ich gehört, dass Anklopfen beim Eintreten empfohlen wird.«

Thomas hielt in seiner Aufgabe inne. »Wo hast du das gehört?« Er konnte sich nicht vorstellen, dass Mom etwas zu Seb gesagt hatte.

»Mom.«

Oder vielleicht doch.

»Ich habe beim Haus angehalten, um ihnen ein paar Leckereien zu bringen, die London gemacht hat. Als ich erwähnte, dass ich deinen Truck hier parken gesehen hatte und dass ich mit dir reden wollte, sagte sie mir, ich solle sicherstellen, dass ich anklopfe, falls Rayna auch hier wäre. Dann hat sie mit den Augenbrauen gewackelt und gegrinst.«

Thomas räusperte sich und machte den Reißverschluss des Kissens zu, warf es dann auf die Bank. »Es ist wahrscheinlich keine schlechte Idee.«

»Du könntest auch immer die Tür abschließen.« Seb grinste. »Aber ich bin nicht gekommen, um über dein Sexleben zu reden.«

»Das ist eine Erleichterung.«

Sebs Lächeln wurde breiter, bevor er ernst wurde. »Ich bin gekommen, um dir ein Update zu geben. Katie hat das Bild des Fahrzeugs vom Einbruch in deiner Klinik demselben Freund gegeben, der das Bild aus Claybaughs Haus verbessert hat, und er hat wieder seinen Zauber wirken lassen, um uns ein Kennzeichen zu besorgen. Ich habe es überprüft und es gehört zwei Brüdern, die im nordwestlichen Teil des Landkreises leben. Frank und Jeremiah Draper. Jace ist heute hinaufgefahren und hat ihre Adresse ausgekundschaftet. Er konnte nicht zu nahe herankommen, weil das Grundstück eingezäunt ist, aber er konnte durch die Bäume hindurch mehrere Fahrzeuge sehen.«

Aufregung ließ Thomas' Herz einen Schlag aussetzen. »Das könnte der Ort sein, an dem sich die Smiths mit den Kindern verstecken.«

»Genau das habe ich auch gedacht. Und da wir keine Beweise haben, die die Drapers mit den Smiths in Verbindung bringen – nur mit dem Einbruch in deiner Klinik – musste ich Stillwaters Anwalt nicht mitteilen, dass ich Haftbefehle für beide Männer und einen Durchsuchungsbefehl für ihr Grundstück beantragt habe. Jace stellt ein Team zusammen, und wir gehen bei Tagesanbruch los.«

»Seb, das sind großartige Neuigkeiten!«

»Ja, aber mach dir keine zu großen Hoffnungen. Oder Rayna und Mason. Wir könnten dort nichts anderes finden als die Drogen, die sie von dir gestohlen haben.«

Thomas seufzte. »Ja. Okay. Ich werde sicherstellen, dass sie das verstehen. Hast du etwas über den Brand bei Rayna?«

»Wahrscheinlich nichts, was du nicht schon wusstest«, sagte Seb, schloss den Reißverschluss seines Kissens und stellte es neben das, das Thomas fertiggestellt hatte. »Es war Brandstiftung, und sie benutzten Benzin. Ohne Kameras oder Zeugen haben wir nichts.«

»Das habe ich befürchtet.« Er streckte sich, um die Vorhangstange abzunehmen.

Seb nahm einen Vorhang, der auf der Arbeitsplatte lag. »Hoffentlich bekommen wir morgen ein paar Antworten. Es ist wahrscheinlich, dass die Drapers diejenigen waren, die Raynas Gewächshaus abgefackelt haben.«

»Ich weiß. Es stört mich einfach, dass sie es auf sie abgesehen haben.«

Seb führte den Vorhang über die Stange. »Ich weiß, wie sich das anfühlt. Aber wir haben ein paar anständige Spuren, was verdammt viel mehr ist, als ich hatte, als Marsters hinter London her war.«

Thomas breitete den Vorhang über die Stange aus. »Ja.« Warum also konnte er das Gefühl nicht abschütteln, dass der morgige Einsatz zu mehr Problemen führen würde? »Kommt dir das nicht ein bisschen zu einfach vor?«

Seb runzelte die Stirn. »Was meinst du?«

»Ich meine, diese Leute betrieben jahrelang eine ausgeklügelte Organisation für Menschen- und Drogenhandel, ohne dass jemand etwas merkte. Dann schicken sie zwei Schläger – die ihr eigenes Auto benutzen – um meine Klinik zu überfallen und wahrscheinlich Rays Gewächshaus abzufackeln, was uns direkt zu ihrem stark befestigten Haus in Reichweite des Anwesens der Smiths führt? Komm schon, Mann. Das kann nicht so einfach sein.«

»Ich verstehe, was du meinst, aber es gibt keine Garantie dafür, dass die Smiths sich bei den Drapers verstecken. Wir wissen nicht einmal mit Sicherheit, ob alle Verbrechen miteinander verbunden sind.«

»Das ist Schwachsinn, und das weißt du auch.«

»Das tue ich. Es ist zu viel Zufall. Aber es gibt keine Beweise, die alles miteinander verbinden. Ich kann Leute nicht wegen

Menschenhandels anklagen, basierend auf Zufällen und meinem Bauchgefühl.«

Frustration brodelte in Thomas' Magen. Er riss den anderen Vorhang von der Arbeitsplatte und schob ihn mit ruckartigen Bewegungen auf die Stange. »Hör zu, alles, was ich sage, ist, sei vorsichtig. Ich weiß, ich bin nicht der Polizist, aber irgendetwas daran fühlt sich nicht richtig an.«

»Das werden wir sein. Ich habe die Deputies zusammengetrommelt, denen ich vertraue, um bei dem Einsatz zu helfen, und ich habe sie alle zur Verschwiegenheit verpflichtet. Sie werden nicht wissen, dass wir kommen.«

»Sag niemals nie, Seb. Vor ein paar Wochen dachte ich, ich würde nie wieder eine Chance mit Rayna bekommen, und sieh an, wo ich jetzt bin.«

Sebs Mundwinkel zuckte, und er hob eine Augenbraue. »Du vergleichst meinen Drogeneinsatz mit deiner Beziehung?«

Thomas verdrehte die Augen. »Nicht ganz. Es geht mir um dasselbe Prinzip. Das Unmögliche ist möglich. Bitte – versprich mir einfach, dass du vorsichtig sein wirst?«

»Das weißt du doch.«

Thomas kletterte auf die Bank, um den Vorhang aufzuhängen. Sein Bauch rumorte immer noch, aber es war nicht nur Frustration, die daran nagte. Sorge machte einen gesunden Teil aus. Er konnte das Gefühl nicht abschütteln, dass der Einsatz nicht so ausgehen würde, wie sie es sich wünschten.

»Mason. Hast du-« Rayna brach ab, als sie das Marktgebäude betrat. Er saß auf einer umgedrehten Kiste, sein Gesichtsausdruck angespannt, als er auf die Kartons mit

Marmelade und Dörrfleisch starrte, die er eigentlich einräumen sollte, ohne eines davon wirklich zu sehen.

Sein Blick schnellte zu ihr hoch, und er sog tief Luft ein, der Nebel lichtete sich in seinen Augen. »Hey.« Er räusperte sich und schaute nach unten, nahm zwei Gläser, um sie ins Regal zu stellen. »Tut mir leid, das sollte nur eine Minute dauern, bis ich fertig bin.«

Sie runzelte die Stirn und ging zu ihm hinüber, zog eine Kiste mit sich, damit sie sich neben ihn setzen konnte. »Geht es dir gut?«

Er nickte knapp und füllte weiter die Regale. Sie legte eine Hand über seine.

»Mason. Was ist los? Und sag mir nicht nichts. Du warst vielleicht nicht lange hier, aber ich habe gelernt, deine Stimmungen zu lesen. Was bedrückt dich?«

Er ließ das Paket Dörrfleisch, das er in der Hand hielt, zurück in die Schachtel fallen und drehte sich um, um sie anzusehen. Tränen schwammen in seinen Augen. »Was ist, wenn sie sie nicht finden?«

»Dann suchen wir weiter. Sebastian ist sehr hartnäckig. Die Smiths können nicht ewig auf der Flucht bleiben, besonders nicht mit Seb auf ihren Fersen.«

»Nicht die Smiths. Die anderen Kinder. Was ist, wenn sie nicht dort sind? Ich habe sie einfach dort zurückgelassen. Ich hätte – etwas tun können!« Er brach in Schluchzen aus, und Rayna zog ihn in ihre Arme. Sie fragte sich, wann einiges davon rauskommen würde. Er war sehr schweigsam gewesen, was seine Gefühle über die Situation betraf.

»Du hast nichts falsch gemacht. Du warst in keinem Zustand, um jemandem zu helfen. Ehrlich gesagt sind wir alle überrascht, dass du lange genug überlebt hast, um hierher zu kommen.« Sie zog sich zurück, um sein Gesicht in ihre Hände zu nehmen und ihn dazu zu bringen, sie anzusehen. »Wenn du angehalten hättest, um deinen Freunden zu helfen, hätten die Smiths dich wieder gefangen – oder Schlimmeres. Ihre beste Chance warst du, der Hilfe findet, was du getan hast. Seb und Jace tun alles, was sie können, um die anderen zu finden. Du musst ihnen vertrauen.«

Er schniefte, und sie ließ ihn los. »Ich versuche es«, sagte er und wischte sich die Tränen vom Gesicht. »Ich wünschte nur, ich hätte mehr getan. Dass ich jetzt mehr tun könnte, als nur hier zu sitzen und zu warten.«

»Ich weiß. Ich wünschte auch, ich könnte mehr tun. Aber unsere Arbeit beginnt, wenn sie diese Kinder finden. Sie werden einen sicheren Ort brauchen, genau wie du ihn hattest, mit Menschen, die ihnen beim Heilen helfen.«

Mason runzelte die Stirn. »Du wirst uns alle aufnehmen?«

Sie lächelte. »Wahrscheinlich nicht. Mein Haus ist nicht groß genug. Aber du kannst verdammt sicher sein, dass ich dafür sorgen werde, dass sie in Häuser kommen, die sie richtig behandeln. Du allerdings, du bleibst genau hier, bis du gehen willst.«

Er schenkte ihr ein wässriges Lächeln. »Ich weiß nicht, warum du und Thomas ein kaputtes Kind wollen, aber ich bin dankbar für alles, was ihr für mich getan habt. Es fühlt sich immer noch wie ein Traum an. Ich warte darauf, dass die Blase platzt.«

»Keine Blase. Wir wollen dich hier haben. Du bist nicht der Einzige, der durch diese Situation gerettet wurde. Thomas und ich – nun, wir hatten in letzter Zeit einige Probleme. Die Sorge um dich, dir zu helfen, hat uns gezwungen, zusammenzuarbeiten. Wir haben einiges geklärt und sind an einem besseren Ort, als wir es seit sehr langer Zeit waren. Ohne dich wäre das vielleicht nicht passiert.«

»Du liebst ihn, oder?«

»Sehr. Schon seit ich sechzehn war. Ich wollte alles mit ihm, aber er war nicht bereit. Wenn ich zurückblicke, war ich es wahrscheinlich auch nicht. Aber jetzt sind wir es. Mason, selbst wenn Thomas und ich niemals eigene Kinder haben sollten, bin ich damit einverstanden, weil wir dich haben. Es ist mir egal, dass du erwachsen bist und mehr Mist durchgemacht hast als die meisten Menschen, die doppelt so alt sind, oder dass ich kaum alt genug bin, um deine Mutter zu sein. Ich möchte, dass du diesen Ort – mich und Thomas – als Zuhause betrachtest.«

Seine Tränen kamen zurück, und eine löste sich, um seine Wange hinunterzulaufen. »Wirklich?« Seine Stimme kam als gebrochenes Flüstern heraus.

Rayna schniefte ihre eigenen Tränen zurück und lächelte strahlend. »Wirklich. Du wirst für immer ein Zuhause hier haben.«

Er drückte sie in einer festen Umarmung, seine Schultern zitterten still. »Danke«, flüsterte er.

Sie umarmte ihn zurück. »Gern geschehen.« Sie löste sich und wischte seine Tränen weg. »Komm schon. Lass uns das hier fertig machen und dann nachsehen, was meine Mutter so treibt. Als ich gestern vorbeischaute, waren sie fast ohne Kekse, also wette ich, dass eine frische Ladung nur darauf wartet, gegessen zu werden. Dad liebt Kekse, also lässt Mom sie nie ausgehen. Und sie backt gerne am Morgen. Sie sagt, der Duft hilft, den Ton für den ganzen Tag zu setzen.«

Er holte tief Luft und nickte. »Okay. Das klingt gut.«

Raynas Herz schmerzte, so voll war es. Oh, wie sie diesen Jungen liebte.

Gemeinsam arbeiteten sie Seite an Seite, um das Einräumen zu beenden. Innerhalb weniger Minuten hatten sie die Kartons geleert und die Regale gefüllt und waren auf dem Weg zum Haus ihrer Eltern.

Sie zog an der Hintertür und ging hinein. Izzy blickte vom Herd auf, wo sie damit beschäftigt war, Tomaten umzurühren. Leere Einmachgläser standen auf der Arbeitsplatte zu ihrer Rechten. Sie lächelte ihnen zu. »Hallo.«

»Hallo, Mom. Wir sind wegen Keksen gekommen.«

Sie verdrehte die Augen. »Natürlich seid ihr das. Du bist schließlich die Tochter deines Vaters.« Sie lachte und deutete mit einem Kopfnicken in Richtung der Arbeitsplatte. »Sie sind dort drüben.«

»Mason, hol die Milch aus dem Kühlschrank.« Rayna ging zum Schrank rechts von der Spüle, um für jeden ein Glas zu holen. »Willst du auch etwas, Mom?«

Izzy klopfte ihren Löffel gegen den Rand des Topfes und legte ihn in die Löffelablage auf dem Herd. »Ich denke, ich könnte eine Pause einlegen.«

Rayna füllte drei Gläser mit Milch und gab Mason zwei Kekse. Izzy hielt einen Finger hoch, also reichte sie ihr einen einzelnen Keks, dann nahm sie zwei für sich selbst.

»Wo ist Dad?«

»Die Hühner haben wegen irgendetwas gackert. Er ist nachsehen gegangen.« Sie blickte auf die Uhr. »Eigentlich ist er schon eine Weile weg. Er sollte längst zurück sein.« Sie stellte ihre Milch ab und machte einen Schritt in Richtung Tür, aber Rayna berührte ihren Arm.

»Ich gehe nach ihm sehen. Du behältst deine Tomaten im Auge.«

»Oh, okay.«

Rayna stellte ihre Milch und ihren übrigen Keks auf die Arbeitsplatte und zeigte dann mit dem Finger auf Mason, verengte die Augen. »Iss nicht meinen Keks.«

Er grinste und stopfte den Rest seines zweiten in den Mund.

Izzy lachte. »Es gibt noch viel mehr. Geh deinen Vater suchen.«

Sie verdrehte die Augen, aber lächelte. »In Ordnung.« Sie öffnete die Hintertür, trat hinaus und joggte zum Hühnerstall.

»Dad?« Sie schaute sich im Hof um und bemerkte, dass das, was die Herde verärgert hatte, weitergezogen sein musste. Sie alle pickten jetzt am Boden und gackerten nur gelegentlich.

Sie lief die kurze Rampe zum Hühnerstall hinauf und schob die Tür auf. »Dad?« Sie trat über die Schwelle. Eine Bewegung zu ihrer Linken fiel ihr ins Auge, und sie keuchte. »Dad!« Er saß in der Ecke, gefesselt mit einem alten Seil, ein Lappen in seinen Mund gestopft.

»Oh mein Gott! Was ist passiert?« Sie kauerte vor ihm und zog den Stoff aus seinem Mund, machte sich dann an die Seile um seine Handgelenke, die vor seinen gebeugten Knien in der Nähe seiner Knöchel gebunden waren.

»Ich bin rausgekommen, um nach den Hühnern zu sehen, und jemand hat mich von hinten getroffen. Sie zogen mich hier herein, während ich benommen war, und fesselten mich. Sie sind hinter dem Jungen her. Sie fragten mich, wo er war, und ich sagte ihnen, ich wüsste es nicht. Da stopften sie mir diesen schmutzigen Lappen in den Mund.«

Scheiße! Ihr Herz begann doppelt so schnell zu schlagen. »Ich habe ihn in der Küche mit Mom gelassen.«

Seine Augen weiteten sich. »Wir müssen gehen. Sie haben wahrscheinlich gesehen, wie du aus dem Haus gegangen bist.«

Sie attackierte die Fesseln um seine Füße und hatte das Gefühl, dass sie nicht lockerer wurden, bis sie plötzlich abfielen.

John kickte das Seil weg und krabbelte auf die Füße, schob sie in Richtung der Tür. »Lass uns gehen!«

Sie rannten über das Gras und erschreckten die Hühner erneut. Er kam vor ihr am Haus an und riss die Tür auf.

Rayna, die ihm dicht auf den Fersen war, kam schlitternd zum Stehen, als er direkt hinter der Tür erstarrte. Sie spähte um ihn herum und sah einen Mann mit sandfarbenem Haar in den späten Vierzigern, der eine Waffe auf Izzy richtete. Mason stand in der Nähe der Spüle und starrte ihn wütend an.

Der Mann drehte seine schlammfarbenen Augen zu ihr und ihrem Vater, bot ihnen ein Lächeln an, das seine Augen nicht erreichte. »Willkommen zur Party. Kommt herein und schließt die Tür.«

John stand da, sein Gesicht hart. »Lass meine Frau gehen.«

Das Lächeln des Mannes verschwand, und er presste die Waffe an Izzys Schläfe. Izzy sog scharf die Luft ein. Rayna grub ihre Finger in das Hemd ihres Vaters und presste ihre Lippen zusammen. Er vibrierte vor Wut unter ihren Händen.

»Du gibst hier nicht die Befehle. Ich sagte, kommt herein und schließt die Tür.«

Rayna gab ihrem Vater einen leichten Schubs. Er machte zwei Schritte nach vorne. Rayna folgte ihm und schloss die Tür mit einem Fußtritt.

»Zufrieden?« fragte John.

»Ich sehe, woher deine Tochter ihren Kampfgeist hat.« Er ließ seinen prüfenden Blick über sie wandern. »Meine Kunden mögen so etwas. Und du bist sehr hübsch.«

Mason knurrte und machte einen Schritt auf den Mann zu.

Er schwenkte die Waffe von Izzy weg, um sie auf Mason zu richten, was ihn zum Halten brachte. »Was ist in dich gefahren, Junge? Sag mir nicht, dass du dich in sie verliebt hast. Hätte nie gedacht, dass du was für ältere Frauen übrig hast.«

Wut flammte in Raynas Brust auf, heiß brennend. Sie trat um ihren Vater herum. »Lass ihn in Ruhe.«

Der Mann blickte zu ihr, dann schaute er noch einmal genauer hin, als er ihr Gesicht studierte. »Warte.« Er blickte zwischen ihr und Mason hin und her, dann lachte er. »Oh, das ist großartig. Er ist nicht in dich verliebt. Er will, dass du seine *Mami* bist.«

John trat neben seine Tochter, was das Lachen des Mannes unterbrach. »Was willst du?«

»Oh, das ist einfach. Ich will den Jungen.« Er wandte harte Augen auf Mason. »Ich habe nicht gesagt, dass er gehen darf.«

»Ich gehe nicht mit dir mit, Jim.«

»Doch, das wirst du. Oder«, er richtete die Waffe auf Rayna, »Mutti Liebste hier stirbt. Deine Wahl.«

»Tu es nicht, Mason«, flehte Rayna. »Er wird uns sowieso töten.«

»Im Gegenteil, Frau Nydert. Ich bin nicht im Geschäft, eine Spur von Leichen zu hinterlassen. Wenn Mason friedlich mitkommt, werde ich euch drei einfach gefesselt zurücklassen. Ich bin sicher, Dr. Archer wird euch irgendwann finden.«

»Woher weißt du so viel über uns?« fragte Rayna.

Er lächelte. »Ich habe überall kleine Vögelchen. Nun«, er schaute zu Mason, »kommst du mit? Oder muss ich deine neuen Freunde erschießen?«

Masons Gesicht schwankte, während ihre Sicht verschwamm. »Nein«, flüsterte sie.

Er starrte zurück, wobei etwas von dem Kampfgeist seine Schultern verließ. »Es tut mir leid«, sagte er, bevor er Jim anschaute. »In Ordnung. Wenn du ihnen nichts tust, gehe ich mit dir.«

Jims Lächeln war strahlend. »Gut.« Er wandte sich zu Izzy. »Frau Nydert, ich bin sicher, eine gute Köchin wie Sie hat irgendwo Küchengarn. Wo ist es?«

Izzy starrte ihn an und sagte nichts.

Er spannte den Hahn und zielte auf Rayna. »*Wo* ist es?«

Sie zog einen tiefen Atemzug durch die Nase. Mit geschlossenen Augen deutete sie auf die Schublade neben dem Herd. Jim trat einen Schritt zurück und öffnete sie, fand den Ball Schnur. Er warf ihn zu Mason.

»Fessele sie. Fang mit Opa an.«

Mason starrte einen Moment auf die Schnur, bevor er tief seufzte und zu John hinüberging.

Rayna streckte die Hand aus, um seinen Arm zu berühren. »Bitte, Mason. Du musst das nicht tun«, flüsterte sie.

»Doch, das muss ich«, flüsterte er zurück. »Er wird dich töten. Ich kann das nicht zulassen.«

»Aber du kannst nicht dorthin zurück.« Eine Träne quoll über und rollte ihr Gesicht hinunter.

»Ich habe einmal überlebt. Ich werde es wieder tun. Aber ich kann dich nicht sterben lassen.«

»Das ist alles sehr rührend«, unterbrach Jim. »Aber wenn du dich nicht beeilst, erschieße ich sie sowieso alle.«

»Tut mir leid«, murmelte Mason. Er band eine Schlaufe in die Schnur und schob sie um Johns Handgelenk.

Izzy, die sah, dass ihr Entführer abgelenkt war, machte einen unauffälligen Schritt nach rechts. Rayna kämpfte darum, ihren Gesichtsausdruck neutral zu halten. Ein Messerblock war nur einen Fuß von der Hand ihrer Mutter entfernt. Sie dachte fieberhaft nach, um einen Weg zu finden, Jim abzulenken.

»Erzähl mir von Gilly«, sagte sie.

Seine Pistole senkte sich ein wenig, als er sie überrascht anstarrte. »Woher weißt du von Gilly?«

»Spielt keine Rolle. Was ist mit ihr passiert? Hat Ryan Marsters sie getötet?«

Jim passte seinen Griff an der Waffe an und verlagerte seine Füße, blickte einen Moment an ihr vorbei, bevor er seinen Blick wieder auf sie richtete. »Was, wenn er es getan hat? Er ist auch tot.«

»Wie viele andere hat er getötet? Und wie konntest du ein Monster wie ihn in die Nähe dieser Kinder lassen? Nach dem, was Mason sagte, sind Kinder für dich und deine Frau 'Investitionen'. Ryan war ein Mörder.«

»Ja, aber er hat sehr gut für unsere Dienste bezahlt. Genug, dass der Verlust eines Kindes hier und da unsere Bilanz nicht sehr beeinflusste.«

Ekel ließ Galle in Raynas Kehle aufsteigen. Er sprach über diese Kinder, als wären sie Waren an der Börse. Sie schluckte schwer und fuhr fort. Izzy war nur eine Handlänge davon entfernt, ein Messer aus dem Block zu bekommen.

»Du bist ein widerliches Stück Dreck. Eines Tages wirst du in der Hölle schmoren.«

Mason war mit John fertig und ging dazu über, ihre Hände zu fesseln.

Jim zuckte mit den Schultern. »Vielleicht. Oder vielleicht werde ich einfach sterben.«

»Lass uns das herausfinden«, sagte Izzy und kam hinter ihm hoch.

Er drehte sich um, um sie anzusehen, konnte aber nicht mehr als seinen Kopf herumdrehen, bevor sie zustach und ein Steakmesser in seinen Rücken rammte.

Er kreischte und drehte sich weg. »Du Schlampe!«

Rayna stieß Mason beiseite und rannte auf Jim zu, als er sich umdrehte und seine Waffe auf ihre Mutter richtete. Sie riss das Messer aus seinem Rücken und stach ihn erneut in den Arm. Er behielt seine Waffe in der Hand, aber sie senkte sich und zeigte auf den Boden. Sie schlug wieder mit der Klinge zu, aber er wich aus. Izzy griff nach einem anderen Messer aus dem Block und stach nach ihm, verfehlte ihn aber, als er einen Schritt zur Seite in Richtung des Herdes hinter ihm machte. Er hob seine Waffe auf Rayna und feuerte. Die Kugel zischte an ihr so nah vorbei, dass sie den Wind an ihrem Ärmel spürte. Sie bohrte sich in die Wand neben der Tür.

Izzy stieß ein Brüllen aus und stürzte sich auf ihn. »Schieß nicht auf mein Baby!«

Im Chaos band Mason John los, der, nun mit freien Händen, ins Handgemenge einstieg. Er packte Jims Handgelenk, um die Waffe wegzuhalten, während er einen Schlag über den Kiefer des Mannes landete. Jim taumelte rückwärts, fing sich schnell und hob seine Waffe wieder, bekam aber keine Chance, sie abzufeuern. Izzy nahm ihren Topf mit Tomaten und kippte ihn über seinen Rücken.

Er kreischte, als der kochende Inhalt sich über ihn ergoss, und ließ endlich seine Waffe fallen. Rayna stürzte sich darauf. Als ihre Finger sie berührten, krachte die Hintertür auf, und ein Schuss hallte durch den Raum, als der Neuankömmling in die Decke feuerte.

Rayna schaute von ihrer Position auf den Knien zurück, ihre Augen weiteten sich.

»Richter Brandt?« sagte John, Schock klar in seiner Stimme.

Oh mein Gott. Was machte er hier? Rayna erhob sich und sah dem Neuankömmling entgegen.

Der ältere Mann trat ins Haus. Eine Frau in Jims Alter, die Anne sein musste, folgte ihm hinein.

»Wurde auch Zeit, dass ihr beiden auftaucht«, sagte Jim, etwas atemlos. »Diese drei sind nicht zu unterschätzen.«

»Warten Sie«, sagte Rayna. »Richter, Sie stecken mit drin? Sie *wussten* es? Die ganze Zeit wussten Sie, dass in diesem Land-kreis Kinder gehandelt wurden, und Sie haben sich auf die Seite der Bösen geschlagen? Was zum Teufel stimmt nicht mit Ihnen?«

»Ich habe mich nicht auf ihre Seite geschlagen, meine Liebe. Ich bin derjenige, der es ihnen vorgeschlagen hat. Jim war vor etwa zwanzig Jahren mein Mandant. Er hatte einen anständigen Drogenhandel am Laufen und war ein schlauer Geschäftsmann. Aber die Polizisten, die ihn verhaftet haben, waren schlampig, und er kam wegen einer Formalität frei. Hat sich für mich als sehr lukrativ erwiesen. Seitdem handeln Jim und Anne mit Drogen *und* Menschen. Ich bekomme einen Anteil von jedem Geschäft und jedem Verkauf. Plus, ich mag die Vergünstigungen.«

Wieder stieg ihr die Galle in den Hals. Sie hätte nie vermutet, dass der sanftmütige Richter, den sie täglich in der Stadt sah und der immer seine Enkelkinder zu ihrem Erntemarkt brachte, ein so böser, verabscheuungswürdiger Mensch war.

Er schaute zu Anne. »Fesseln Sie Herrn und Frau Nydert. Mason, geh rüber zu Rayna und bleib dort.«

Mason, mit verschlossenem Gesichtsausdruck, schritt durch das Durcheinander auf dem Küchenboden, um ihre Seite zu erreichen. Sie hängte sich in seinen Arm ein und hielt fest, entschlossen, den Jungen nicht aus den Augen zu lassen. Anne bewegte sich auf Izzy zu, nahm den Ball Schnur auf. Sie machte kurzen Prozess mit dem Fesseln ihrer Hände, dann band sie sie an ihren Ehemann. Sie schubste beide zu Boden und fesselte sie dann an die Schrankgriffe.

Jim nahm das Geschirrtuch von der Ofentür und wischte an den Tomaten und dem Blut auf seinem Hintern, zuckte zusammen. »Was jetzt, Richter? Sie wissen eine Menge.«

»Jep. Aber das ist okay. Bis die Polizei sie findet, werden wir längst weg sein. Ich bin nicht wirklich im Mordgeschäft. Außerdem, selbst wenn sie frei kommen, werden sie nicht hinter uns her sein. Frau Nydert wird zu beschäftigt sein damit, ihren Ehemann vor dem Verbluten zu bewahren.«

Bevor einer von ihnen auf seine Aussage reagieren konnte, hob er seine Waffe und schoss John in den Bauch.

Izzy schrie auf und zerrte ihre Hände gegen die Fesseln, als sie versuchte, zu dem sich ausbreitenden Blutfleck auf Johns Hemd zu gelangen. »John! Oh mein Gott!«

»Dad!« Rayna lief auf ihn zu, aber Brandt stellte sich vor sie.

»Uh-uh. Du kommst mit uns.«

»Nein!« rief Izzy.

Brandt blickte zu ihr. »Halt den Mund, oder ich jage ihm noch eine Kugel in den Leib.«

Tränen flossen über Raynas Gesicht. »Bitte. Ich werde tun, was immer Sie wollen. Verletzt sie nur nicht mehr.«

»Braves Mädchen.« Er deutete ihr in Richtung der Tür. »Gehen wir.«

Rayna nahm wieder Masons Arm und blickte über ihre Schulter, als der Richter sie aus dem Haus zum SUV schob, der an der Hintertür wartete. Das tränenüberströmte Gesicht ihrer Mutter, gebeugt über ihren Dad, war das letzte, was sie sah, bevor sie ins Auto gestoßen wurde und Anne ihr eine Kapuze über den Kopf warf. Kabelbinder schlossen sich um ihre Handgelenke. Das Einzige, was sie davon abhielt, völlig auszuflippen, war das Wissen, dass Thomas zum Mittagessen nach Hause kommen würde.

Bitte, Gott, lass ihn sie bald finden, bevor ihr Vater verblutet.

Zwanzig

Thomas fuhr auf dem Weg zum Mittagessen zu Hause bei der Polizeistation vorbei, begierig auf ein Update, was Seb bei den Drapers gefunden hatte. Er vermutete, dass sie keine Kinder gefunden hatten, da er noch keinen Anruf bekommen hatte, aber er wollte gerne wissen, was sie sonst noch gefunden hatten. Falls überhaupt etwas.

Mit einem mulmigen Gefühl im Magen öffnete Thomas die Tür. Alaina Wilder saß hinter dem Empfangstresen.

»Hi, Thomas.«

Er lächelte die Polizistin an. »Hi, Alaina. Kannst du mich reinlassen, damit ich mit Seb sprechen kann?«

»Klar.« Die Tür summte, und sie schob einen Besucherausweis durch den Schlitz im Fenster. »Ich bin mir aber nicht sicher, ob dir gefallen wird, was er zu sagen hat.«

Sein Lächeln erstarb. »Super. Danke für die Vorwarnung.« Er nahm den Ausweis und befestigte ihn an seinem Hemd.

Sie nickte, und er öffnete die Tür, eilte durch den Großraum zu dem Büro seines Bruders. Er hörte ihn, bevor er ihn sah. Jemand bekam gerade ordentlich sein Fett weg.

Als er vor Sebs Bürotür anhielt, spähte er durch den Spalt und sah ihn mit finsterem Blick aus dem Fenster starren, das Telefon am Ohr.

»Es ist mir egal, ob du denkst, ich bin verrückt, Dan. Jemand hat Details über den Einsatz durchsickern lassen. Der Ort war blitzblank. Ich weiß, dass es keiner meiner Leute war, weil ich das nur mit einigen wenigen geteilt habe, denen ich vertraue. Es muss aus deinem Büro gekommen sein.« Er machte eine Pause, während er zuhörte. »Ja, nun, du kannst dir deine Wiederwahl sonst wohin stecken. Ich werde dafür sorgen, dass jeder erfährt, wo das Leck ist und warum wir immer noch fünf vermisste Kinder haben.« Er knallte das Telefon auf den Tisch und stützte dann den Kopf in die Hände.

Thomas klopfte mit den Knöcheln an die Tür.

»Ja?« Seb ließ die Hände sinken, mit einem genervten Gesichtsausdruck, bis er sah, wer es war. »Oh. Hey. Ich nehme an, du hast das alles gehört?«

»Jep.« Er setzte sich auf einen der Stühle vor dem Schreibtisch. »Der Einsatz war ein Reinfall?«

»Komplett. Wir haben nicht ein einziges Stück Drogenutensil gefunden oder irgendwelche Anzeichen, dass jemals Drogen in diesem Haus waren. Und alles roch nach Bleichmittel.«

»Und was jetzt?«

Seb seufzte. »Es gibt eine Fahndung nach dem Auto der Drapers. Ich lasse auch Leichenspürhunde vom Staat kommen.«

Thomas' Körperhaltung wurde starr. »Du denkst, die Kinder sind tot?«

»Es ist eine Möglichkeit, ja.«

»Also durchsuchst du das Grundstück der Drapers?«

»Das kann ich nicht. Nicht dafür. Ich habe immer noch keine Beweise, die sie mit den Kindern in Verbindung bringen. Nur mit den Drogen.«

»Verdammt«, murmelte Thomas. »Was nützen dann die Leichenspürhunde? Sie hatten nicht genug Zeit, die Kinder zu töten und zu begraben, als wir ihr Haus gefunden haben.«

»Nein, aber es könnten andere auf dem Grundstück begraben sein. Mason sagte, Gilly und andere seien im Laufe der Jahre verschwunden. Wenn wir eine Leiche finden, könnte Dr. Randall vielleicht Spuren sichern, die uns einen Hinweis geben könnten, mit wem wir es zu tun haben. In der Zwischenzeit gibt es auch Fahndungen nach Frank und Jeremiah. Ich habe ihr Bild an jede Strafverfolgungsbehörde im Staat geschickt.«

»Was, wenn sie nicht im Staat sind?«

»Deshalb habe ich es auch an die Nachbarstaaten und meine Kumpels beim FBI geschickt. Jede Behörde in einem Umkreis von Hunderten von Kilometern sucht nach ihnen. Ich habe die Phantombilder, die wir aus Masons Beschreibungen von Jim und Anne Smith haben, auch an die Nachbarstaaten geschickt.«

Thomas fuhr sich mit den Händen durch die Haare. »Mann, das war nicht das, was ich hören wollte. Ich will jetzt nicht zum Mittagessen nach Hause gehen und Mason sagen müssen, dass die Kinder immer noch irgendwo da draußen sind.«

»Ich beneide dich nicht. Ich wünschte, ich hätte bessere Neuigkeiten.«

»Ja, ich auch.« Thomas erhob sich aus seinem Stuhl. »Wenn du etwas Neues erfährst, rufst du mich an?«

Seb nickte. »Werde ich. Behalte Mason im Auge. Alle Anzeichen deuten darauf hin, dass die Smiths weitergezogen sind und das, was sie bei der Plünderung deiner Klinik bekommen haben, als Kapital nutzen, um ein neues Leben zu beginnen. Aber ich könnte mich irren, und sie warten nur ab.«

Thomas seufzte. »Okay.« Er ging zur Tür. »Wir sehen uns später.«

Seb winkte, und Thomas ging hinaus. Er ließ seinen Besucherausweis auf dem Schreibtisch bei Sergeant Wilder und machte sich auf den Weg zu seinem Truck. Die Fahrt zur Ranch ging viel zu schnell für seinen Geschmack. Er hasste es, Mason zu enttäuschen. Der Junge war nervös gewesen, als Thomas heute Morgen ging, also wusste er, dass diese Kinder ihm durch den Kopf gingen. Dass er besorgt war. Es fühlte sich ein bisschen an, als würde er einen Welpen treten müssen, um ihm sagen zu müssen, dass sie jetzt null Spuren zu seinen Freunden hatten.

Thomas bog in die Einfahrt der Double Moon ein, fuhr zur Rückseite von Raynas Haus, stieg aus und joggte zur Tür, wo er die Küche betrat. Es war still.

»Rayna?« Er wanderte durch das Haus, aber es gab kein Anzeichen von ihr oder Mason. Vielleicht arbeiteten sie noch.

Er verließ das Haus und ging zum Marktgebäude. Es sah nicht vielversprechend aus. Die Fenster waren geschlossen, aber er versuchte trotzdem die Tür, nur um festzustellen, dass sie abgeschlossen war. Stirnrunzelnd überprüfte er die anderen Gebäude in der Nähe. Er eilte von einem zum anderen, aber sie waren alle verschlossen.

Verwirrt sah er sich um. Wo zum Teufel waren sie? Raynas Truck parkte direkt neben seinem, also wusste er, dass sie hier waren. Sein Blick fiel auf das Haus ihrer Eltern. Es war einer der wenigen Orte, an denen er noch nicht nachgesehen hatte.

Er joggte den Weg zwischen den Häusern entlang und die Vorderstufen hinauf. Er klopfte an die Tür und öffnete sie. »Hallo?«

»Thomas! Hilf! Wir sind in der Küche!«

Der panische Ton in Izzys Stimme ließ ihn durch das Haus rennen. »Izzy!« Er bog um die Ecke und kam zum Stehen, als er das Chaos wahrnahm. Sie und John saßen auf dem Boden, ihre Hände an die Schränke gefesselt. Izzy hatte ihr Knie auf den blutigen Bauch ihres Mannes gepresst. »Oh mein Gott! Was ist passiert?« Er hockte sich neben sie und John, der grau im Gesicht war und eine klamme Haut hatte.

»Die Leute, vor denen Mason weggelaufen ist – sie waren hier«, sagte sie, als er ein Messer aus dem Block nahm und die Schnur an ihren und Johns Handgelenken durchschnitt. »Sie haben John angeschossen und Rayna und Mason mitgenommen.«

»Was? Jesus. Okay.« Er zog sein Handy heraus, konnte es kaum mit seinen zitternden Händen halten, und wählte die Nummer seines Bruders.

»Sheriff Archer«, sagte Seb abgelenkt.

»Seb, hier ist Thomas. Ich brauche einen Krankenwagen auf der Double Moon. John wurde angeschossen. Die Smiths waren hier, und sie haben Rayna und Mason mitgenommen.«

»Was? Gott, dieser Fall beißt einfach immer wieder zu, oder?«

Thomas hörte, wie er sich bewegte.

»Wilder! Schick Sanitäter zur Double Moon wegen einer Schusswunde. Travers, ruf den Staat an. Ich brauche einen Hubschrauber in der Luft. Tut mir leid, Thomas«, sagte er und senkte seine Stimme. »Hast du eine Ahnung, wohin sie gegangen sind?«

»Nein. Aber Izzy vielleicht.« Er gab Sebs Frage an sie weiter.

»Ich weiß nicht, wohin sie gegangen sind. Aber Thomas, Richter Brandt war bei ihnen.«

»Was? Warum? Moment.« Er nahm das Telefon vom Ohr und stellte es auf Lautsprecher. »Okay, erzähl Seb, was du mir gerade gesagt hast.«

»Richter Brandt war bei den Smiths. Er hat die ganze Operation orchestriert. Ich weiß nicht, wohin sie gegangen sind, aber ich sah einen dunkelblauen SUV, bevor sie die Tür schlossen. Es sah aus wie ein Jeep.«

»Heilige Scheiße. Du bist sicher, dass es Brandt war?«

»Ja.«

Johns Atmung wurde raspelnd, und sie wandte ihre Aufmerksamkeit ihm zu. »John? Schatz, halt durch, bitte!« Ihre Stimme zitterte, als sie ihn anflehte, am Leben zu bleiben.

»Seb, ich muss los. John geht es nicht gut. Ich muss sehen, was ich tun kann, um ihn zu stabilisieren.«

»Okay. Ich rede bald mit dir.« Er legte auf.

Thomas legte sein Handy weg. »Izzy, wie lange ist es her, dass er angeschossen wurde?«

Sie schniefte heftig. »Eine Stunde, vielleicht? Ich habe versucht, uns zu befreien, um Hilfe zu rufen, aber jedes Mal, wenn ich den Druck von seiner Wunde nahm, blutete er mehr. Ich hatte Angst, dass er verbluten würde, wenn ich nicht an Ort und Stelle bliebe.«

Er sah sich um, nahm ein paar weitere Handtücher aus der Schublade und reichte sie ihr. »Benutze die. Sie werden helfen, das Blut zu stoppen. Ich muss zurück zu meinem Truck laufen und einige Vorräte holen.« Er legte eine Hand auf Izzys. »Ich bin gleich zurück.«

Sie presste ihre Lippen zusammen und nickte. »Beeil dich.«

Thomas stürmte durch die Hintertür und rannte zu seinem Truck. Er riss die Fahrertür auf, sprang hinein, steckte die Schlüssel in die Zündung und holperte über das Gras zu den Nyderts. Er stieg aus, sprang in die Ladefläche des Trucks und schloss die große Truhe auf, in der er tierärztliche Vorräte aufbewahrte. Er nahm mehrere Gegenstände heraus und rannte ins Haus, fiel neben Izzy und John auf die Knie.

»Bitte hilf ihm, Thomas. Es wird schlimmer mit ihm.« Tränen strömten über Izzys Gesicht, als sie ihn ansah.

»Ich beeile mich, Izzy, ich schwöre.« Er zog ein Paar Handschuhe an, riss dann einen Infusionsschlauch und einen Beutel Kochsalzlösung auf und dankte seinem Glücksstern, dass er EMT-Kurse besucht hatte, sodass er all dies auch an einem Menschen durchführen konnte. Er öffnete den Medikamentenkoffer, den er mitgebracht hatte, und nahm Fläschchen mit Kalium und Kalzium heraus, um den durch Blutverlust verursachten Schock zu behandeln, zögerte dann aber. Er kannte die Dosierungen für einen Menschen jedoch nicht.

Eine Idee kam ihm, und er nahm sein Handy heraus und rief Seb erneut an.

»Ja, Thomas.«

»Ich brauche Dr. Randall am Telefon. Ich brauche eine Dosierungsberechnung für Kalium und Kalzium.«

»Warte kurz.«

Thomas grub eine Spritze aus seiner Tasche, während er wartete. Er hörte, wie Seb die Frage in ein anderes Telefon wiederholte, dann eine Pause, bevor er zurückkam und ihm mitteilte, was Randall gesagt hatte.

»Danke«, sagte Thomas.

»Kein Problem.«

Thomas legte auf und zog die Kappe von der Spritze, zog zuerst das Kalium auf. Er fügte es dem Infusionsbeutel hinzu, öffnete dann eine zweite Spritze und zog das Kalzium auf, fügte es ebenfalls dem Beutel hinzu. Er drehte den Beutel mehrmals um, um ihn gut zu mischen, dann versah er ihn mit dem Schlauch und bereitete die Leitung vor.

Er griff nach dem IV-Start-Kit, nahm den Arm des älteren Mannes und legte ihn über seine Knie.

Jesus, er ist grau. Er musste sich beeilen.

Thomas tastete die Armbeuge ab, fand die Vene und säuberte die Haut mit einem Alkoholtupfer, bevor er die Nadel in seinen Arm stach. Er betete, dass die Vene nicht kollabiert war. John hatte viel Blut verloren.

Ein tiefes Rot füllte den Schlauch, und er stieß einen erleichterten Seufzer aus. Er zog die Nadel heraus, klebte den Schlauch fest und schloss die Infusionsleitung an, rollte seinen Daumen über die Klemme, um sie ganz zu öffnen. Während er aufstand und den Beutel hielt, grub er in einer Schublade und fand einen Clip, den er an einer Schranktür befestigte.

»Rück zur Seite, Izzy.«

Sie rutschte zur Seite, damit er an die Wunde an Johns Bauch gelangen konnte. Thomas hob die Handtücher an und zog Johns Hemd weg, wobei er zum zweiten Mal in einer Woche mit einer Schusswunde konfrontiert wurde. Blut sickerte aus dem Loch.

»Ich glaube, die Kugel könnte seine Leber getroffen haben. Wir müssen diese Blutung verlangsamen. Ich denke, ich habe etwas blutstillendes Gel mitgebracht. Kannst du es finden?«

Sie bewegte sich zu dem Haufen Vorräte, die er auf dem Boden abgeladen hatte, und wühlte darin herum. »Das?« Sie hielt ein weißes Päckchen mit einem Applikator darin hoch.

»Genau das.«

Sie reichte es ihm, und er riss es auf, brach die Spitze des Applikators ab und führte die Spitze in Johns Wunde ein. Er stöhnte, öffnete aber nicht die Augen. Thomas spritzte das Gel hinein. »Gib mir etwas Gaze.«

Izzy reichte ihm mehrere Päckchen Gaze, die er schichtweise über die Wunde legte und darauf drückte. John stöhnte erneut, lauter.

»Es tut mir leid, John«, flüsterte Thomas. Wo war dieser Krankenwagen? Er schaute auf seine Uhr. So weit außerhalb der Stadt hatten sie noch mindestens fünf Minuten, bevor er ankommen würde.

»Was jetzt?« fragte Izzy.

Seine Augen trafen ihre. »Ich habe alles getan, was ich kann. Er braucht einen Chirurgen und Blut.«

Sie richtete wässrige Augen auf ihren Mann. »Wird er in Ordnung sein?«

»Ehrlich? Ich bin mir nicht sicher. Er hat viel Blut verloren. Aber er hat so lange durchgehalten, das ist wirklich ein gutes Zeichen.«

Weitere Tränen liefen über ihre Wangen. Sie strich Johns Haar mit zitternden Fingern zurück. »Bitte stirb nicht.«

Thomas holte tief Luft und blickte von ihnen weg, der Schmerz auf Izzys Gesicht war fast zu viel, um ihn zu ertragen. Stattdessen betrachtete er das Chaos um ihn herum, wobei er das Essen und Blut bemerkte, das überall verspritzt war. Die Nyderts hatten ziemlich gekämpft.

»Izzy, hat der Richter oder seine Begleiter etwas Nützliches gesagt? Irgendwelche Hinweise hinterlassen, wohin sie gingen?«

Sie schniefte hart. »Nein. Er sagte nur, sie würden sofort verschwinden. Ich stelle mir vor, sie sind auf dem Weg, obwohl wir sie wahrscheinlich ein wenig verlangsamt haben. Rayna und ich haben beide Jim erstochen und einen Topf kochende Tomaten über ihn geschüttet.«

Thomas blickte auf das Chaos am Herd. »Also ist nicht all dieses Blut von John?«

Sie schüttelte den Kopf.

Er grinste und nahm erneut sein Telefon heraus. »Izzy, ich könnte dich küssen.« Er wählte erneut Sebs Nummer.

»Brauchst du Randall wieder?« fragte Seb anstelle einer Begrüßung.

»Nein. Schick die Spurensicherung sofort hierher. Izzy und Rayna haben Jim erstochen, bevor sie gingen. Sein Blut ist überall, und der Richter sagte, Jim sei in der Vergangenheit wegen Drogendelikten angeklagt worden. Besteht die Möglichkeit, dass seine DNA im System ist?«

»Ernsthaft? Es kommt darauf an, wie lange die Anklage zurückliegt. Das Gesetz zur DNA-Entnahme von Personen, die wegen Schwerverbrechen angeklagt sind, gibt es erst seit etwa zehn Jahren. Aber eines zur Entnahme von Verurteilten gibt es schon seit fast dreißig.«

Thomas runzelte die Stirn. »Nun, dann müssen wir hoffen, dass er vorbestraft ist oder dass Katie einige Fingerabdrücke finden kann. Der Richter sagte, es sei etwa zwanzig Jahre her, dass sie sich trafen.«

»Hmm... Er war damals Anwalt. Ich könnte vielleicht einen Durchsuchungsbefehl für seine Mandantenliste bekommen.«

»Tu einfach, was immer nötig ist. Er hat Rayna und Mason.«

»Ich weiß. Ich werde Katie jetzt anrufen. Sie sollte sich sowieso darauf vorbereiten, zu euch rauszukommen, aber ich werde ihr sagen, dass sie sich beeilen soll.«

»Ich danke dir.«

»Kein Problem. Sie zu finden ist meine oberste Priorität. Halte mich über Johns Zustand auf dem Laufenden.«

Thomas warf einen Blick auf den Mann. Seine Atmung war immer noch rau, aber es sah aus, als ob die Blutung nachgelassen hatte. »Werde ich tun. Danke, Seb.«

»Gern geschehen. Wir sprechen uns bald.« Seb legte auf.

Thomas steckte sein Handy ein. »Die Spurensicherung ist unterwegs.« Er beugte sich über John, um den Tropf und die Verbände noch einmal zu überprüfen, während er inbrünstig darum betete, dass Seb eine Spur finden würde.

KAPITEL
Einundzwanzig

Rayna kniff ihre Augen gegen das helle Licht zusammen, als ihre Kapuze entfernt wurde. Sie blinzelte mehrmals, während sich ihre Augen anpassten, und sah sich um. Sie befanden sich in einer Hütte. Einer sehr schönen, wie es aussah. Ledermöbel standen um einen riesigen Steinkamin, der eine Wand dominierte. Die Decken ragten bis in den zweiten Stock, wo Oberlichter eine Fülle natürlichen Lichts einließen, das mit dem konkurrierte, was durch die Fensterfront zu ihrer Rechten hereinfiel. Zu ihrer Linken hinter dem Richter befand sich eine hochmoderne Küche und ein Esstisch, der groß genug für Thomas' gesamte Familie war.

Sie schaute den Richter an und bemühte sich, die Waffe in seiner Hand zu ignorieren, die auf Mason gerichtet war. »Wo sind wir?«

»An einem vorerst sicheren Ort«, antwortete er. Er blickte zurück zu Anne und Jim. Anne war damit beschäftigt, die Wunden ihres Mannes zu versorgen. Seinem Aussehen nach zu urteilen, bräuchte er einen Arzt und nicht nur die rudimentäre Erste Hilfe seiner Frau.

»Was ist mit meinen Freunden?«, fragte Mason. »Sind sie hier?«

»Sie sind oben.«

Rayna und Mason schauten beide zum Balkon, der entlang des oberen Stockwerks verlief.

»Ihr beide werdet euch ihnen jedoch nicht anschließen. Ich habe einen anderen Ort, an dem ihr euch entspannen könnt, bis es Zeit ist zu gehen.« Er deutete in Richtung eines Flurs, der hinter der Treppe und an der Küche entlang verlief.

Rayna starrte ihn wütend an und blieb standhaft stehen.

Er seufzte. »Frau Nydert, Sie haben mir bereits einige Kopfschmerzen verursacht. Ich bin kein Fan von Töten, aber Sie strapazieren meine Geduld.« Er neigte die Waffe erneut in Richtung des Flurs und hob eine Augenbraue.

Sie schnaubte und begann zu gehen. Wenn sie hier rauskommen wollten, musste sie clever handeln. Das bedeutete, nicht zu sterben.

Sie gingen etwas mehr als die Hälfte des Flurs entlang, bevor er sie zum Anhalten aufforderte.

»Öffnen Sie diese Tür.« Er zeigte auf die Tür zu ihrer Rechten.

Sie streckte die Hand aus und drehte den Knauf, gab der Tür einen Stoß. Sie öffnete sich zu einem großen Badezimmer.

Brandt stupste ihre Schulter mit seiner Waffe an. »Hinein.«

Mit einem bösen Blick über ihre Schulter betrat sie das Badezimmer, Mason folgte ihr. Brandt ergriff den Türknauf und lächelte. »Wenn Sie durstig werden, gibt es einen Wasserhahn.« Er zog die Tür zu, und sie hörte, wie er das Schloss umdrehte, das so montiert war, dass es zum Flur hin zeigte.

Rayna widerstand dem Drang, gegen etwas zu treten. Stattdessen hob sie ihr mit Kabelbinder gefesseltes Handgelenk und zog an dem hervorstehenden Stück, wodurch sie es so fest wie möglich anzog.

»Was machst du da?«

»Ich befreie mich.« Sie zog noch einmal, um sicherzustellen, dass es so fest wie möglich war. »Thomas und ich waren noch zusammen, als Seb sein FBI-Training absolvierte. Er hat uns danach ein paar Tricks beigebracht. Ich habe das seitdem nicht mehr gemacht, aber es ist nicht so schwer.«

Mit dem fest angezogenen Plastik streckte sie ihre Hände vor sich aus und zog sie ruckartig zu ihrem Bauch, während sie gleichzeitig ihre Handgelenke nach außen drehte. Sie sprangen auseinander. Sie schüttelte sie frei und warf den zerbrochenen Kabelbinder auf den Boden.

»Wow.«

Sie grinste. »Du bist dran. Halte die Handballen zusammen, dann zieh den Kabelbinder fest. Zieh deine Arme schnell zu deinem Körper und dreh deine Handgelenke nach außen.«

Er tat, wie sie anwies und befreite sich. »Hätte ich das doch nur schon vor langer Zeit gewusst.«

Rayna hielt inne und schluckte schwer. Das wünschte sie sich auch.

»Was jetzt?«, fragte er und rieb seine Handgelenke.

Sie drehte sich zum Schrank an der Wand und sah ihn kurz an, während sie hinüberging. »Wir versuchen, eine Waffe zu finden.«

»Ich bezweifle, dass sie hier einen Rasierer oder so etwas zurückgelassen haben.«

»Nicht diese Art von Waffe.« Sie wühlte im Schrank und stieß einen leisen Freudenschrei aus, als sie einige kleine Fläschchen mit ätherischen Ölen fand.

»Was hast du gefunden?« Er kam hinter sie.

Sie reichte ihm die Fläschchen und wandte sich wieder dem Schrank zu. »Zum Glück kennt mich Brandt nicht besonders gut. Wenn er das täte, hätte er alles aus diesem Raum entfernt und nicht nur die scharfen, spitzen Gegenstände.«

»Was meinst du?«

Rayna stellte sich auf die Zehenspitzen, um in den hinteren Teil des Schranks zu schauen. Sie griff nach einer Flasche Shampoo und mehreren Sprühflaschen verschiedener Größen. »Was ich meine«, sie trat zurück und drehte sich zu ihm um, »ist, dass ich mich mit Pflanzen auskenne. Was die Öle einschließt, die sie produzieren.« Sie zeigte auf die Fläschchen, die er hielt. »Wir werden einige Waffen herstellen.«

Alaina fragte nicht einmal, warum er da war, als Thomas in die Polizeistation stürmte. Sie schob einen Besucherausweis durch den Fensterschlitz und öffnete die Tür mit dem Summer.

»Er ist im Konferenzraum.«

»Danke.« Er steckte seinen Ausweis an und eilte hinein. Er fand den Konferenzraum, öffnete die Tür und trat ein.

Seb schaute von der Tafel auf, wo er die daran befestigte Karte betrachtete. »Wie geht es John?«

»Im Krankenhaus. Ich konnte die Blutung stoppen, aber er ist noch nicht über den Berg. Die Sanitäter meinten, er würde wahrscheinlich direkt in den OP gehen. Hast du etwas Neues darüber, wohin sie Rayna und Mason gebracht haben?«

Sebs Mund wurde schmal, und er schaute wieder auf die Karte. »Vielleicht. Katie hat mir gerade einen Treffer für die Fingerabdrücke geschickt, die sie vom Herd genommen hat. Sie gehören einem James Paulson. Sie hat einen weiteren Satz an den Schränken gefunden, der seiner Frau, Anne Graves Paulson, gehört. Er hat als junger Erwachsener ein paar Jahre wegen Drogen gesessen. Sie hat ein paar Ordnungswidrigkeiten begangen.«

»Nichts seitdem?«

»Nein. Ich wette, Brandt und wer auch immer hier im Sheriff-Department auf seiner Gehaltsliste stand, hatten damit zu tun.«

»Du glaubst, ein korrupter Polizist war beteiligt?«

»Da musste einer sein. Ich weiß nur nicht, wer es war oder ob er überhaupt noch auf der Gehaltsliste steht. Caleb war der einzige Beamte, der so lange im Department war, abgesehen vom früheren Sheriff«, sagte er und erwähnte den Deputy, den Ryan Marsters getötet hatte.

»Du denkst, Caleb war korrupt?«

»Ich möchte es nicht glauben, aber es musste er oder der Sheriff gewesen sein, um so weit zurückzugehen. Allerdings tendiere ich zu Sheriff Thwaite. Caleb hat einfach nicht die richtige Ausstrahlung für einen korrupten Cop gehabt. Thwaite war durch und durch ein Politiker. Ich kann mir vorstellen, dass er jemanden erpresst hat oder selbst Leichen im Keller hatte, die er verbergen wollte.«

»Nun, wo ist er? Geh und sprich mit ihm. Und warum starrst du auf eine Karte?«

Seb sah bei dem scharfen Ton in Thomas' Stimme zurück und fluchte. »Verdammt, ich habe gar nicht daran gedacht, wie du mit all dem umgehst.« Er drehte einen Stuhl vom Tisch weg. »Hier, setz dich hin.«

»Ich will nicht sitzen, Sebastian. Sag mir, wie du meine Familie finden wirst.« Seine Stimme brach beim letzten Wort, und er musste mehrmals blinzeln, um die Tränen zurückzuhalten.

»Beruhig dich erst mal. Ich weiß, dass dies schwer ist – glaub mir, ich war in deiner Lage. Ich kann nicht mit Thwaite sprechen, weil er in die Karibik gezogen ist, als er in Rente ging. Er sagte, er sei den Winter leid. Aber wir haben einige verwertbare Informationen. Ich schaute auf die Karte, weil die Paulsons unter ihren echten Namen Grundbesitz haben. Und ich lasse jemanden die Reihe von Scheinfirmen überprüfen, unter denen das Anwesen in den Bergen steht. Jace zerlegt gerade das Leben von Richter Brandt, es ist ein Hubschrauber in der Luft, der nach einem dunkelblauen Jeep sucht, und jeder Flugplatz im Umkreis von dreihundert Kilometern ist für private Flüge mit Kindern alarmiert.«

Thomas runzelte die Stirn. »Du glaubst, sie werden von hier wegfliegen?«

»Ich denke, es ist eine Möglichkeit. Hat Izzy dir noch etwas anderes über das erzählt, was sie gesagt haben?«

Er holte tief Luft und fuhr sich mit der Hand durch die Haare, während er versuchte, sich zu erinnern, was sie gesagt hatte. »Nicht wirklich. Nur, dass sie sofort die Gegend verlassen würden.«

»Also könnte die Flugzeugtheorie nicht weit hergeholt sein. Okay. Warum gehst du nicht-«

Thomas unterbrach ihn und hob eine Hand. »Ich schwöre,

Seb, wenn du mir sagst, ich soll nach Hause gehen und warten, schlage ich dich.«

»Ich wollte sagen, geh Izzy Gesellschaft leisten, aber ich schätze, das werde ich nicht tun.«

»Mama kann zu ihr gehen. Ich brauche etwas zu tun.«

Seb nickte. »Okay.« Er bedeutete ihm näher zu kommen. »Komm und sieh dir diese Karte an.«

Thomas ging hinüber und scannte sie. »Wonach suchen wir?«

Seb nahm einen Marker und ein Blatt Papier, dann zeichnete er mehrere kleine X auf die Karte. »Das ist das Grundstück der Paulsons.« Er zeichnete ein weiteres X. »Das ist das Anwesen in den Bergen.« Ein weiteres X gesellte sich dazu. »Und das ist das der Drapers'.«

»Sie befinden sich alle in ziemlich abgelegenen Gebieten.«

»Was sie alle zu großartigen Verstecken macht.«

»Sheriff.«

Sie drehten sich bei der Unterbrechung zur Tür, und ein Deputy trat ein.

»Haben Sie etwas gefunden, Gentry?«

»Werden wir sehen. Es sind meistens nur weitere Informationen. Während ich diese Scheinfirmen durchsuchte, fand ich weiteres Eigentum unter ihren Namen.« Er hielt ein Blatt Papier hin.

Seb nahm es und wandte sich der Karte zu, um die neuen Adressen einzutragen.

Thomas trat näher heran. »Da.« Er zeigte auf einen Punkt etwa 50 Kilometer von der Double Moon Ranch entfernt. »Alle anderen sind Gebäude in der Stadt oder Häuser mit nur wenig Land. Aber dieses ist beträchtlich.«

»Und?«, fragte Seb mit einer fragenden Grimasse.

»Ich brauche eine topographische Karte.«

Seb schaute Gentry an, der nickte und aus dem Raum eilte.

»Was denkst du?«

»Dass sie vielleicht nicht von einem öffentlichen Flugplatz abheben.«

Seb blickte zurück auf die Karte. »Scheiße. Wenn sie von ihrem eigenen Grundstück abheben, könnten sie überall landen und dann Hunderte Kilometer entfernt in einen anderen Jet steigen.«

»Genau.«

Gentry kam mit einer Karte in den Händen zurückgerannt. »Hier.« Er übergab die Karte an Seb, der sie über dem Tisch ausbreitete.

Sie lokalisierten das Grundstück, und Thomas' Magen sank. »Es ist flach.«

Seb nahm das Funkgerät von seinem Gürtel. »Zentrale, hier ist Archer. Verbinden Sie mich mit dem Hubschrauber der Staatspolizei.«

Sie warteten, während der Disponent sie verband. Nach wenigen Augenblicken knisterte das Funkgerät zum Leben.

»Hier ist Captain Hilliard. Sprechen Sie, Sheriff.«

»Ich brauche, dass Sie zu folgenden Koordinaten umleiten.« Seb ging zurück zur Karte an der Wand und gab den GPS-Standort des Grundstücks durch.

»Verstanden. Ändere Kurs.«

Seb meldete sich ab und wechselte den Kanal, um Deputies zu dem Ort zu schicken. Er steckte das Funkgerät zurück an seinen Gürtel. »Gentry, übernehmen Sie von Jace und sagen Sie ihm, er soll nach Nordosten fahren. Ich werde ihn mit Anweisungen anrufen.«

»Ja, Sir.«

»Warte!«, sagte Thomas. »Ich komme mit.«

»Thomas-«

Thomas unterbrach ihn wieder. »Ich muss, Seb.«

Sein Bruder seufzte, nickte aber. »Bleib den Deputies aus dem Weg und tu, was Jace dir sagt. Ich muss hier bleiben und koordinieren.«

»Das werde ich.«

Seb verengte die Augen. »Ich meine es ernst, Thomas. Benimm dich.«

Thomas verdrehte die Augen. Sein Bruder kannte ihn zu gut. »Werde ich.« Er schob Gentry zur Tür. »Wir halten dich auf dem Laufenden.« Er drängte den Deputy durch die Tür, bevor Seb seine Meinung ändern konnte. Es spielte keine Rolle, dass er nicht ausgerüstet oder für so etwas ausgebildet war. Er würde dabei sein, um die Bastarde zur Strecke zu bringen. Wenn sie Brandt und die Paulsons schnappen würden und seine Familie nicht dort wäre, würde er ihren Aufenthaltsort aus ihnen herausholen, auf die eine oder andere Weise. Seb war nicht der einzige Archer-Bruder, der gefährlich werden konnte, wenn man ihn zu weit trieb.

KAPITEL
Zweiundzwanzig

»**S**ie kommen zurück!«, flüsterte Mason, das Ohr an die Tür gelegt.

»Okay. Komm her«, flüsterte sie zurück.

Er durchquerte das große Badezimmer mit zwei langen Schritten. Sie überprüfte seine Kleidung, um sicherzustellen, dass nichts zu sehen war, dankbar für seinen schmalen, aber großen Körperbau.

Der Türknauf wackelte, als jemand von der anderen Seite aufschloss. Die Tür schwang auf und offenbarte Anne.

Sie trat in den Türrahmen und starrte die beiden an, eine Waffe in den Händen. Ihr intensiver Blick verwandelte sich in ein Stirnrunzeln, als sie ihre ungebundenen Hände bemerkte.

»Wie habt ihr euch befreit?«

Rayna schenkte ihr ein angespanntes Lächeln. »Der Sheriff ist ein enger, persönlicher Freund. Und er war beim FBI. Ich habe im Laufe der Jahre einiges von ihm gelernt.«

Anne veränderte ihre Haltung und holte tief Luft. »Wie auch immer. Es ist Zeit zu gehen.« Sie deutete mit ihrer Waffe in

Richtung Flur und trat dann zurück, damit sie vor ihr den Flur entlanggehen konnten.

Rayna nickte Mason zu, und er ging voraus. Sie folgte ihm, und sie gingen in Richtung Wohnzimmer. Ihr Herz setzte aus, als sie den offenen Raum betraten. Neben Brandt und den Smiths saßen drei Mädchen und zwei Jungen verschiedenen Alters auf dem Boden, ihre Hände gefesselt wie ihre und Masons zuvor.

Die Kinder schauten auf, als sie eintraten. Die Augen des ältesten Mädchens weiteten sich, als sie Mason erblickte, aber sie verbarg schnell ihren Gesichtsausdruck und wandte den Blick ab.

Brandt runzelte die Stirn und sah zu Anne. »Warum sind sie nicht gefesselt?«

»Sie haben die Kabelbinder entfernt«, sagte sie.

Er blickte himmelwärts und seufzte. »Frau Nydert, erinnern Sie sich daran, was ich Ihnen vorhin gesagt habe?« Er nahm die Waffe, die neben ihm auf dem Tisch lag, und richtete sie auf sie.

Sie starrte ihn an, Trotz leuchtete hell in ihrem Gesicht. »Wenn Sie mich erschießen, gibt es keinen Winkel dieser Erde, in dem Sie sich verstecken können. Thomas wird nach Ihnen suchen. Und nicht, um Sie zurück in die Staaten zu bringen, damit Sie vor Gericht gestellt werden.«

Brandt lachte. »Ein Tierarzt will mich jagen?«

»Ein Tierarzt mit mächtigen Freunden und Familie.«

»Ah ja. Der Sheriff. Ich muss zugeben, er war ein Problem, besonders für unseren Drogenhandel. Aber glücklicherweise hat seine lange Abwesenheit aus der Gegend, bevor er die Position übernahm, zu unseren Gunsten gewirkt. Wir konnten diese Seite des Geschäfts viel besser vor seinem Radar verbergen.«

»Ich garantiere dir, dass es jetzt nicht mehr dort ist.«

»Leider. Aber in dieser Branche muss man für Probleme wie diese planen und Notfallpläne haben.« Er senkte die Waffe und wandte sich an Jim. »Binde ihre Hände wieder. Wir haben genug Zeit hier verbracht und müssen uns auf den Weg machen.«

Rayna bewegte sich und streifte dabei Masons Arm. Er warf ihr einen Seitenblick und ein minimales Nicken zu.

Jim stellte sich vor Mason, einen weiteren Kabelbinder in den Händen.

»Jetzt!« Sie wirbelte herum, zog eine kleine Sprühflasche aus ihrem Hosenbund und sprühte Anne ins Gesicht, während Mason eine größere Flasche hervorzog und Jim besprühte. Beide kreischten und wichen zurück. Sie drehte sich wieder um, und sie und Mason zielten beide auf den Richter, als er seine Waffe hob. Er drückte ab, aber sein Schuss ging ins Leere, als eine glitschige Mischung aus Shampoo, Babyöl und einer hohen Konzentration ätherischer Öle seine Haut bedeckte. Er schrie überrascht und seine Hände fuhren zu seinem Gesicht.

Brandt brüllte vor Wut und hob seine Waffe erneut, feuerte blindlings. Rayna duckte sich, rannte dann auf ihn zu, packte seinen Waffenarm und drehte sich so, dass ihr Rücken zu ihm zeigte. Sie schlug mit ihrem Ellbogen nach hinten und traf sein Gesicht, dann griff sie nach seiner Waffe und drehte sie aus seiner Hand.

Er hielt seine Nase und blinzelte sie an, als sie die Waffe auf ihn richtete. Über ihre Schulter blickend sah sie, dass Mason Jim mit mehreren kräftigen Schlägen auf den Boden gestreckt hatte. Anne lehnte an der Wand, Tränen strömten über ihr

Gesicht, während sie vor Schmerzen stöhnte. Ihre Waffe lag mehrere Meter entfernt, vergessen.

»Brennt dein Gesicht?«, fragte sie und wandte sich wieder Brandt zu.

Er stöhnte, wischte an dem Dreck herum, aber mit wenig Erfolg, selbst mit seinem Hemd. »Ich hätte dich einfach erschießen sollen. Was war das?«

»Ein bisschen dies, ein bisschen das. Und jede Menge ätherisches Öl. Ich habe dich vielleicht nicht in Brand gesetzt, aber es wird sich noch eine ganze Weile so anfühlen.«

Er stöhnte erneut und sank zu Boden, die Öle drangen in seine Haut ein. Seine Augen begannen durch die Reizung anzuschwellen.

»Mason, bring die Smiths hier rüber zu Brandt. Lass uns sie fesseln.«

Er tat, worum sie ihn gebeten hatte. Rayna fand die Tüte mit Kabelbindern in Jims Tasche und verdreifachte die Fesseln, damit sie nicht ausbrechen konnten. Nachdem ihre Entführer nun die Gefangenen waren, fanden sie eine Schere in der Küche und befreiten die Kinder von ihren Fesseln.

Das Mädchen, das Rayna beim Eintreten bemerkt hatte, warf Mason die Arme um den Hals.

»Ich dachte, du wärst tot«, sagte sie.

Er zog sich zurück und lächelte sie an. »Nein. Ich bin in ihr Feld gestolpert.« Er zeigte auf Rayna. »Ich wäre es aber gewesen, wenn sie mich nicht gefunden hätte. Sie und ihr Freund Thomas haben mir das Leben gerettet.«

Sie umarmte ihn erneut. »Ich bin so froh, dass es dir gut geht.«

»Danke, Nina.« Er legte seine Hände auf ihre Schultern und sah auf sie hinab. »Wie wäre es, wenn wir euch hier rausbringen?«

»Ich glaube, das würden wir sehr gerne.« Sie runzelte die Stirn. »Aber was ist mit der Polizei?«

»Das ist kein Problem«, sagte Rayna. »Einer meiner engen Freunde ist der neue Sheriff. Und«, sie blickte zu Brandt und den Smiths, »es gibt überall in der Küche meiner Eltern Beweise, dass sie uns entführt haben. Brandt hat meinen Vater angeschossen.« Tränen bildeten sich in ihren Augen, aber sie schniefte sie zurück. Sie konnte noch nicht zusammenbrechen. Sie mussten alle erst in Sicherheit bringen.

»Weiß jemand, wo wir sind?«, fragte sie.

Die Kinder schüttelten alle den Kopf.

»Großartig. Hoffen wir, dass jemand mein Handy orten kann. Siehst du es?«, fragte sie Mason und schaute sich um, in der Hoffnung, es sei in Sichtweite.

Er wanderte zielstrebig zur Küche hinüber.

»Hast du es gefunden?«

»Ja. Aber es ist kaputt.« Er drehte sich um und hielt das Gerät hoch. Der Bildschirm war zersplittert.

Brandt lachte durch seine Tränen.

Sie ging zu ihm hinüber. »Was?«

»Ihr sitzt hier fest, es sei denn, du willst mit all den Kindern im Schlepptau durch die Wildnis wandern.«

»Wie wäre es, wenn ich einfach dein Handy nehme? Oder noch besser, die Schlüssel für eines der Autos?«

Er lachte noch lauter. »Ich habe mein Handy nicht dabei. Wollte nach dem Verlassen dieses Ortes nicht geortet werden.

Und Jim hat die Autos abgefackelt, um alle Spuren zu beseitigen.«

Rayna sah den anderen Mann an, der sein Gesicht in seinen gefesselten Händen verbarg, stumm in seinem Schmerz. »Das ist hirnrissig. Er hat die Küche meiner Eltern mit Blut vollgespritzt, und er macht sich Sorgen wegen Fasern und Fingerabdrücken in einem *Auto*?«

Brandt zuckte mit den Schultern. »Ich sah keinen Schaden darin. Wir brauchten sie sowieso nicht mehr.«

Sie runzelte verwirrt die Stirn. »Okay, ich weiß, dass ihr euch nicht als Märtyrer opfern und das Haus mit uns allen darin in die Luft jagen wolltet, also wie sollten wir abreisen?«

Er lächelte. »Das werde ich nie verraten.«

Rayna stand auf und ging zurück zu Mason. »Entweder haben sie andere Fahrzeuge hier versteckt, oder es kommt jemand, um uns abzuholen«, sagte sie leise.

»Okay, was möchtest du, dass wir tun?«

Sie dachte schnell nach und blickte in die verängstigten, aber nun auch hoffnungsvollen Gesichter der Kinder. »Ich werde rausgehen und mich umsehen. Behalt unsere Freunde im Auge.« Sie nahm Jims Waffe und reichte sie ihm. »Zögere nicht, sie zu erschießen, wenn es sein muss. Glaubst du, du kannst das?«

Er nahm ihr die Waffe ab, sein Gesicht härter, als sie es je gesehen hatte, ein Teil jener Lebenserfahrung, die er hatte, schimmerte durch. »Ja.«

»Gut. Ich bin bald zurück.« Rayna schnappte sich Annes Waffe und verließ das Haus.

Als sie die Veranda verließ, fielen ihr die schwelenden Überreste zweier SUVs rechts vom Haus auf. Sie waren jetzt kaum mehr als ausgebrannte Hüllen. Jim musste sie mit einer Art Beschleuniger übergossen haben, damit sie so schnell brannten.

Sie blickte über das Grundstück. Wäre da nicht das Horrorszenario im Inneren, wäre dies ein netter Ort. Es war eine ziemlich idyllische Umgebung. Sie befanden sich in einem Tal, das Land flach, mit Bergen, die zu beiden Seiten aufragten. Rinder streiften auf den Weiden, und eine kühle Herbstbrise ließ Blätter flattern, als sie von den Bäumen fielen und ihre goldenen Farben im hellen Sonnenschein reflektierten.

Eine Scheune hinter den qualmenden Autos zog ihre Aufmerksamkeit auf sich, und sie rannte darauf zu. Sie hob den Riegel vor den Doppeltüren an, stieß eine auf und trat ein, pausierte, damit ihre Augen sich an das dämmrige Innere gewöhnen konnten. Ihre Schultern sackten zusammen, als sie tiefer hineinging. Das einzige Fahrzeug im Inneren war ein Traktor.

Sie drehte sich um und rannte zurück nach draußen. Es gab nur ein weiteres Nebengebäude, und das war ein kleiner Schuppen hinter dem Haus – viel zu klein, um ein Auto zu beherbergen. Rayna fluchte leise und ging zurück zum Haus.

Als sie die erste Stufe betrat, nahmen ihre Ohren ein dröhnendes Geräusch wahr. Sie drehte sich um und blickte über das Tal. Das klang wie ein Flugzeug. Mit zusammengekniffenen Augen gegen das helle Sonnenlicht starrte sie in den Himmel. In der Ferne glitt der weiße Rumpf eines kleinen Flugzeugs über den Berg und ins Tal hinunter.

»Mist!«, flüsterte sie. Sie bekamen Besuch.

Sie stürmte zurück ins Haus. »Nimm die Kinder und bring sie zurück in das Badezimmer«, sagte sie zu Mason.

»Was? Warum?«

»Da landet ein Flugzeug. Ich glaube, es sollte unser Transportmittel von hier weg sein.«

»Du kannst dem nicht alleine gegenübertreten.«

»Wahrscheinlich ist nur ein Pilot an Bord. Vielleicht eine weitere Person. Es sieht ziemlich klein aus. Wir sind hier zu zehnt. Es braucht keine Armee, um eine Gruppe Kinder unter Kontrolle zu halten. Mir wird es gut gehen.« Sie begann, die Kinder in Richtung Flur zu scheuchen. »Geht. Halte sie in Sicherheit.«

»Was machen wir mit ihnen?« Er zeigte auf Brandt und die Smiths.

Rayna sah sich um. Er hatte Recht. Sie konnten sie nicht einfach auf dem Boden sitzen lassen. Sie würden nicht lange dort bleiben, ohne dass jemand sie bewachte.

Sie ging zu Brandt hinüber und trat ihn in die Hüfte. »Steh auf.« Sie tat dasselbe mit den Smiths. »Ihr auch.«

»Ich kann nichts sehen!«, jammerte Anne.

»Ist mir egal.« Rayna packte die Frau an der Jacke und schob sie in Richtung Speisekammer. Mason folgte mit Jim und dem Richter.

Sie zog die Tür auf, prüfte, ob keine scharfen Gegenstände vorhanden waren, und schob sie dann hinein.

»Ich brauche einen Stuhl.«

Eines der Kinder brachte ihr einen Esszimmerstuhl, den sie unter den Türknauf klemmte.

»Okay, ihr geht jetzt. Ich werde das Flugzeug begrüßen.«

Sie wandte sich ab, doch Masons Hand an ihrem Arm hielt sie auf. Sie sah zu ihm auf.

»Sei vorsichtig.«

»Das werde ich. Kümmere dich um deine Freunde.«

Er nickte, und sie stürmte zur Tür hinaus.

Das Flugzeug war auf dem Boden und rollte über die Weide. *Verdammt.* Es gab wenig Deckung zwischen ihr und dem Flugzeug. Sie konnte nicht einfach hinausgehen. Der Pilot könnte bewaffnet sein, und sie wusste nicht, ob weitere Personen an Bord waren. Sie hielt sich nah am Haus und rannte hinter den zerstörten SUVs zu einem Baum zwischen dem Haus und der Scheune. Wenn sie lange genug wartete, würde der Pilot wahrscheinlich zum Haus kommen, um nachzusehen, was die Verzögerung verursachte.

Sie lehnte sich gegen den Baumstamm und machte sich bereit zu warten. Nach zehn Minuten öffnete sich die Tür an der Seite des Flugzeugs, und ein Mann stieg die Treppe hinunter. Er joggte über die Weide, sprang über den Zaun und setzte seinen Weg zum Haus fort. Rayna wartete, bis er an der Tür war, bevor sie zurücklief und sich hinter ihm positionierte.

»Dreh dich um, Hände hoch.«

Er zuckte beim Klang ihrer Stimme zusammen, dann drehte er sich langsam um.

»Hände hoch«, sagte sie und bemerkte die Pistole, die an seiner Seite hing.

Er zögerte, und sie hob ihre Waffe aus ihrer Bereitschaftsposition und richtete sie auf seine Brust. »Tu es nicht. Ich hatte einen wirklich schlechten Tag und will einfach nach Hause. Ich werde nicht zögern, dich zu erschießen. Nimm deine Waffe aus dem Holster und wirf sie ins Gras.«

»Nein, du lässt sie fallen, Rayna.«

Rayna versteifte sich bei der weiblichen Stimme hinter ihr. Sie kannte diese Stimme.

April Stillwater ging um sie herum und stellte sich neben sie, eine Waffe auf Raynas Kopf gerichtet. »Ich sagte, leg sie ab.«

Ein Blick auf das Gesicht der anderen Frau, und Rayna wusste, dass sie nicht bluffte. Sie richtete sich auf und legte den Daumen auf die Sicherung der Waffe, hob ihre Hände. Der Pilot trat vor und nahm sie ihr ab.

»Was tun Sie, Frau Stillwater? Ich dachte, Sie wären entsetzt über das Verhalten Ihres Mannes.«

»Bin ich auch. Aber ich werde tun, was ich muss, um zu überleben. Ich habe mich aus einer beschissenen Kindheit herausgekämpft, nur um mich in einer beschissenen Ehe wiederzufinden. Aber er hat mir einen guten Lebensstil ermöglicht. Ich werde nicht in die Hölle der Armut zurückkehren. Richter Brandt und ich sind, nun, seit einigen Jahren Bekannte. Er hat angeboten, dieses Leben weiter zu ermöglichen, wenn ich den Mund halte.«

Rayna schnaubte. Meinte sie das ernst? »Glaubst du wirklich, dass ein Mann wie Richard Brandt eine Trinkerin mittleren Alters wie dich als Begleiterin an einen exotischen Ort mitnehmen will? Wenn er eine Vorliebe für junge Kinder hat? Ich vermute, er wird mit dir handeln, genau wie mit ihnen.«

»Nein, wird er nicht!«, spuckte sie aus. »Richard liebt mich. Wir konnten nur nicht zusammen sein, weil er den Schein wahren musste. Wie würde es aussehen, wenn ein Bezirksrichter die Frau eines der örtlichen Bürgermeister stiehlt?«

»Ganz zu schweigen davon, dass er sich im Prozess von seiner eigenen Frau scheiden lässt, richtig?« Rayna verdrehte die Augen. Sie wusste, dass sie mit dem Feuer spielte, indem sie die Frau provozierte, aber ihre einzige Chance könnte darin bestehen, April dazu zu bringen, die Dinge aus ihrer Sicht zu sehen.

»Halt den Mund! Wo ist er?«

Sie zuckte mit den Schultern. »Ich bin entkommen, wollte aber nicht ohne die Kinder gehen. Ich weiß nicht, wo er ist«, log sie.

»Lass uns ihn finden.«

Sie gab Rayna einen harten Stoß. Einen, mit dem der Pilot nicht gerechnet hatte. Sie krachte in ihn hinein. Rayna schlug zu, rammte dem Mann ihr Knie in den Schritt und stieß ihm den Handballen gegen die Nase. Blut spritzte, als sie brach.

Ein Schuss ertönte, die Kugel schlug neben ihnen in die Wand ein.

»Genug!«

Rayna senkte ihre Faust und hielt ihre Hände hoch.

»Ich will dich nicht töten, aber ich werde es tun.« Aprils Stimme enthielt ein Flehen.

Rayna drehte sich um. »Du willst nichts davon. Lass uns einfach gehen. Nimm den Piloten und lass ihn dich irgend-wohin fliegen. Fang neu an. Du brauchst Brandt nicht.«

»Doch, tue ich. Ich habe ein paar tausend Dollar, aber das wird mich nicht weit bringen. Richard ist mein Ticket hier raus.« Sie deutete auf das Haus. »Geh rein.«

Der Pilot packte sie an den Haaren und riss sie zu sich. Tränen traten ihr vor Schmerz in die Augen, aber sie weigerte sich, ihm die Genugtuung zu geben, sie schreien zu hören.

»Ich glaube, ich werde dich als meine Bezahlung fordern, anstatt meiner üblichen Gebühr«, knurrte er in ihr Ohr.

»Nur zu, Kumpel«, presste sie durch ihre Zähne hervor. »Ich werde mehr als nur deine verdammte Nase brechen.«

Das Geräusch eines herannahenden Autos durchschnitt die

Luft. Rayna blickte zu April und dem Piloten. Beide trugen einen verwirrten Blick. Rayna grinste.

»Erwartet jemanden?«

Sie sahen sich gegenseitig an.

»Nein? Ich schon«, log sie erneut, während sie betete, dass es nicht so war. Die Szene bei ihren Eltern war chaotisch. Es sollte etwas für Seb zum Nachverfolgen ergeben haben.

»Das war nicht Teil des Jobs«, knurrte der Pilot. »Ich bin nur Transport.«

»Halt den Mund und geh rein.« April zeigte auf die Tür, als ein Streifenwagen des Sheriffs in Sicht kam.

Ja! Raynas Herz überschlug sich.

»Nein. Das sollte nicht passieren.« Der Pilot ließ ihre Haare los. »Du bist auf dich allein gestellt.« Er sprintete von der Veranda und über das Gras zur Weide. Der Streifenwagen beschleunigte und kam vorne zum Stehen.

Sie blickte zurück zu April. Die Frau beobachtete den Piloten.

Rayna explodierte in Aktion, wissend, dass jetzt ihre Chance war. Sie ging in die Hocke und schwang ein Bein aus, brachte April zu Fall. Die Frau stürzte mit einem Schrei zu Boden, hielt aber ihre Waffe fest.

Rayna tauchte hinter einem Blumenkübel ab, als die Frau sich aufsetzte und feuerte. Schüsse kamen vom Hof. Sie hörte April stöhnen und schaute aus ihrem Versteck, um zu sehen, wie sich zwei Blutflecken auf ihrem Hemd bildeten, als sie auf die Veranda zurückfiel. Ihre Hände fielen schlaff und die Waffe entglitt ihren kraftlosen Fingern.

Sich erhebend, schaute Rayna hinaus. Eine vertraute Gestalt rannte auf sie zu.

»Thomas!«

Dreiundzwanzig

Thomas' Herz hämmerte in seinen Ohren, als er aus dem Polizeiwagen sprang. Er wollte gerade dem Mann nachlaufen, der über die Wiese zu einem im Weideland geparkten Flugzeug rannte, als er einen Schrei und dann Schüsse von der Veranda hörte. Er kam schlitternd zum Stehen und drehte sich um, nur um zu sehen, wie Jace das Feuer erwiderte. Ein dunkler Kopf tauchte über einem massiven Pflanzenkübel auf und sein Herz setzte aus, bevor es seinen hektischen Rhythmus wieder aufnahm.

Rayna.

Er änderte die Richtung und rannte zum Haus. »Schnapp dir den anderen Kerl!«, rief er Jace zu, als er vorbeieilte. Er wartete nicht ab, ob er gehorchte. Seine einzige Sorge war, zu Rayna zu gelangen.

Sie sah ihn und rief seinen Namen. Er traf sie im Gras vor der Veranda. Sie stürzte sich mit einem Schluchzen in seine Arme, und er hielt sie fest.

»Oh mein Gott! Geht es dir gut? Wo ist Mason? Und der Richter?«

Sie löste sich, um ihn anzusehen. »Sie sind im Haus. Mason und ich konnten uns befreien und sie überwältigen. Er und die Kinder verstecken sich in einem Badezimmer. Brandt und die Smiths sind in der Speisekammer gefesselt.«

»Ihr zwei habt das alles geschafft?« Er starrte auf sie hinab, ein stolzes Lächeln umspielte seinen Mund.

Sie nickte. »Erinnere mich daran, Sebastian dafür zu danken, dass er mich vor all den Jahren zum Jiu-Jitsu gebracht hat.«

Thomas zog sie zu einer weiteren festen Umarmung heran und lachte. »Ich bin sicher, er wird sich freuen zu hören, dass er bei diesem Takedown eine Rolle spielen durfte. Brandt hat sich mit der falschen Frau angelegt.« Er hob ihr Kinn an, um sie anzusehen. »Ich liebe dich.«

Sie stellte sich auf die Zehenspitzen, ihr Mund schwebte nahe an seinem. »Ich liebe dich auch.«

Er überwand die Distanz zwischen ihnen, um ihr einen leidenschaftlichen Kuss zu geben. Rayna genoss das Gefühl seines Mundes auf ihrem und wusste, wie knapp sie daran vorbeigeschrammt war, es nie wieder zu spüren.

Das Fluchen eines Mannes ließ sie auseinanderfahren. Sie drehten sich um und sahen, wie Jace den in Handschellen gelegten Piloten über den Zaun zerrte. Er schleifte ihn zum Streifenwagen und schob ihn auf den Rücksitz.

»Ihr werdet mehr Autos brauchen«, rief Rayna. »Brandt und die Smiths sind drinnen gefesselt.«

Jace schlenderte herüber und schüttelte den Kopf. »Jetzt weiß ich, warum du und Tara so gut miteinander auskommt.«

Rayna grinste und trat aus Thomas' Umarmung, nahm aber seine Hand. »Komm, lass uns Mason sagen, dass es vorbei ist.«

Sie betraten mit Jace das Haus und wurden von Hämmern aus der Speisekammer begrüßt.

Jace zog seine Waffe. Rayna stellte sich zur Seite, während Thomas zur Tür ging und den Stuhl entfernte, wobei er den Knauf festhielt. Auf ein Nicken von Jace hin öffnete er die Tür und trat zurück. Brandt und die Paulsons stolperten heraus und sahen aus wie Bienenstichopfer. Ihre Gesichter waren feuerrot und ihre Augen geschwollen.

»Stehen bleiben!«, sagte Jace. »Sheriff-Abteilung.«

Sie hielten inne. Anne sackte gegen die Tür. »Bitte, gebt mir etwas, um mein Gesicht zu waschen«, jammerte sie.

»Himmel, Rayna«, sagte Jace. »Was hast du mit ihnen gemacht?«

»Pfefferminzöl und Shampoo«, sagte sie. »Wir haben es wie Pfefferspray über ihre Gesichter gesprüht.«

Jace warf Thomas einen Blick zu, bevor er den Richter packte und nach vorne zog. »Und du hattest den Mut, sie zu verärgern?« Er pfiff leise.

Thomas packte Jim. »Ja, nun, sie hatte andere Wege, mir zu schaden.«

Rayna verdrehte die Augen. »Das ist jetzt vorbei. Habt ihr beide alles im Griff? Ich gehe Mason sagen, dass es sicher ist.«

Jace nickte. »Geht ihr. Ich kümmere mich um diese drei.« Er holte sein Handy aus der Tasche und rief Verstärkung.

Thomas führte sie aus der Küche, begierig darauf, Mason zu sehen. Sie führte ihn den Flur entlang und öffnete eine Tür. Mason stand einige Schritte entfernt und richtete eine Pistole auf sie.

»Whoa«, sagte Thomas und hob die Hände.

Mason senkte die Waffe und stieß einen harten Atemzug aus. Thomas trat ein und umarmte ihn fest. Die Schultern des jungen Mannes bebten vor stillen Schluchzern.

»Es ist vorbei, Mason.«

Mason löste sich, um ihn mit tränenden Augen anzusehen. »Wirklich?«

»Ja. Wirklich.« Thomas blickte an ihm vorbei und sah fünf Augenpaare, die ihn um den Duschvorhang herum anstarrten. Seine Augen weiteten sich, als er die Kinder sah. Die älteste, ein Mädchen, war wahrscheinlich fünfzehn oder sechzehn, aber der jüngste war ein zehn oder elf Jahre alter Junge.

Rayna trat ein und wandte sich an die Kinder. »Es ist jetzt sicher.«

Mason bedeutete ihnen, aus der Duschkabine zu kommen, als sie zögerten. »Es ist okay. Alles wird gut.«

Kinderlachen wehte auf der Brise hinter Lee und Jennys Haus. Rayna füllte Bowle in einen Becher und blickte über den Hof, wo Mason, als Gespenst verkleidet, den anderen Kindern hinterherlief. Es waren sechs Wochen seit den Ereignissen mit Brandt, und die Kinder blühten auf. Zwei der drei waren von den Paulsons von ihren Eltern entführt worden und inzwischen wieder mit ihren Familien vereint. Der Jüngste, Justin, und das zweitälteste Mädchen, Mia, waren wieder dort, wo sie hingehörten. Lee und Jenny hatten eine Notfall-Pflegegenehmigung beantragt für Nina und die beiden anderen, Ellie und Chris. Sie wohnten jetzt hier auf der Broken Bow. Mason war in den Airstream gezogen, der ein paar Meter von Thomas und Raynas Hintertür auf der Double Moon stand.

Die Konfrontation auf dem Grundstück im Tal hatte dem Menschenhändlerring ein Ende gesetzt. Sie hatten Brandts gesamte Operation aufgrund der Informationen, die er auf einem USB-Stick hatte, aufgedeckt. Die Stillwaters, Amherst und mehrere aktuelle und ehemalige Regierungsbeamte, darunter Thwaite und eine Sozialarbeiterin, befanden sich nun in Untersuchungshaft und warteten auf ihren Prozess.

Seb hatte auch die Gräber von sechs Kindern auf dem Berganwesen der Paulsons entdeckt.

»Rayna.«

Sie drehte sich um, als ihre Mutter den Kopf nach draußen streckte.

»Sie sind da.«

»Oh! Toll. Ich hole Thomas.« Sie stellte den Becher ab und ging in den Hof, wo Thomas mit seinen Brüdern und Jace um eine Feuerstelle saß und den Kindern beim Spielen zusah.

»Hey, Schatz«, sagte er, als sie sich näherte.

Ein aufgeregtes Lächeln erhellte ihr Gesicht. »Sie sind da.«

Er sprang von seinem Stuhl auf und rieb sich die Hände. »Das wird gut.« Er schaute zu den anderen hinunter. »Kommt mit.«

Die Gruppe ging zurück zum Haus. Thomas pfiff, um die Aufmerksamkeit der Kinderzu erregen, und winkte sie zur Terrasse. Sie ließen ihr Spiel sein und rannten zum Haus, stürzten sich auf die Bowle-Schüssel und andere Halloween-Leckereien, die auf Tischen für alle zum Naschen bereitstanden.

»Gebt uns eine Minute, dann schickt Mason rein«, sagte Rayna zu Jace, während sie zur Tür gingen. Er nickte. Sie und Thomas überließen den anderen die Betreuung der aufgedrehten Bande und gingen hinein, um die Neuankömmlinge zu begrüßen. Eine mollige Frau in den Fünfzigern mit einem freundlichen Lächeln, das ihre blauen Augen zum Leuchten brachte, stand im Wohnzimmer und unterhielt sich mit Lee, Jenny, John und Izzy. Ein Teenager-Mädchen stand ruhig neben ihr mit verschränkten Armen. Ihr Gesicht sagte, dass sie das schon einmal durchgemacht hatte und bereit war zu gehen.

Die Gruppe sah auf, als Thomas und Rayna den Raum betraten.

»Hallo«, sagte Thomas und trat vor. Er streckte der älteren Frau die Hand entgegen. »Ich bin Thomas Archer.«

Rayna streckte ebenfalls ihre Hand aus. »Rayna Nydert.«

Die Frau schüttelte ihre Hände. »Constance Heyward. Es ist schön, Sie endlich kennenzulernen.«

»Ganz meinerseits«, sagte Rayna. Sie wandte ihren Blick dem Mädchen zu. Die Ähnlichkeit war verblüffend. Sie tauschte einen Blick mit Thomas, dessen Augen den gleichen Gedanken ausdrückten.

»Thomas? Rayna? Jace hat mir gesagt, ich soll reinkommen und-« Masons Stimme verstummte, als er den Raum betrat. Er stand gerade über der Schwelle. Mit weit aufgerissenen Augen, hing sein Mund offen, während er das Mädchen anstarrte.

»Emma?«

Das Mädchen, das nicht mehr so trotzig und gelangweilt aussah, ließ die Arme sinken und starrte den großen jungen Mann auf der anderen Seite des Raumes an.

»Mason?« flüsterte sie.

Mit drei großen Schritten war er durch den Raum und nahm das Mädchen in die Arme.

Tränen liefen über Raynas Wangen, während sie das Wiedersehen der Geschwisterbeobachtete. Thomas legte einen Arm um ihre Taille und zog sie an sich.

Mason zog sich zurück und hielt das Gesicht des Mädchens in seinen Händen, starrte auf sie hinunter. »Ich dachte, ich würde dich nie wiedersehen.« Er ließ sie los und drehte sich um, um die Erwachsenen im Raum anzusehen. »Wie?«

Rayna wischte sich die Tränen aus dem Gesicht und zuckte mit den Schultern. »Wir haben ihre Geburtsurkunde gefunden, als wir nach deiner gesucht haben. Seb hat das Jugendgericht kontaktiert, die uns mit Frau Heyward in Verbindung gebracht haben. Emma ist in den letzten sieben Jahren in Pflegefamilien in Denver gewesen.«

Er sah zu seiner Schwester hinunter. »Waren sie gut zu dir?«

Emma zuckte mit den Schultern. »Meistens schon. Niemand war wirklich gemein. Aber ich fühle mich die meiste Zeit wie eine Außenseiterin.«

»Nun, du bist keine Außenseiterin mehr«, sagte Rayna.

Mason und Emma sahen sie verwirrt an.

»Was meinst du damit?« fragte Mason.

Sie blickte zu Thomas, der ihr zunickte. Sie schauten wieder zu den Kindern. »Thomas und ich haben beim Gericht beantragt, euch beide zu adoptieren.«

»Es gibt noch einige Details zu klären, aber wenn alles nach Plan läuft, werdet ihr in den nächsten Monaten offiziell unsere Kinder sein.«

Emma hob ihre Hände, um ihren Mund zu bedecken, und schaute zu ihrem Bruder auf. Mason stand da und starrte sie mit großen Augen an.

Thomas trat zu dem jungen Mann. »Ich weiß, du bist erwachsen, aber willst du ein Teil unserer Familie sein? Wirklich?«

Der junge Mann schluckte schwer, und Tränen sammelten sich in seinen Augen. Er nickte. »Das würde ich gerne. Sehr gerne.«

Thomas umarmte ihn. Mason streckte einen Arm aus und griff nach Rayna. Sie trat in ihre Umarmung. Gemeinsam drehten sich die drei zu Emma um, die sie einfach nur anstarrte.

»Warum?« flüsterte sie schließlich.

»Weil dein Bruder uns eine zweite Chance auf etwas gegeben hat, von dem wir dachten, wir würden es nie wieder haben«, sagte Thomas. Er blickte zu Mason. »Und wir möchten den Gefallen erwidern.« Er hob eine Augenbraue zu dem Mädchen. »Was sagst du also, Emma? Wirst du uns deine Familie sein lassen? Uns alle?« Er deutete auf die Gruppe um sie herum.

Emma schaute ihn an, dann Rayna, dann im Raum umher. Mason trat vor und nahm die Hände seiner Schwester.

»Em, ich weiß, du hast Angst. Dein Vertrauen in ein weiteres Paar Fremde zu setzen. Das hatte ich auch.« Er holte tief Luft und zögerte. Rayna ertappte sich dabei, wie sie selbst den Atem anhielt.

»Ich war lange Zeit an einem schlechten Ort, nachdem wir getrennt wurden. Ich bin mit elf Jahren aus meiner Pflegefamilie weggelaufen und wurde dann von einem Paar aufgenommen, von dem ich dachte, sie wollten mir helfen. Sie waren Menschenhändler. Ich verbrachte sieben Jahre in Gefangenschaft, bis ich eines Nachts endlich weglaufen konnte.«

Emma keuchte. Mason blickte über seine Schulter zu Thomas und Rayna.

Tränen liefen über Raynas Wangen. Sie umklammerte Thomas' Arm und gab Mason ein ermutigendes Nicken.

Er schaute zurück zu seiner Schwester. »Ich bin hier gelandet – na ja, nicht genau hier, sondern auf Raynas Ranch, die nur ein Stück die Straße runter ist. Sie und Thomas haben mich aufgenommen und versteckt, bis wir die Sache in den Griff bekommen konnten. Ich wollte einfach nur so weit wie möglich weg von den Leuten, die mich ausgenutzt haben, aber sie haben mir klar gemacht, dass Weglaufen nur ein anderes Gefängnis wäre. Diese Menschen – nicht nur Thomas und Rayna, sondern auch ihre Familien – hätten sich weigern können, mir zu helfen. Es war gefährlich – Rayna und ihr Vater wurden beide angeschossen – aber sie haben alles getan, um die Leute zu stoppen, die mir und so vielen anderen Kindern wehgetan haben. Ich habe hier ein Zuhause gefunden, Emma. Nicht nur ein weiteres Pflegeheim, sondern ein echtes Zuhause. Wie das, was wir mit Mama und Papa hatten. Also, wie sieht's aus? Ich weiß, es wird nicht dasselbe sein, aber können wir neu anfangen und mit den Archers und Nyderts eine neue Familie gründen?«

Sie blickte über ihn hinweg zu den Menschen im Raum. Die anderen Erwachsenen waren während Masons Rede dazugestoßen, und alle lächelten ihr warm zu.

Des Mädchens Augen wurden feucht, und sie schniefte, während sie wieder zu ihrem Bruder aufblickte. »Ich meine, ich denke, wir könnten es versuchen.«

Mason zog sie in eine weitere Umarmung. »Du wirst es hier lieben.«

Rayna trat zurück und ließ den Geschwistern ihren Moment, und lehnte sich gegen Thomas' Brust. Er legte seine Arme um ihre Taille und legte sein Gesicht neben ihres.

»Bist du bereit dafür?« fragte er. »Wir haben jetzt zwei Teenager.«

Sie drehte ihren Kopf und lächelte zu ihm hoch. »Ja. Ich denke, wir sind beide bereit.«

〜

ICH HOFFE, EUCH HAT DIREKT VOR IHNEN GEFALLEN! BUCH 4 DER Reihe, In Unmittelbarer Nähe, ist jetzt erhältlich. Wenn Sie über Neuerscheinungen auf dem Laufenden bleiben möchten, tragen Sie sich bitte in meine Mailingliste ein. Allein für die Anmeldung erhalten Sie ein kostenloses E-Book! Danke fürs Lesen!

So melden Sie sich für meine Mailingliste an: https:// ashleyaquinn.com/deutsch